製
名本

讀小說
Reading Novel

三津田信三
魔偶の如き齎すもの
如魔偶
攜來之物
瑞昇文化

目次

【解說者】

喬齊安（Heero）

台灣犯罪作家聯會成員／百萬部落客，已出版六本足球書籍專刊。在本業編輯製作多本本土文學小說獲獎，已售出多部 IP 版權，即將改編翻拍為電視劇。為多部小說／實用書籍撰寫推薦與導讀、OKAPI 書評相關文章，長年經營「新聞人 Heero 的推理、小說、運動、影劇評論部落格」。

如妖服
割裂之物

妖服の如き切るもの

一

志津子右手提著菜籃、左手拿起放在台階上的傳閱板，急如星火地走出砂村家的玄關。

「喂，還不快點拿去隔壁。」

昭一不滿地叨唸，志津子低頭道歉：「對不起。」心裡則大聲抱怨「我不是正要拿去嗎」，然後硬生生地吞下每次看到他都會浮現的評語「不過就是個寄人籬下的傢伙」。

志津子的父親上戰場出征還沒有復員①歸來，但也未曾傳來戰死的消息，因此母親和志津子雖然都還抱著一線希望，但其實內心充滿了不安。總之在父親回來之前，身為長女的她必須撐住這個家才行。為了年幼的弟妹，必須賺取穩定的收入。

問題是志津子尚未成年，也沒有一技之長，光是要賺到安身立命的房租就已經不是一件容易的事了。這時，父親那個擔任町內會長的俳句同好小佐野，介紹她住進位於神代町白砂坂的世家砂村家工作。小佐野的年紀幾乎可以當她的祖父了，但似乎與父親很合得來。套一句母親的說法，這兩人創作俳句的文采都很**蹩腳**。

或許多虧緊鄰著在東京大空襲逃過一劫的神保町，神代町裡的許多人家也奇蹟似地免於戰禍的摧殘，其中又以這處白砂坂特別顯著。原本從坡道上一路延伸到坡道下，這條路徑的某一側全都是砂村家的腹地，但是從昭一的曾祖父那一代就開始沒落，後來更是有如從白砂坂上滾下來一般，已然坐吃山空。最後，他們不得不變賣祖先代代相傳的土地，如今只剩下兩棟砂村家的房屋。

話說回來，為什麼會變成這樣呢？

跟隨小佐野來到這裡，第一次看到砂村家的時候，志津子不由得充滿疑惑。因為兩棟砂村家的建物之間，還存在著兩戶毫無關係的人家。

砂村家、服部家、島豆家、砂村家。

以上四戶人家由上而下坐落在這條白砂坂。根據小佐野的解釋，服部家與島豆家的所在位置原本是砂村家廣大的庭院，好像是利用陡峭的斜坡，打造成美不勝收的庭園。坡道上方是主屋、坡道下方是偏屋，兩棟屋子將庭園給包在中間。雖說是偏屋，但外觀絲毫不比主屋遜色，面積也比一般民宅還大。只可惜仍抵擋不了家道中落的頹勢，在賣掉庭園的土地後，服部家與島豆家就這麼出現在兩棟砂村家之間。

因此，當地居民為了方便，就開始稱呼坡道上方的砂村家為「上砂村」或「砂上家」，而坡道下方的砂村家則被喚為「下砂村」或「砂下家」。

……好奇怪呀。

即便知道背後的來龍去脈，也無法改善志津子對砂村家所抱持的那種不太好的印象。從小佐野那裡聽聞砂村家奇妙的家庭成員後，志津子對砂村家的印象就更差了。

①原本意指軍隊從戰時體制回歸到和平體制，讓軍人從動員上陣狀態轉為待機的行動程序。在一些與日本相關的場合提到「復員兵」時，通常多特指第二次世界大戰結束後，從當時的大日本帝國領地以外的佔領地除役、回歸日本的軍人。

上砂村家的當家是長男剛義，下砂村家的當家是次男剛毅，而問題就出在兩個人的兒子身上。剛義的三子名叫昭一，但是這個昭一卻住在下砂村家。另一方面，住在上砂村家的竟然是剛毅的三子和一。換句話說，並非是父子同住一個屋簷下，而是伯父與姪兒、叔父與姪兒同居的組合，各過各的生活。

真是亂七八糟。

如果單從交換兒子養的角度來思考倒還單純，但志津子並不這麼認為。親生父親就住在隔著兩戶人家的地方，為什麼要特地跑去「叔伯」的家裡住呢？關於箇中緣由，小佐野也告訴她了，只不過這反而讓志津子對砂村家的印象更糟糕。

剛義和剛毅是相差一歲的兄弟，感情從小就不睦，凡事都要競爭，而且一定要贏過對方，就連彼此生病的時候也不肯示弱。所以直到長大成人都擺脫不了水火不容的關係。父母也很清楚他們的問題，所以讓他們同時相親，也幾乎是同一時期結的婚……

接下來才是令人不寒而慄的重點所在。雖然不是同一個月，但兩人的長子是在同一年出生的，次子也是如此。到了三子，終於變成同年同月生。而且雙方的妻子都因為產後沒調養好身體，生下孩子後就撒手人寰。不僅如此，因為先前所述的戰爭，他們的長子與次子，總計四名男丁全部戰死沙場，因此兩戶人家最後都只剩下父親與三子。

從此以後——剛好與日本戰敗同時——剛義和剛毅不只身體，連心態也逐漸開始偏差，而且偏差的方式非比尋常。該說是果不其然嗎，他們就連不正常的地方都一模一樣。

姪子比自己的兒子還要優秀。

不知道原因何在，但彼此都這麼認定。看樣子是妻子先走一步，長子與次子也都追隨母親離開人世後，剛義和剛毅終於發現家裡只剩下一個不學無術、好吃懶做的兒子。這讓兩個人都誤以為與自己的三子比起來，姪子還有一點成材的希望。

「一想到兩人過去的競爭，這真的很諷刺啊。」

小佐野說道，語氣不勝唏噓。接下來，這位町內會長開始用不屑的口吻描述這兩個有問題的三子，都是只知道吃飯、不好好做事的傢伙。

剛義的三子昭一是蒐集舊書的收藏家，一天到晚往神保町跑，以蒐集戰前的偵探小說初版本為主。而且只要被他看上，不管這本舊書的價位再怎麼高昂都要買下來。對舊書店而言，昭一無疑是隻不折不扣的肥羊。

至於剛毅的三子和一，則完全是詐欺師眼中的肥羊。動不動就被「我有個賺錢的好方法」這種甜言蜜語唬住，然後從家裡搬錢出來當創業資金，但對方後來就捲款潛逃，如此週而復始。

儘管砂村家已經大不如前，不過資產還是很可觀。話雖如此，看到兒子不好好工作，只會當散財童子，剛義、剛毅終於忍無可忍：「你打算讓祖先的財產在你這一代敗光光嗎？」

最奇怪的是，在他們失常的內心中，好像都認為姪子遠比親兒子更討人喜歡。從妻子一直到長男和次男，兄弟倆這輩子都在競爭，認為妻兒當然是自家的好，所以很難想像事情最後會出現這樣的發展。難道都活到這個歲數了，才終於陷入「別人家的草皮比較綠」的迷思嗎？

剛義認為姪子和一是獨立自主的男子漢，或許他一再失敗也是不爭的事實，但是想要靠自己白手起家的野心比什麼都重要。和昭一這個只會蒐集二手書、小家子氣的親生子相比，顯然是天壤之別。

剛毅則覺得昭一這個姪子是愛讀書、有教養的年輕人。雖說錢都花在藏書上了，但如果是初版本的話，還是擁有相當的資產價值，這和經常被騙的和一可不一樣。而且和一從未認真幹過一份正經工作，昭一至少還曾在郵局上過班，雖然時間不長，然而光是這樣已經很了不起了。

兩位父親都這麼想，最後終於各自把三子給逐出家門。也就是說，剛義把昭一趕出上砂村家、剛毅把和一趕出下砂村家。

昭一與和一這輩子養尊處優，不曾吃過半點苦，立刻就走投無路了。父親從小就灌輸他們「不准輸給堂兄弟」和「你比較優秀」的觀念，但怎麼也沒想到父親會突然翻臉不認人，把自己趕出家門。雖然兩人都是敗家子，但就連小佐野也不免有些同情他們。

只不過，這時發生了一件很荒謬的事。被趕出上砂村家的昭一習慣性地想去舊書店，就沿著白砂坂往下走；被趕出下砂村家的和一想去找以前向自己借錢的男人，於是便沿著白砂坂往上走，結果兩人在服部家與島豆家中間不期而遇。起初兩人皆惡狠狠地瞪視對方，沒多久就從對方垂頭喪氣的樣子察覺到彼此正處於相同的處境。兩人明明是堂兄弟，但過去幾乎不打交道，然而就像同是天涯淪落人這句話所述，同病相憐的堂兄弟倆就在服部家門口的長板凳上坐下，口沫橫飛地訴苦父親對自己做了什麼。

對親生兒子失望透頂，另一方面卻對姪兒青眼有加，真不可思議。

知道這個匪夷所思的事實時，兩個兒子心裡究竟是怎麼想的呢？可惜就連小佐野也無從知曉他們的心情。町內會長只知道兩人從服部家門口的長板凳起身後，便各自走向自己的「叔伯」家。換句話說，昭一去投靠叔父、和一去投靠了伯父。

從此以後，和一住進剛義的上砂村家、昭一則住進剛毅的下砂村家。實際與姪子一起生活後，想必不管是剛義還是剛毅，肯定都注意到姪子身上有諸多缺點，但也許是故意與自己的兒子嘔氣、也或許是兄弟間的心結使然，這種奇也怪哉的同居生活居然就這麼持續下去了。

據小佐野透露，蓋在上砂村家與下砂村家中間的那兩棟房子，無論在物理還是心理上都徹底讓剛義和剛毅兩兄弟老死不相往來。位在白砂坂兩頭的兩棟屋子腹地一隅，各自豎立在該處的電線桿靠著之間牽起的電話線勉強把他們維繫起來。電話線是以前主屋和偏屋為了聯絡方便而專門拉的，至今仍懸在服部家與島豆家後院的上空。只不過，最關鍵的電話聽說早在八百年前就沒再響過一聲了，想必不論是剛義或剛毅，都不會主動拿起話筒打給對方吧。

志津子來到下砂村家的時候，這種異樣的雙邊關係已經建立起來了。所以小佐野還特別提醒她：

「記住了，千萬別在剛毅老爺面前提到他的兒子和一少爺喔。」

剛義那邊當然也有同樣的禁忌，但小佐野大概是認為志津子基本上不會有事需要去上砂村家，所以並未特地提醒她要注意剛義與昭一的親子關係。話說回來，就算真的有機會去上砂村家好了，志津子也不敢隨便亂說話。只是至今還真的不曾跨過服部家，繼續沿著白砂坂往上走。因為要購物的話往下坡走就能買到所有的東西，根本不需要往上走。每週都要去一趟下砂村家隔壁的島豆家，也只是為了送傳閱板給鄰居。

「我出門了。」

志津子大聲地朝屋子裡說著。想也知道，一點反應也沒有。原本就不指望昭一應聲，最近剛毅的聽力也變差了，如果不附在他耳畔大聲說話，有時候壓根兒就聽不見。

「叔叔，我要進去囉。」

基於這個原因，昭一現在也站在剛毅房門前大聲叫嚷。老爺以前曾經向她抱怨過，如果是和一，早就自顧自地闖進去了。他的言下之意顯然是相較之下，姪子的禮儀比兒子更加端正。問題是兩人找他的目的根本五十步笑百步，無非是為了要伸手討錢。但剛毅對姪子的評價卻比對兒子好，這看在志津子眼中著實滑稽。

昭一走進剛毅的房間，壓低嗓門說話的聲音傳到玄關。雖然聽不清談話的內容，但志津子眼前已浮現出他正以三寸不爛之舌說服叔父出錢讓他買下昂貴舊書的畫面。

所以他才千方百計地想趕我走啊。

截至目前已經聽過幾十次昭一向剛毅討錢的聲音了，事到如今才覺得難為情也很奇怪，但志津子隱約明白他想讓自己盡快出門的理由。

因為老爺沒以前那麼好說話了。

跟先前不費吹灰之力就能討到買書資金的情況比起來，現在必須鼓起如簧之舌，努力說服叔父才行，所以昭一肯定不想讓幫傭的聽見自己那沒出息的聲音吧。

根本不知道賺錢有多辛苦，還怕人知道。

志津子邊想邊闔上玄關的門，踩著踏腳石走向大門口。

要照顧說是病人也不為過的剛毅確實有很多不為人知的心酸，但剛毅幾乎都臥病在床，所以躺在床上的時候一點也不麻煩，算是不幸中的大幸。雖然也有些病人身上常見的喜怒無常，所幸還沒嚴重到難以承受的地步。再來頂多只有準備晚飯給他吃的時候，剛毅會問她當天發生過什麼事。即使是左鄰右舍微不足道的小事，聽在幾乎足不出戶的剛毅耳中也足夠有趣了。

另一方面，昭一幾乎不勞她費心。吃的方面不挑食，會把她做的餐點吃得一乾二淨。另外大概是不希望別人碰他珍貴的藏書，所以還會自己打掃房間。特別昂貴的初版本都會用油紙包起來，其實碰到了也無所謂，但是昭一卻特別討厭別人進他房間。雖然逮住機會就要炫耀自己的藏書這點很傷腦筋，但只要左耳進、右耳出就好了，並不會造成負擔。

真正令志津子頭痛的大概只有修補舊衣的問題，而且還都是制服。或許是因為有很多人生活陷入困境，不得不拋售衣服換錢，舊衣店裡充滿了各式各樣的制服，昭一偶爾會去買。固然不是什麼太昂貴的花費，但昭一或許有戀制服癖這種不可告人的癖好。不過他有什麼癖好皆與志津子沒有任何關係。

志津子起初還很慶幸「找到一份好差事了」，不過沒多久就被昭一偷看她的視線給嚇得全身發抖。

昭一會躲在暗處偷窺，並且小心翼翼地不讓她發現。有一次，她終於發現昭一這個下三濫的行為。昭一偷看她的時候，通常是直勾勾地死盯著她的臀部，不用轉身就能感受到令人頭皮發麻的猥褻目光，逼得她好幾次不得不轉身面對，每次都能逮到他迅速躲進柱子或紙門後面的身影。面對面的時候，昭一連她的臉都不敢正眼直視，卻在她每次看著別的地方時，明目張膽地將目光投向她的胸脯。志津子逐漸看清昭一這種陰溼的個性。

「上砂村家之所以不雇用年輕的女佣，就是因為和一會把持不住。」

島豆家過著退隱生活的梅曾經提點過志津子。

最初剛義還不當一回事地說：「年輕人嘛，這也是理所當然的。」但禁不住每次都會引起騷動，曾幾何時就只雇用上了年紀的女佣。

「比起來，昭一可能還好一點。」

梅坦率地為她高興，意思是要志津子別太擔心。

但是可以這麼樂觀嗎？昭一跟和一會不會其實都是同類的人呢？自己是不是已經陷入險境了？志津子最近開始萌生這樣的憂慮。不只是因為昭一那種與生俱來躲在暗處的性格，還加上她前幾天親眼目睹**那幕**令人寒毛倒豎的光景，還牢牢地烙印在她的腦海中。

從門口走出去，再順著石梯拾級而下，跨過架設在小水溝上的短橋後，頗為陡峭的白砂坂往左右兩邊延伸，往左是下坡，往右是上坡。平時志津子總是左轉下坡，唯有送傳閱板去給島豆家的時候才會往右邊走。因此明明已經去過島豆家好幾次了，還是覺得很新鮮。或許是因為對志津子而言，與梅閒話家常的這一時半刻是她每週唯一一次的喘息空間。

沐浴在晚春和暖的午後陽光下，沿著白砂坂往上走，再踏上島豆家的石階，穿過大門，在石板路的甬道上前進，推開玄關門。

「午安，我是下砂村的志津子，來送傳閱板了。」

志津子朝氣蓬勃地對應該在屋子裡的梅打招呼。

「來了！」

果不其然，梅應了一聲。過了一會兒，梅端著托盤，托盤上擺著茶和點心，笑容可掬地走了出來。

志津子的祖父祖母和外公外婆皆已不在人世，所以不知不覺間早已把梅視為自己真正的祖母看待。就拿剛才上門的問候以及離開下砂村家時的應對來說，都是梅教她要怎麼遣詞用句。除此之外，梅也傳授她許多在下砂村家工作必須具備的知識與智慧。

「那麼，跟我說說今天有什麼聯絡事項吧。」

梅說出與平常無異的台詞，但這只不過是一種儀式罷了。表面上是請志津子讀出傳閱板的內容給視力不好的梅聽，實際上只是兩個女人為了東家長、西家短所找的藉口。

砂村剛毅也知道志津子陪梅聊天的事。因為她剛到下砂村家工作時，第一次拜訪過島豆家之後，梅就主動拜託剛毅：

「我這雙老眼已經不中用啦，可以請你們家新來的幫傭送傳閱板來的時候也順便唸給我聽嗎？白天家裡就只有我一個老太婆，總不能讓傳閱板一直卡在我手上，直到晚上家人回來吧。所以能請您給個方便嗎？」

梅老眼昏花是事實，但是幫忙唸傳閱板只是藉口。梅一看到志津子就很喜歡她。一方面是為了排遣整天只有一個人在家的寂寞，另一方面也是同情初次住進別人家工作的志津子，才向剛毅提出這個要求。當梅一五一十地告訴志津子箇中緣由，志津子也毫無保留地與梅商量自己在下砂村家做事時遇到的煩惱，建立起互利共生的關係。

說穿了，唸傳閱板給梅聽其實花不了多少時間。因為一兩個月能有一次需要讀出來的內容就不錯了。而且每週都要傳一次傳閱板的頻率也很莫名其妙，一個月頂多一次就夠了吧？志津子起初百思不解，聽過梅的解釋才恍然大悟。

真正出現重要的聯絡事項，也大概就是一兩個月才出現一次。再來就是町內會長小佐野還會用蠟紙油印製作所謂的個人報紙給大家傳閱。上頭寫的都是「前幾天的大雨毀損了某某家的圍籬」或「請勿讓狗在哪裡大便」這種雞毛蒜皮的瑣事，但他在町內「採訪」的這件事還算是正面的，因為似乎也有幾位住戶真的期待他的報紙。只是在不知不覺間，小佐野開始刊登自己感興趣的俳句，問題是他的作品實在登不上大雅之堂，大家都不知該做何反應才好，又不好意思叫他「別再寫了」。

聽梅提起此事，志津子想起了父親，心情極為複雜。

倘若父親能平安無事地復員歸來，小佐野或許也會採用父親寫的俳句吧。

因此，她比其他居民更能寬容地看待那些占據篇幅愈來愈多的俳句報導，但也沒想過要閱讀就是了。大概只有菰田家的退休老人由次郎才會認真看吧。順帶一提，菰田家是上砂村家位於坡道上方的鄰居。

今天的傳閱板也因為俳句報導的關係變成厚厚一疊，但重點只有上面那兩張而已，所以志津子只花了兩分鐘就讀完了。

然後便迫不及待地與梅嚼起舌根來。說沒幾句，梅突然敏銳地問了志津子一個問題。

「妳是不是有什麼心事？」

被梅說中了，志津子立刻打開話匣子。然而，事後就某種意義來說，她對此感到悔不當初。因為聽完志津子的體驗後，梅告訴她一個與「妖服」有關的傳說，那實在是太可怕了。

「……我、我該怎麼辦才好？」

梅先好言安慰驚慌失措的志津子，接著走進屋裡，拿出一張護符。

「把這個收進衣襟裡，寸步不離地帶著。記得，如果有什麼狀況就大聲嚷嚷，我會立刻趕過去救妳。」

雖說兩家就在隔壁，但年事已高的梅能幫上多大的忙，老實說，志津子還真不敢指望。不過，雖然只有一點點，志津子的心情多少還是變得較輕鬆了。光是能說出那段令她心驚膽跳的體驗，而且還有人願意理解，對她而言就已經足夠了。

結束了一如既往的談天行程，志津子與梅一起走出島豆家，只見登米已經坐在服部家門口的長板凳上。登米在服部家深居簡出，除了盛夏與隆冬，幾乎每天都坐在長板凳上與梅閒話家常。有時候菰田家的由次郎也會加入她們的閒聊，不過因為他開口閉口都是俳句，兩位老太太的反應也有一搭沒一搭的，但三位老人家的交情基本上還不錯。

不過志津子只跟梅親近，與另外兩位老人不太對盤。因為第一次唸傳閱板的內容給梅聽之後，隨她一起走向服部家的長板凳時，卻被登米沒頭沒腦地命令。

「妳順便幫我送去砂上家。」

登米只看了重要的聯絡事項，就一臉理所當然地將傳閱板推給志津子，而她口中的「砂上家」指的當然是上砂村家，所以志津子一時半刻沒回答。她可不敢在沒有徵得自己的主人剛毅的同意下逕自前往上砂村家。

但登米誤解志津子的反應，認為她是個「叫不動的任性女孩」。從此以後，即使志津子每次看到登米都向她問好，她也幾乎都假裝沒看見。

「您好，我送傳閱板來了。」

志津子今天也好聲好氣地向她請安。

「咦，妳有沒有聞到什麼臭味？」

登米像是故意的，朝志津子皺了皺鼻子，轉頭問梅。

「有嗎……」

梅莫名其妙地側著頭，志津子頓時羞紅了雙頰。

她昨天晚上沒洗澡。平常都是做完家事，確定剛毅和昭一都洗過澡了，她再利用剩下的水洗澡。但最近一直覺得昭一在偷看自己，所以猶豫了大半天。雖然可以鎖上更衣處的門、關緊浴室的窗戶，但畢竟是間老舊的房子了，難免有空隙。她總覺得昭一正目不轉睛地從那些細微的縫隙偷看她。

到最後，昨晚她終究還是不敢進浴室。心想天氣還不算熱，應該沒關係才對，但一整天結結實實地忙碌下來，還是免不了流汗。

志津子趕緊向她們告辭、匆忙地離開。再來要走下白砂坂去添購晚餐需要的食材。平常會等到接近傍晚時再去，但是去島豆家拜訪的日子通常就會直接去採買。能比平常多一點喘息時間的，也只有這一天了。

比起從前，現在不用去黑市也能買到想要的東西。話說，她之所以絲毫不覺得手頭窘迫，無非是因為剛毅給她的伙食費確實不少。每次去採買的時候，她都會深刻地體認到有錢人是真的有錢。

「我回來了。」

買完東西，回到下砂村家後，她在玄關出聲打招呼，但屋子裡鴉雀無聲。都躺在後面的房間、耳朵也不好的剛毅應該沒聽見。昭一如果在看書，就算有客人來訪，他也會假裝不在家，所以這個家裡基本上沒有人會回應她。

明明從以前就知道這種情況了，可不知道為什麼，家裡沒有半點聲響的情況卻讓她感到莫名恐懼，難不成下砂村家現在空無一人嗎？

不可能，老爺應該在家。

即使昭一外出去逛舊書店，剛毅應該也不可能外出。如果他有什麼事要出門，應該會事先告訴志津子才對。剛毅肯定跟平常一樣，在後面的房間睡覺。

儘管志津子說服自己，卻依然杵在玄關的三和土②地板上，怎麼也無法提起腳來踏上屋內地板，只想立刻轉身逃跑。

家裡果然空無一人……

所以，我才會不想進去……

回過神來，志津子已經嚇得魂不附體。完全不曉得問題出在哪裡，只是一心想從這裡逃走。

……我在想什麼啊。

為了幫母親分憂解勞，也為了不讓年幼的弟弟妹妹餓肚子，在父親平安無事返家之前，她都不能失去下砂村家的工作。

把右手貼在胸口，梅給她的護符就收在衣襟裡，志津子刻意發出腳步聲，踩上屋內地板，朝走廊前去。這完全違反梅教她的規矩，但現在已經不是守規矩的時候了，如果不發出一點聲響，她實在沒有勇氣進屋。

在廚房裡放下菜籃，志津子再次出聲叫喚：

「我回來了……」

原本想精神抖擻地大聲叫嚷，音量卻細如蚊蚋，輕飄飄地迴盪在昏暗的走廊上，反而助長室

② 將花崗岩等風化後的土壤混合熟石灰、鹽滷一起加熱製成，常使用在土間（日式住宅玄關處供人穿脫鞋、與室內生活空間形成高低差的區域）的地面鋪設。也會直接用來稱呼以三和土製作的土間區域。

內毛骨悚然的寂靜，身體機伶伶地打了一個冷顫。

「……昭一先生？」

志津子站在昭一的房門前，提心弔膽地喊他的名字。可以的話，她死都不想麻煩他，只恨沒有別的辦法。可是房裡沒有傳來半點聲音。

「打擾了。」

志津子打聲招呼，推開紙門，不見昭一的身影，看來他果然是去舊書店了。平常可能會因此覺得很自在，但今天不一樣，即使是那種男人，也希望他能在家。發現自己是真心這麼想的，志津子在大吃一驚的同時，也感到頭皮發麻。

得快點逃走……

心早就飛到玄關了，身體卻不聽使喚地走向後面的房間。內心深處還是有股必須確認剛毅是否平安無事的心情，真不可思議。大概是因為她潛意識其實也有預感，緊接在那段令她渾身不舒服的體驗之後，肯定會發生什麼怪事。

「老爺，我是志津子。我去過島豆家，也買完東西回來了。」

志津子站在後面的房間前說道。平常裡頭都會傳來「進來吧」的應聲，今天卻靜悄悄地一聲不響。

「……我、我可以進去嗎？」

志津子又問了一次，還是得不到任何反應。好想立刻轉身逃走，但雙腳卻絲毫動彈不得。早知道這樣，剛才就應該果斷地退回玄關，如今後悔也來不及了。既然都已經來到房門口，如果不跟剛毅打個照面，反而會令她的恐懼感更加高漲。

「……打、打擾了。」

志津子卡答、卡答、卡答地使勁推開紙門，走進房間。

「啊……」

當睡在墊被上的剛毅映入眼簾，志津子不由得如釋重負地呼出一口氣。就在她覺得自己嚇自己的行為簡直愚不可及、差點笑出來的時候，這才發現兩個不太對勁的地方。

一是枕邊日式整理櫃的抽屜全都拉開了。

二是剛毅的被子不知為何整個蓋到頭上。

看到櫃子的狀態，志津子反射性地猜測是不是昭一趁剛毅睡著的時候偷錢。可是如果他這麼做的話，事後一定會被發現的。無論叔父再怎麼疼愛他，大概也會把昭一掃出下砂村家吧。

志津子邊想邊望向把被子拉到頭上的剛毅，下一刻，雞皮疙瘩立刻爬滿兩條手臂。

老爺怎麼會睡成那樣？

他以前從不曾把被子拉高到蓋過頭頂的程度，總是露出腦袋，即使天氣再冷也不例外。

既然如此，為什麼……

感覺答案已經昭然若揭，但也不能無憑無據。雖然志津子實在沒有勇氣確認，可是也無可奈何。她一步步地靠近被褥，然後在枕邊坐下，此時刺鼻的惡臭朝她襲擊而來。

……可怕，可怕，好可怕。

與只想立刻逃跑的心情拔河，右手則一寸一寸地伸向被褥。沒多久，指尖碰到了被子邊緣。

「老爺？」

志津子出聲叫喚的同時，也慢吞吞地掀開被子。下一瞬間，夾帶鐵鏽味的空氣迎面而來。

「哇啊啊啊啊！」

志津子口中發出近似嘔吐的哀號聲。

剛毅躺在被窩裡，脖子被割開，早已氣絕身亡。掀開來的被子內側被他的血染成一片殷紅。

志津子下意識往後仰，手腳並用地爬向紙門。好不容易爬到走廊上，馬上站起身來，有如脫兔般朝玄關狂奔而去……

「呀啊啊啊啊啊！」

這輩子從未喊得如此淒厲、響徹雲霄的尖叫聲，從停在走廊途中的志津子嘴裡發了出來。

因為有個不曉得是什麼東西的玩意兒，穿著不合時宜的軍用外套，站在玄關昏暗的空間裡。

二

刀城言耶坐在神保町的咖啡廳「Hill House」裡，品嚐道地的咖啡。

「老天！真正的香氣及風味果然不同反響。」

如果手裡能再多一本怪奇小說或偵探小說，悠閒地閱讀，就再也沒有其他的奢求了，但他目前正處於尷尬的狀況，無法如願。

日本戰敗後，咖啡廳與日俱增，只可惜大部分的店家都還只能提供咖啡的替代品。戰爭時，咖啡不僅被烙上敵國飲料的烙印，還被視為奢侈品，因此咖啡豆成為限制進口的對象，徵收高額的商品稅，最後演變成只配給軍隊的食品。在這種背景下誕生的，就是咖啡的替代品。人們將黃豆及小麥炒過，如同其名，用來代替咖啡豆使用。

這種咖啡的替代品看起來絲毫不比咖啡遜色，但也只有外觀而已。很遺憾，最重要的香氣和風味根本天差地別。儘管如此，熱愛咖啡的饕客也只能用這種仿製咖啡來滿足味蕾。這種戰火下的權宜之計沿用到戰後，直到今年，終於稍微有所改善。

拜此所賜，言耶才能享用到美味的咖啡。至於他愛不釋手的書則被坐在眼前的男人所取代。

「抱歉，打擾一下，請問你是刀城言耶嗎？」

言耶在他常去的神保町舊書店閒逛時，這位年約三十的男人突然叫住他。

「啊，是我沒錯……」

對方穿著皺巴巴的西裝，看起來一副窮酸樣，然而白皙又聰明的長相卻流露出一股高貴的氣息。因此雖然給人敏感脆弱的感覺，卻也同時覺得他的內在或許意外堅韌。這個男人有一股難以言喻的矛盾氣質。

……有點恐怖。

言耶下意識地有些畏縮，也是因為對方身上那股矛盾的感覺吧。話說回來，這個人究竟是何方神聖？言耶對他一點印象也沒有，但對方好像認識他。

「你還記得曲矢刑警嗎？」

對方口中突然冒出一個意外的名字。同一時間，言耶也被一股不祥的預感給籠罩了。

去年正月，還是大學生的刀城言耶被捲入發生在本宮家別館四隅屋的那起不可思議的密室殺人事件，曲矢刑警就是當時辦案的員警之一。他把言耶當成嫌犯，害言耶吃盡苦頭。後來在二月下旬，言耶又在土淵家的彌勒島碰上了無腳印殺人案，在那裡再度與曲矢短兵相接③。

他有點害怕那位刑警。

所以被問到認不認識曲矢，言耶會提高警覺也是自然而然的反應。

「我從曲矢刑警那裡聽說你成功解決了兩起命案。」

「才沒有那回事——」

言耶正想否認，男人置若罔聞地接著說：

「而且聽說那兩個案子都是接近不可能犯罪的事件，所以我向曲矢刑警打聽你的住址。我去住處找你時，你剛好不在。跟房東問了一下，她說你肯定在神保町的舊書店，於是我向她打聽你常去的書店，找到第三家，終於讓我找到你了。」

「你的意思是說……」

「我跟曲矢一樣，也是刑警。不瞞你說，眼下有個案子把我考倒了。」

「咦？呃，那個……」

不祥的預感成真了，言耶好想逃之夭夭，卻被自稱「小間井」的刑警硬生生地拖進 Hill House。不過他確實也被小間井口中那句「我請你喝真正的咖啡」給吸引住了。

等言耶喝完咖啡，小間井自顧自地開始說明案情。雖然言耶感到很困擾，不過既然都喝了對方請的咖啡，也不能說走就走。無可奈何之下，只好心不甘、情不願地聽這個刑警說下去。

小間井先交代了砂村家的特殊狀況——哥哥剛義與弟弟的第三個兒子，亦即自己的姪子和一住在上砂村家、弟弟剛毅與哥哥的第三個兒子，也就是自己的姪子昭一住在下砂村家。小間井根據住在下砂村家的幫傭谷志津子的證詞，詳述了四個人奇妙的關係後，臉色平靜地說明這起在一週前發生、慘絕人寰的雙重殺人事件。

---

③ 相關故事請見收錄於《如生靈雙身之物》一書的〈如死靈蹀步之物〉、〈如屍蠟滴落之物〉。

當言耶回過神來，已經在隨身攜帶的筆記本上整理了案發當天所有人的動向與時間經過。

下午三點過後，菰田家的由次郎走到前院，開始吟詠俳句。

下午三點五分左右，谷志津子離開下砂村家。幾乎同一時間，昭一進入剛毅的房間。

下午三點五分過後，志津子拜訪鄰居島豆家，與島豆家的梅聊天。

下午三點十分左右，服部登米坐在自家門前的長板凳上。

下午三點十分過後，昭一離開下砂村家，走下白砂坂，前往舊書店。

下午三點二十三分左右，昭一出現在神保町常去的舊書店。

下午三點三十五分左右，志津子和梅離開島豆家，走到服部家門前，梅留下與登米聊天，志津子去買東西。

下午三點三十五分過後，登米把傳閱板送去上砂村家，交給上砂村家的佣人渡邊清子。這時登米有看到剛義，但沒有見到和一。

下午四點左右，清子離開上砂村家，走下白砂坂去買東西。

下午四點十分左右，和一離開上砂村家，為了找朋友而爬上白砂坂。

下午四點半左右，志津子回到下砂村家，發現剛毅慘遭殺害。放在被害人日式整理櫃裡的現金不翼而飛。

下午四點半過後，清子回到上砂村家，發現剛義遇害。被害人金庫裡的現金不翼而飛。

見言耶整理得井井有條，小間井發出佩服的讚嘆聲。

「哦，真不愧是作家老師。」

「請不要叫我老師。」

言耶愧不敢當，但是他還在念大學的時候就發表了處女作倒也是不爭的事實。當時他以東城雅彌的筆名，將短篇小說〈百目鬼家的百怪〉拿去投稿偵探小說專門刊物《寶石》的徵文，順利拿下第一名。後來陸續發表〈蜉蝣庵〉、〈夢寐的殘照〉、〈洞屋敷之穴〉等怪奇與幻想的故事，大學畢業後也以執筆維生。不久後，他將筆名改為東城雅哉，發表了第一部長篇小說《九座岩石塔殺人事件》[4]，這也可以說是刀城言耶最初遇到的事件，但這又是另一個故事了，此處按下不表。

「已經知道這起雙重殺人事件的兇手是誰了。」

小間井對言耶的抗議充耳不聞，繼續說明案情。

---

[4] 依系列的劇情設定，本事件為刀城言耶在學生時代於九十九原遭遇的最初事件。日後言耶以「東城雅哉」為筆名，撰寫《九座岩石塔殺人事件》一書，作家出道。根據《如生靈雙身之物》中的描述，本事件發生於〈如死靈蹀步之物〉（昭和二十四年）的數年前。現實中截至二〇二一年中，三津田老師都尚未正式發表描寫此事件的作品。老師亦曾在二〇一九年拿此事件作為愚人節的玩笑，號稱是篇幅長達９９９９張稿紙的作品，預計在二〇二〇年的愚人節推出。

「你說雙重殺人，所以是同一個兇手所為嗎？」

「不，倒不是。起初我們也懷疑是不是上上個月到上個月之間，發生在東神代町與神代新町這兩個相鄰地帶的強盜殺人事件兇手，在更隔壁的神代町犯下了第三起凶殺案。」

「哦，那起命案啊。」

「雖然沒有任何關係，但我老家在東神代町，所以比起別的案子，我更關心這起命案——」

「這也難怪，一定會很擔心吧。」

「可惜至今仍未逮到犯人。」

「所以那兩起命案與發生在砂村家的凶殺案無關嗎？」

「那兩起命案都是用日本剃刀切開被害人的脖子，搶走現金，現場卻完全找不到兇手進出的痕跡，與這次的犯案手法極為雷同。」

「但警方認為不是同一個兇手？」

「因為有兩個涉嫌重大的嫌犯，兩人都有非常明顯的動機，而且接受偵訊時的反應也非常可疑。」

「哦，所以雖然是雙重殺人命案，但兇手是不同人。」

「他們狼狽為奸，犯下這次的命案。還模仿發生在東神代町與神代新町的事件，試圖把自己的罪行推到連續強盜殺人犯頭上。從案發現場盜走現金也是為了轉移焦點的障眼法，他們真正的動機是繼承遺產。偵訊兩人之後，我們是如此確信的。」

「可以說得具體一點嗎？」

「住在下砂村家的昭一替和一殺害他的父親剛毅，然後住在上砂村家的和一則替昭一殺害他的父親剛義——」

「交換殺人嗎？」

言耶大吃一驚，小間井臉上浮現出不合時宜的笑容。

「真不愧是作家，形容得很有意思。」

「呃……所謂的交換殺人——」

言耶正打算發表他拿手的冷知識，卻被這位刑警不由分說地打斷。

「問題是不清楚他們的手法。」

「什麼意思？」

說到這裡，這起命案已經完全引起言耶的興趣了。

「我們在上砂村家的剛義的命案現場找到沾滿血跡的日本剃刀，上頭沾有被害人的O型血液，但也驗出了A型血。」

「下砂村家的剛毅，血型正是A型對吧。」

「你的領悟力好強啊。順帶一提，凶器上完全沒有指紋，也沒有被害人的鮮血噴到凶手身上的痕跡，所以這點對兇手非常有利。剛毅的死亡推定時間為當天的下午三點到四點間，另一方面，剛義的死亡推定時間則是下午四點到四點半之間。」

言耶的視線落在筆記本上，接著說道：

「也就是說，在谷志津子離開下砂村家的下午三點五分到自己也離開下砂村家的三點十分之間，昭一殺害剛毅、拿走現金。然後和一則利用渡邊清子離開上砂村家的下午四點到自己離開上砂村家的四點十分之間殺害剛義，拿走現金。大概是這樣嗎？」

「從兩位被害人的死亡推定時間與兩位嫌犯的外出時刻來看，相較於判斷兩人是在志津子和清子在家時犯下罪行，認為他們在兩位幫傭出門後就立刻殺害各自的叔伯，這個推論要來得自然許多吧。」

小間井雖然如此回答，臉上仍難掩困惑的神情。

「只是這裡會出現一個問題，那就是用來行凶的日本剃刀。假如是事先說好要交換殺害對方的父親，昭一就必須將這把日本剃刀交給和一。可是昭一離開下砂村家後就去了他常光顧的舊書店，直到傍晚六點過後回家前，行蹤沒有任何可疑之處。」

「意思是有不在場證明嗎？」

「不過從兩家的位置來看，也可以趁著去舊書店之前，先爬上坡道趕到上砂村家，把沾滿血跡、用布包起來的凶器悄悄丟進信箱裡。」

言耶下意識地點頭同意，但提出這個可能性的小間井反倒搖起頭來。

「可是，服部家的登米從下午三點十分左右就坐在自家前的長板凳上，斬釘截鐵地作證說她隨後就看到昭一出門，而且昭一當時是筆直地往下走，絕對沒有上坡。」

「行李呢？」

「什麼也沒帶。不過凶器是日本剃刀，要藏在身上的話，方法多的是。」

「先假裝下坡，偷偷地繞過町內再上坡，這種可能性也不低吧？」

「警方實際走過最短的路線，發現以正常速度走路的話需要五分鐘。昭一是在下午三點十分過後離開下砂村家，然後在三點二十三分左右出現在神保町那間常去的舊書店。以正常速度走路的話，從下砂村家到那家舊書店大概需要十二分鐘。」

「如果兩趟都用跑的呢？」

「或許來得及，可是根據舊書店老闆的證詞，昭一並沒有上氣不接下氣的。」

「就算只有其中一趟用跑的，也會跑得氣喘如牛呢。」

「而且下午三點過後，菰田家的由次郎就在前院吟詠俳句。他表示『昭一確實未從坡道上方經過我家門前，也沒有看到其他可疑人物』。」

「這麼一來，就只剩下……」

「只剩下昭一離開下砂村家前，先偷偷地穿過相鄰的島豆家與服部家後院，再前往上砂村家這個方法。」

「可是這麼做不僅有被兩家人撞見的風險，也很花時間呢。」

「昭一殺害剛毅、搶走現金後——或者是之後才偷走現金——穿過過去是砂村家庭院的土地，把凶器交給和一，再返回下砂村家，從大門出去。要在三點五分到十分之間的空檔完成這麼多步驟實在不太可能。更何況服部家和島豆家的庭院裡也都沒找到任何關於這方面的痕跡。」

「當天有哪些人進出過上砂村家？」

「登米坐在長板凳上後，從上砂村家出去的分別是和一與清子，回來的只有清子。和一兩手空空，清子則是提著菜籃。關於這點，島豆家的梅也做出與登米大同小異的證詞。」

「從上砂村家的案發現場找到的日本剃刀也是殺害下砂村家剛毅的凶器，這點肯定沒錯吧？」

「肯定沒錯。」

「刻意使用同一把凶器，是為了主張既然他們之間無法傳遞那把刀，就不可能殺人嗎？」

「偵訊的時候，我們隱瞞了日本剃刀上沾有兩位被害人血跡的這件事，想藉此套他們的話，只要有任何一個人說出你剛才提出的主張，就能質問他們為何知道血跡的事……」

「行不通嗎？」

「兩個人都一口咬定是東神代町與神代新町的命案兇手跑來襲擊下砂村家與上砂村家。」

「可是登米和梅都沒有看到不認識的人。」

「我們也拿這個事實去質問那兩個人。問題是東神代町與神代新町的命案，兇手怎麼入侵案發現場也還是不解之謎，再加上報紙鋪天蓋地地報導，所以兩人完全不為所動，反而還強調正因為登米和梅都沒有看到可疑人物，才更能證明白砂坂命案的兇手與東神代町、神代新町的強盜殺人事件都是同一個犯人動手的。」

「那麼只能揭穿交接凶器的方法，逼他們承認『是我輸了』。」

被言耶這麼一問，小間井露出不知該怎麼說才好的表情，接著有些遲疑地說：

「要是殺人的順序反過來，先在上砂村家殺害剛義，然後才在下砂村家殺害剛毅，倒是還有方法可想。」

「願聞其詳。」

「就像我剛才提到的，有一條電話線通過服部家和島豆家的後院，橫亙於上砂村家與下砂村家之間。聽說是過去為了方便主屋與偏屋聯絡才申裝的專用電話。白砂坂的坡度很陡，所以電話線也呈傾斜狀。跟普通的電線桿一樣，那裡的電線桿牢牢地插在地上，所以能爬到架設電話線的地方。這樣或許可以用塊布把剃刀包起來，綁成一個環，然後爬到電線桿上，把綁成環狀的布包掛在電話線上，包著凶器的布包就會順著電話線往下滑，從上砂村家移動到下砂村家，這麼一來，和一就能把凶器傳給昭一。」

「真是有趣的想法耶。」

「事前的討論也可以打專用電話偷偷串通好。剛毅耳背，只要趁志津子出門買東西的時候，由上砂村家的和一打給下砂村家的昭一，就不用擔心電話鈴聲被任何人聽見。」

「徹底利用電話這點實在很有巧思。」

小間井一臉愁眉苦臉的表情，看著單純佩服這個發想的言耶。

「昭一愛看偵探小說，所以就算想出這種狡猾的奸計也不足為奇。但事實是昭一先在下砂村家犯案，而且昭一在那之後還有不在場證明。在這種情況下，他到底要如何把日本剃刀交給和一？」

「考慮到凶器還沾滿血跡，難度好像又更高了呢。」

「就是說啊。昭一必須在沾著血的情況下把剃刀交給和一。無論他們再可疑、動機再明確，只要一天破解不了傳遞凶器的方法，就一天無法逮捕他們。如果是戰前的警察，可能會不管三七二十一地蠻幹，但現在可不能這麼做。」

「除此之外，還可以想到很多讓凶器從坡道上方移動到下方的方法，但是反過來就很難了。」

「就算以人力拋擲，要由下往上丟還是很困難。」

「而且兩個砂村家之間還隔著服部家和島豆家。」

「以人力所能拋擲的距離來說，最多只能丟到服部家的院子裡。」

「單就刑警先生的描述聽下來，我也有同感。」

至此，言耶稍微思考了一下。

「我了解來龍去脈了，這起事件非常不可思議，實不相瞞，我也很感興趣——」

「哎呀，那就先謝謝你了。」

小間井貌似鬆了一口氣，言耶趕緊搖手。

「我不是這個意思。」

「嗯？」

「我對本案感興趣是事實，但我不明白，為什麼自己非跟解決事件扯上關係不可。」

「哦，這個問題啊。」

小間井用一臉「原來是這種小事啊」的表情說道：

「曲矢刑警還特地提醒過我，結果我卻滿腦子只記得要說明案情，差點忘了告訴你。」

「告訴我什麼？」

言耶反問，不祥的預感與好奇心在腦海中各占一半，但接下來小間井的回答果然讓他忍不住雀躍三尺。

「這次的案件當然也跟怪談脫不了關係。」

三

上下砂村家發生雙重殺人事件的兩個多月前，某一天傍晚，剛毅交代志津子去東神代町辦事。

任務相當簡單，只要把用大方巾包起來的東西送至剛毅的友人大瀧家即可，一下子就能搞定。如果對方很健談，她也能在進門後的木地板上，邊喝茶邊陪對方聊上一會兒天，但這次不太一樣。

「砂村剛毅老爺要我把這個送來府上。」

志津子按照梅的指導打招呼，可是面前這個年紀看來比剛毅還大的老人連笑都不笑一下，毋寧說是愁眉苦臉地接過布包，然後一聲不吭地逕自轉身進屋。

什、什麼嘛。

志津子非常火大。這個人也太冷淡了吧，對於在這麼冷的天氣把東西送來的人，居然連一句慰勞的話也沒有，一般來說至少會送上一杯熱茶吧。

這個老爺爺原本是軍人吧。

年紀雖大，背脊卻打得直挺挺，銳利的眼神與蠻橫的態度也充分顯露他曾是軍中高層的感覺。

盒子裡到底裝了什麼？

隔著布也可以摸出裡頭大概是個木盒。沉甸甸的，再加上用雙手捧著走路的時候會發出匡啷、匡啷……的聲響，感覺盒子裡應該是陶壺之類的東西。

壺裡又裝了什麼……

想到這裡，身體不由得機伶伶地打了個冷顫，或許不全是天氣太冷的關係。

老爺把布包交給自己的時候，臉上的表情彷彿卸下了肩上的重擔。

另一方面，大瀧老人接過布包的時候，卻是一臉啞巴吃黃蓮的苦相。

志津子不清楚剛毅與老人是什麼關係，但他們之間肯定交換了什麼不想放在身邊的東西。

……感覺好不舒服。

志津子帶著這種感覺踏上歸途。熙來攘往的人群為了盡快逃離寒冷的天氣，無不踩著匆忙的腳步。就在志津子受到影響，也開始加快腳步的時候。

軍用外套冷不防地映入眼簾，貌似有人正悄然無聲地站在數公尺開外的電線桿後面。

由於布料與食物同樣匱乏，那時穿著軍用外套的人並不罕見。無論是本人還穿著上戰場時所穿的裝備，還是像昭一那樣買下前軍人為了生計才賣給舊衣店的外套，總之不論是哪一種都是很珍貴的物資。可是要說基於這個原因才引起她的注意，也有點不太對勁……

志津子正要再次定睛凝視那件外套時，心頭一凜。

沒有頭……

駭人的無頭人正悄悄地躲在電線桿後面。志津子目睹這怵目驚心的一幕，險些就要發出尖叫。

……咦？

之所以又硬生生地把哀號給吞了回去，無非是發現自己看錯了。

只是有件外套掛在電線桿上……

志津子猶豫再三，提心弔膽地靠近，仔細一看，並不是沒有頭，而是沒有身體。

什麼嘛。

曾幾何時繃得死緊的全身一下子沒了力氣，本想視而不見地走過去，卻不由自主地在電線桿旁停下腳步。

那件外套為什麼會掛在電線桿上？

是有好心人撿起掉在地上的外套掛上去的嗎？問題是，有人會在這麼冷的天氣脫下外套，還遺落在人來人往的馬路中央嗎？

更重要的是，正常情況下，那麼體面的外套早就被人順手牽羊摸走了，一直掛在電線桿上反而更加顯得不自然。

志津子下意識地觀察經過電線桿的行人。然而，沒有一個人留意到外套。就連衣衫襤褸，看起來冷得要命的人也都頭也不回地走過，彷彿那件外套根本不存在。

……真討厭的感覺。

就在她想當場轉身，心想就算繞點遠路也要走別條路回家的時候。

唰。

這時剛好有個商人模樣的男人經過電線桿旁，志津子親眼目睹那件外套彷彿自動披在商人身上的光景，簡直令人難以置信。

下一瞬間，剛才還歷歷在目的外套突然消失了。那個男人也突然停下腳步，抖了好大一下，接著目不轉睛地盯著電線桿看，然後又像重新打起精神似地繼續往前走。

剛才那幕是……

志津子還在茫然佇立的時候，商人模樣的男人已經走過自己身旁了。擦身而過的剎那，男人瞥了志津子一眼，眼神與嘴角似乎都帶著輕蔑的冷笑，難道只是她的錯覺嗎？還是……

那天之後又過了大約三個禮拜，同樣是黃昏時分，志津子去了一趟神代新町的御津醫院。她每個月都要去御津醫院幫剛毅拿藥，所以那天也像往常一樣前往醫院，但就在回程時，她又再次看到了那個東西。

在五金行屋簷下，垂掛著一件外套……

儘管如此，不管是店裡的人還是經過五金行的路人，大家都毫無感覺，所有人都是一副什麼都不知道的表情。

要是繼續看下去，只怕又要看見那個附在某人身上的瞬間了。

一思及此，志津子嚇得魂飛魄散，趕緊加快腳步離開。出門辦事明明是為了透透氣、轉換心情，這下子反而要開始擔心會不會從此不想出門了。

而這份恐懼，不幸成真了，而且還是以最糟糕的方式登場。因為大約在兩週後，那件外套在神代町出現了。

那天傍晚，志津子一如往常地出門買東西，當時就像平時一樣，她在常光顧的商店買完晚餐食材，正要返回下砂村家。

「噫！」

短促的驚叫聲從她口中迸出來。

因為那件外套就掛在不遠處的民宅圍牆邊緣，自然得彷彿本來就應該出現在那裡。

眼前令人不寒而慄的畫面與最初看到外套掛在電線桿上的景象如出一轍，看起來非常自然，自然到讓人不禁覺得掛在電線桿上、民宅的圍牆上或樹木的枝椏上才是那件外套本來該有的姿態，前幾天看到掛在五金行的屋簷下反而是例外。

要是不通過那戶人家，就得繞上好大一圈才能回家，因此她幾乎是貼著馬路對面的圍牆，從外套前走過。路上的行人皆以奇異的目光看著她，但她早已無暇顧及旁人的眼光。

一旦掉以輕心，就會被那個附身……

此時此刻，志津子只擔心這件事。保持充分的距離，從圍牆前經過的時候，也一直擔心那件外套隨時會啪啦啪啦啪啦……地飛過來攻擊她，嚇得魂都要飛了。

從東神代町到神代新町，然後再到神代町，那件外套似乎正在往西移動。如果真是這樣，志津子祈禱它能快點離開這裡，愈快愈好。

第二天傍晚，就在她心裡還想著要是外套還在的話該怎麼辦時，順著下砂村家的石階拾級而下後，就看到那件外套掛在白砂坂最下面的電線桿上。

來了。

再這樣下去，遲早會經過下砂村家的門口。應該不至於進屋裡來吧，可是如果它來到家門口，到時候萬一要出去買東西的話……光是想像，就讓她全身發顫不止。

這時，貌似從舊書店回來的昭一出現在坡道下。

「啊，不可以……」

但是在聽到志津子的警告前，他已經走過那根電線桿旁。

……唰。

志津子又親眼目睹外套突然罩住昭一的凶猛模樣。那一瞬間，雞皮疙瘩倏地爬滿全身。

昭一站在電線桿旁，全身劇烈地抖動了一下，佇立在原地好半晌，然後踩著飛快的步伐，大步流星地朝她走來。

志津子心急如焚地想趕在他走到這裡前逃之夭夭，可是雙腳完全不聽使喚。昭一愈來愈靠近，她卻彷彿生了根似地釘在原地。處在想跑又跑不了的情況下，昭一已經進逼到眼前。

……會被攻擊的。

志津子頓時萬念俱灰，可是昭一什麼也沒做，只是雙眼發直地凝視她的臉，留下一抹黏答答的冷笑，走進下砂村家。

然而，看到他的冷笑，志津子全身上下的寒毛都豎起來了。平常只敢偷看她的昭一，居然堂堂正正——這麼說或許很奇怪——地盯著她看，而且還對她投以充滿惡意的冷笑。志津子感到毛骨悚然，彷彿全身都被他用雙手掌心執拗地撫摸過一遍。

在那之後，志津子過了好幾天心驚膽戰的日子，然後在發生慘絕人寰的雙重殺人事件那天，向島豆家的梅坦承一切。還以為這麼一來，心情能稍微輕鬆一點，不料梅默默地聽她說完後，竟告訴她一個驚天動地的事實。

「我年輕時住的地方有一次發生了小火警騷動。雖說是火警，也只有圍牆和門柱燒焦，幸好沒釀成大禍，但是居民擔心不知道什麼時候會出大事，所以組成民間自警隊，結果在一次夜晚巡邏中逮到某位大老闆的太太。」

「是那個人放的火嗎？」

梅點了點頭。

「問題是本人當時處於失神的狀態，看起來就連自己也不曉得自己做了什麼……明明是放火的時候被當場抓住，絲毫沒有可藉詞推托的餘地，但她又一臉真的很困惑的樣子……」

「……感覺好可怕。」

「因為是大老闆的太太，自警隊也傷透腦筋，不知道是不是該直接將她交給警方，結果與她的丈夫商量之後，決定再觀察一下。不過她就是犯人的消息一下子就傳得人盡皆知，於是有人說出了匪夷所思的話……」

接下來，梅換上說悄悄話的語氣說道：

「有人說發生第一場小火警的前一天，曾經看到那位大老闆的太太走在路上的時候，有件原本掛在電線桿上的藍色洋裝突然像是有生命似地披在她身上……」

「……一、一、一模一樣。」

志津子太過激動，連話都說不好了。梅安撫似地看著她，繼續說：

「可是好像沒有人把他說的話當真。」

「那位太太呢？」

「趁丈夫不注意的時候又縱火了……而且這次釀成巨禍，死了好幾個人。所以被警察抓走，聽說判了死刑。」

「……」

志津子一句話也說不出來。

「縱火騷動的幾個月後，隔壁鎮也傳來了相同的藍色洋裝流言。那時已經變得與怪談無異了。然後再隔壁的鎮上連續發生了好幾起兒童綁架未遂事件……」

「是因為藍色洋裝的關係嗎？」

「不少人都這麼認為。不知道是誰說的，但好像就是從那個時候開始，有人取妖怪的『妖』與衣服的『服』，稱**那個**為『妖服』。」

「妖服」這兩個異樣的文字浮現在志津子的腦海中，心想她看到的那件外套肯定也是「妖服」。

後來梅還給了志津子護符，只可惜砂村家的雙重殺人事件，當時已經發生了一半。

四

「你說是寫成妖、妖、妖怪的衣服……妖服嗎！」

刀城言耶的大音量在 Hill House 店內迴盪。

「你、你、你冷靜一點……」

店員和所有的客人都盯著他們看，小間井顯然完全承受不了這些視線的集中攻擊。

「你、你太大聲了。」

他連忙想制止言耶，但言耶完全搞不清楚狀況，反而開始滔滔不絕地高談闊論起來。

「說到衣服的妖怪，有一反木綿、襟立衣、小袖之手，如果單純由布變成的還有茶袋等等，但是請恕我孤陋寡聞，從未聽過名叫妖服的妖怪。不過，從它所引發的現象來看，有點像是小袖之手。」

「喂喂喂——」

「對了，這個小袖之手是江戶時代的傳說。」

「不，我並沒有——」

「有位商人從舊衣店買了漂亮的和服要給女兒。女兒興高采烈地穿上，結果沒多久就病倒了。幾天後，商人回家，發現家裡有個臉色鐵青的陌生女子，仔細一看，女子身上不知怎地竟穿著女兒的和服，然後就從大驚失色的商人面前消失了。商人趕緊檢查衣櫥，雖然女兒的和服還端端地收在衣櫥裡，但是因為感覺很不舒服，就想把衣服處分掉，於是便從衣櫥裡拿了出來，掛在衣架上。結果，小袖和服的兩個袖口突然伸出女人的雪白手臂。家人害怕極了，拆開和服，發現從肩頭到腋下有一道斜斜的傷痕……」

「都說了，我沒問你——」

「由此可知和服原本的主人可能曾經被刀斬殺……所以比起所謂的妖怪，更像是充滿死者怨念的衣服……就遭到忌諱的物品而言，或許也可稱為『忌物』。」

「那種事情──」

「啊啊！」

言耶又開始大喊大叫，使得他們再度成為眾人矚目的焦點。不過，這次打量他們的人數大概只有方才的一半。

「喂，小聲點。」

「我都忘了還有暮露暮露團。人類使用於日常生活中……」

「曲矢怎麼沒告訴我，你有這麼麻煩的毛病啊。」

小間井頻頻小聲抱怨。但那是因為曲矢很幸運地尚未被言耶的壞習慣──聽到自己沒聽過的怪異事物就會激動到忘我狀態──折磨過，所以無法事先提醒小間井。

「和服或被褥等物一旦變得破舊，就會充滿使用者的意念，變成暮露暮露團。還有鳥山石燕他……」

小間井似乎看開了，開始默默地聆聽。

「啊，說到石燕這號人物──」

只不過，言耶每把話題岔開一次，刑警眉間的皺褶就多一條。

砰！

小間井的忍耐似乎終於到了極限，突然一掌拍在桌上，聲音響徹整家店內，但是所有人都已經懶得理他們了。

「欸？」

小間井對一臉怔忡的言耶說：

「可以停一停嗎？」

這位刑警詢問的語氣十分鎮定，但眼神非常尖銳。

「啊？」

言耶依舊一臉丈二金剛摸不著頭腦的模樣。

「啊啊，抱歉。」

言耶總算意識到自己的失態，端正坐姿，低頭道歉。

「看樣子，我好像在不知不覺間說得太忘我了。」

「沒關係，很有趣喔。」

小間井雖然嘴上這麼說，目光卻依舊銳利。

「我也穿過同樣的軍用外套，所以聽到她的證詞時，不由得感到毛骨悚然……」

說到這裡，心想這麼一來可能又會打開言耶的話匣子，小間井連忙正色說：

「如果你不介意的話，我想把話題拉回案件本身……」

「利用從上砂村家拉到下砂村家的電話線犯案的方法嗎？」

接著言耶極其自然地言歸正傳。

「有、有辦法嗎？」

這下反而是刑警瞬間反應不過來。

「各自將滑輪裝在兩家拉了電話線的電線桿上，先把釣魚線穿過滑輪，再綁上包住凶器的布包，接下來只要在下砂村家這邊轉動滑輪，拉動釣魚線，就能將日本剃刀傳送到上砂村家。利用這個方法，就能讓凶器從坡道的下方往上移動。」

「原來如此。」

小間井先是接受這套說詞，但隨即一臉遺憾地搖頭。

「只不過，就像我前面提過的那樣，連繫那兩戶人家的，怎麼看都只有電話線而已。而且從電線桿到電話線，警方也都仔細檢查過了，可是什麼痕跡也沒發現。」

「是這樣啊。」

言耶本人倒是沒有因此而顯得特別消沉。

「要是真使用了滑輪，必定會在電線桿上留下痕跡。但是要在不使用滑輪的情況下利用電話線傳遞凶器，似乎又有點難度呢。」

「果然沒辦法嗎。」

「如果現在是夏天，倒也不是完全沒辦法。」

「怎麼做？」

小間井忍不住探出身子追問，言耶半開玩笑似地回答：

「就如刑警一開始所說的，用布包住日本剃刀，綁成一個環，掛在電話線上。」

「你是說以那種狀態把凶器從下砂村家轉送到上砂村家嗎？」

「光是這樣當然不行。電話線是斜斜地往上延伸，所以勢必要有動力。」

「像是滑輪……」

「對。假使這起事件發生在夏天，或許就能利用夏季特有的名物，也就是煙火。」

「什麼！」

「把小型的沖天炮裝在綁著凶器的環上，一股作氣地從下砂村家射向上砂村家。因為電話線只介於兩家之間，還不用擔心會飛過上砂村家。只要算準附近有人放煙火的時間，就連聲音都可以蒙混過去。」

「真是異想天開的想法啊。」

單靠小間井的表情，無法分辨他到底是佩服還是錯愕。

「但是已經可以確定沒有使用沖天炮的痕跡。除此之外還有別的辦法嗎？」

既然又接著問下去，或許小間井是真的感到佩服。

「讓我想想喔，再來就是強風吧。在下砂村家行凶後，只要從白砂坂的下方往上吹起強風，就能用氣球或小型的風箏，順著電話線把凶器送過去。我想應該沒問題。」

「可是當天並沒有颳這麼大的風。」

「即便從一早就颳著強風，也不知道什麼時候會停，敢不敢動手殺人還是個問題。」

「有其他方法嗎？」

小間井催促，雙眼迸發出異樣的光芒。

「辜負你的期待真是過意不去，不過我已經想不出還有什麼能利用電線桿及電話線犯案、卻不會留下任何痕跡的詭計了。」

「這樣啊，我還以為這是個好方向呢。」

刑警看上去很失望，但是言耶的下一句話又讓他重新振作起來。

「我反而認為應該要跳脫這個想法。」

「除此之外還有別的辦法嗎？」

「當然有，也是最單純的方法，那就是親手交給對方。」

這個答案讓小間井露出了懷疑的眼神。

「就是因為不可能親手交給對方，我們才會像這樣討論到這種地步，你也才會推理出那些只有在偵探小說裡才會出現的物理性詭計，不是嗎？」

「嗯，你說的沒錯。既然討論不出個所以然來，我覺得及時放棄也很重要。」

「唔……」刑警被他堵得說不出話來。

「假設能親手交給對方的話，有什麼可行的辦法？」

「會不會根本就是反過來的？」

「什麼意思？」

「倘若不是昭一把日本剃刀交給和一，而是和一去找昭一拿日本剃刀呢？」

「……反過來嗎。」

「服部家的登米婆婆送傳閱板去上砂村家的時候，只看到收下傳閱板的渡邊清子和當時在家的剛義，並沒有看到和一的身影。只要事先討論好殺害剛毅的時間，和一就能配合犯案後離開下砂村家的昭一，也離開上砂村家。只不過和一並沒有朝下坡走，而是往上繞了一大圈，追上前往舊書店的昭一，取得凶器，再返回上砂村家。這個可能性是不是也很大呢？」

小間井屏氣凝神地聽言耶推理。

「根據清子的證詞，她外出購物之前，剛義跟和一都在家，不過她也不是一直都有看著他就是了。」

「昭一要谷志津子快點去送傳閱板，說不定也是因為與和一約好殺害剛毅的時間正一分一秒之交臂。」

地逼近。萬一太晚動手，推遲他離開下砂村家的時間，可能會與按照時間離開上砂村家的和一失

「聽起來很有道理。」

刑警貌似接受了這套說法。

「不，還是不行。」

只見他突然想起什麼關鍵似地猛搖頭。

「菰田家的由次郎三點時就在前院，而他聲稱沒有任何可疑人物經過家門口。他是案發後才接受警方的詢問，所以可疑人物當然也包括和一在內。」

「也就是說……凶器還是由昭一交給和一的嗎？」

「然而，問題在於到底是用什麼方法，你還想得到其他點子嗎？」

言耶俯首沉思了好一會兒，突然抬起頭來。

「昭一先假裝從白砂坂下坡，然後立刻使出某種手段，上坡去到上砂村家呢？」

「聽起來好像廢話。所以他使出什麼手段來著？」

「騎腳踏車。」

「不不不，騎腳踏車也會被登米和梅發現吧。」

「錯了，正因為騎腳踏車，才不會被她們發現。」

「這話怎麼說？」

「因為昭一打扮成郵差的樣子。」

「啊……」小間井張著嘴巴，瞠目結舌。

「雖然時間不長，但昭一曾經在郵局工作，而且去舊衣店買制服也是他的興趣，因此就算手邊有郵差制服也不奇怪。」

「利用了這一點嗎……」

乍聽之下合情合理，但刑警隨即神色倉皇地說：

「可是昭一離開下砂村家時沒有帶任何東西喔。」

「只要在當天中午以前先下坡，事先把制服和腳踏車藏在某個不起眼的地方就行了。」

「……原來如此。」

「以下是昭一在案發當天的行動。下午三點五分左右，算準谷志津子離開下砂村家的時間，進入剛毅的房間，用日本剃刀殺害剛毅。這時，志津子正在隔壁的豆島家與梅婆婆聊天。昭一殺害叔叔後，把沾有被害人血跡的凶器藏在用來包珍貴舊書的油紙裡，再裝入信封中。為了保險起見，說不定還在信封上寫下上砂村家的地址與和一的名字，甚至可能連郵票都貼了。下午三點十分左右，昭一從下砂村家往外窺探，確定服部登米婆婆已經坐在自家前的長板凳上之後，就離開下砂村家，假裝要去舊書店，走下白砂坂。包括志津子在內，梅婆婆和登米婆婆的行為模式幾乎已經固定了，所以昭一應該也能準確預測。」

「有道理。」

「走下白砂坂的昭一，前往事先藏好郵差制服和腳踏車的地方，在那裡變裝，然後若無其事地騎著腳踏車上坡，將裝有凶器的信封丟進上砂村家的信箱裡，再下坡回到原處，換回自己的衣服，最後前往他常去的舊書店，為自己製造上砂村家命案發生時的不在場證明。」

「完全兜起來了。」

「這個詭計有個問題，那就是即使能弄到制服，也不見得能弄到正牌郵差使用的腳踏車和皮包。」

「要準備得如此周全還是太勉強嗎？」

「不過，只要穿上制服就幾可亂真了。因為人一旦認定『那是郵差』就會陷入主觀判斷。倒不如說，問題反而出在能不能找到可事先藏匿制服和腳踏車的地方，因為他必須在那裡換兩次衣服。」

「原來如此……」

小間井突然露出困惑的表情。

「我前面曾提過，警方也懷疑昭一是先下坡，然後繞町內一圈再上坡的吧。所以我們在白砂坂的上坡和下坡幾乎走了個遍，可是也沒發現能藏制服和腳踏車，而且還能換衣服的地方。」

「……這樣啊。」

「現在這個世道，就算有這種地方，恐怕也早就已經被人發現，並且占為己有了。」

「你說的沒錯。更何況考慮到昭一假扮成郵差之後的行動，也有許多不自然的地方。既然都往上坡來了，只送信給上砂村家後就立刻下坡，饒是登米婆婆和梅婆婆也會覺得形跡可疑吧。」

「不然，其實我也認為這是很好的想法。」

「……不好意思。」

言耶低下頭去，視線就這麼直接落在筆記本上，同時在心裡反芻谷志津子的證詞，重新回想整起案件。

過程中，小間井始終保持沉默。看來這位刑警準備耐著性子等候言耶再次開口。

「……對了。」

不一會兒，言耶喃喃自語，這讓小間井迫不及待地追問：

「怎麼了？」

「志津子人還在玄關的時候，昭一就已經進到剛毅的房間裡。」

「因為志津子聽見他跟平常一樣，大聲地對耳背的剛毅說話。」

「為什麼不等她真的離開家之後再去找剛毅呢？」

「因為想快點除掉剛毅……」

「沒必要這麼急吧。志津子從玄關走出去只需要短短十幾秒，完全沒有不多等一下的理由吧。」

「……那是為什麼？」

「因為想讓志津子以為直到自己離開下砂村家前，剛毅都還活著……」

「你、你說什麼！」

「為了讓警方認定剛毅是在志津子出門後才遇害、凶器也是在那之後才移交給和一的。」

「既然如此，事實是……」

「剛毅早在志津子出門前就已經遇害了。從死亡推定時間倒算回來，應該是死於她出門前一刻。所以凶器從她跨出家門的時候就開始移交了。」

「什、什麼意思？」

一頭霧水的小間井趕緊追問，言耶回答：

「用油紙包起來的日本剃刀就藏在傳閱板的最底下。」

「什麼……」

「重要的通知原本就只有最上面那兩、三頁而已，底下都是町內會長小佐野的俳句專欄，這就是他們傳閱板的形式。因此除了菰田家的退休老人由次郎，幾乎沒有人會把傳閱板翻到最後一頁。」

「而菰田家在上砂村家的上方。」

「志津子會唸傳閱板給下砂村家隔壁的島豆梅婆婆聽，但這時也只會看看放在俳句報導上面的通知。再隔壁的服部登米婆婆也只會瀏覽一下重要的聯絡事項，志津子是這麼說的。」

「登米送傳閱板去上砂村家，由渡邊清子收下是在下午三點三十五分過後。而她恐怕也沒認真地把傳閱板的內容看到最後一頁。」

「和一等清子出門購物後，動手殺害剛義。想當然耳，昭一與和一都很小心地避免讓凶器沾上指紋。和一將日本剃刀留在案發現場，只帶著用來包住剃刀的油紙出門。然後在某個地方——或許是扔進河裡吧——把油紙給銷毀掉。」

「可是啊……」

刑警這時似乎終於回過神了。

「把那種東西夾在傳閱板底下，不怕被志津子或登米發現嗎？」

「小佐野的俳句報導有愈來愈厚的趨勢，相較之下，日本剃刀其實很薄喔，應該可以完全藏住。」

「是沒錯啦。」

「不過有個場面確實很驚險。」

「哪裡？」

「志津子把傳閱板交給登米婆婆的時候，當時她不是敏感地察覺到血腥味嗎？」
「哦，那件事啊……」
「志津子難為情地以為是自己沒洗澡的味道，其實是剛毅沾在凶器上的血所散發出的血腥味。」
「嗯哼……」
小間井低吟了半晌。
「照你這麼說，為什麼志津子和梅都沒聞到血腥味呢？」
「或許該說是登米婆婆的嗅覺更加敏銳吧。如果硬要解釋志津子和梅婆婆之所以沒留意到的原因，或許是志津子因為可以透透氣，一顆心早已飛到島豆家，至於梅婆婆也很期待她的到來，再加上彼此都太沉浸在聊天了。」
「原來如此。」
刑警被說服了。這時言耶有些著急地問他。
「命案發生在一週前對吧？」
「嗯啊，沒錯。」
「既然如此，傳閱板應該還沒有更新。也就是說，案發當天的傳閱板表面或俳句專欄最後一頁的背面可能還殘留著微量的血跡……」

言耶的話還沒有說完，小間井已經站了起來。

「謝謝你，多虧有你的幫忙。」

小間井付完帳，回過頭拋下一句：

「這個人情我遲早會還給你。」

語聲未落，人已匆匆走出 Hill House。

五

「……抓到了嗎？」

砂村昭一與和一就是砂村家雙重殺人事件的兇手，這對堂兄弟遭到逮捕的新聞於刀城言耶和小間井刑警在 Hill House 會面的兩天後見報。

駭人的交換殺人！

每份報紙都以煽情的報導呈現此案。對於兩人謀奪父親遺產的動機只是輕描淡寫地帶過，但是關於計畫性的交換殺人，也就是傳遞凶器的部分卻敘述得鉅細靡遺。其中還人有像戰前的報紙那樣，大聲疾呼偵探小說的危害，令言耶打從心底感到無奈。

第二天，小間井把他找了出來。言耶依約前往 Hill House 時，刑警已經坐在裡面，優雅地抽著洋菸、喝著道地的咖啡。

「託你的福，事情順利解決了。」

小間井禮數周到地起身向他致謝，反倒令言耶手足無措。

「剛抓到人，應該還有很多事要忙吧？」

「還好，只出來一會兒的話沒問題的。畢竟你是破案的大功臣，光請你喝咖啡根本不足以回報。我會盡快找個時間自掏腰包，好好地設宴款待你……」

「不用了，你的好意我心領了。」

言耶忙不迭地推辭後，就請他說明逮捕砂村堂兄弟的經過。

「很遺憾，傳閱板和俳句報導上面都沒有找到血跡。」

小間井立刻話說從頭。

「行不通嗎？」

「只不過，我嚇唬他們發現了微量的血跡，然後再發表你的推理。想當然耳，兩人是分開接受偵訊的，所以我們使出心理戰：『搶在對方招認前先自白，罪行或許會比較輕喔。』還故意威脅和一：『想出這個詭計的是昭一吧，再這樣下去，你等於也一起參與了殺人計畫喔。』」

「然後呢？」

「我們還以為在這種情況下，最先吐實的會是和一，沒想到竟是昭一。」

「為什麼？」

「好像是因為詭計被識破的關係，心情很低落。」

「……啊？」

言耶大吃一驚，小間井回以苦笑。

「所以接下來就輕鬆了，因為他自顧自地說個沒完。」

然後他們又梳理了一下案發經過，等這一切都告一段落的時候。

「剛才太認真討論案情了，還沒機會問你——」

言耶略顯遲疑地開口。

「想問什麼儘管說。」

小間井爽快地回答。

「剛毅派谷志津子把裝在木盒裡的壺之類的東西，送去給東神代町一位姓大瀧的退伍軍人，你知道那是什麼嗎？」

言耶這麼問道，小間井則是一臉我怎麼會知道的表情。

「不好意思，我也不知道那是什麼。」

「這樣啊。」

言耶表示理解，接著又說：

「還有一個問題。志津子發現剛殺的屍體，正想逃出下砂村家時，看到有個不知是什麼東西的玩意兒穿著外套站在玄關的三和土地板那邊，那個是……」

「當然是她的幻覺吧。」

小間井不假思索地回答。

「看到雇主慘不忍睹的屍體，嚇得六神無主的她就算看到幻覺也不足為奇。再加上她從案發前就多次看到外套，表示她本來就容易看到髒東西。更何況又受到島豆家的梅告訴她的──寫成妖怪衣服的妖服──怪談影響，情況就更嚴重了。」

「果然會這樣解釋啊。」

言耶輕易地接受這套說詞，似乎令刑警感到很意外。

「不要告訴別人喔。實不相瞞，我基於個人的好奇心，所以向昭一問起志津子在白砂坂看到外套的事。」

小間井以非常意味深長的表情與語氣透露。

「他怎麼說？」

「他好像完全不知道軍用外套的事。只不過，從他的供述聽下來，昭一突然天外飛來啟示、靈機一動想到與和一交換殺人的點子，正好是志津子說她看到外套披在他身上的那天。」

「與梅婆婆提到老闆太太的例子完全相反呢。」

「什麼意思？」

「引發小火警的太太沒有縱火的自覺與記憶，但昭一不同，感覺像是從妖服得到惡魔的智慧，在神志清醒的情況下實行。」

「同樣是妖服，也有不同的種類嗎？」

「……或許是吧。」

「不過，世上應該沒有妖服這種東西吧。」

小間井打起精神，不容置疑地斷言。對此，言耶並未反駁。

「東神代町與神代新町的案子有進展嗎？」

「那兩個案子還沒有解決。雖然與本案無關，但是就如同你的推測，昭一承認他們打算把自己的罪行推到那兩起案件的犯人頭上。」

後來，兩個人又接著討論東神代町與神代新町的案子，當這個話題也劃下句點之後。

「謝謝你特地說明給我聽。」

言耶向小間井道謝。

「哪兒的話，我才要感謝你的大力協助。」

小間井低頭致意，兩人起身，準備離開時——

「我覺得應該還是要讓你知道。」

小間井說道，然後又坐回去，這讓言耶愣了一下。
「你是指？」
「偵訊過程中，昭一與和一當然是分別被羈押在不同的房間。雖然想讓他倆各自單獨拘禁，但現在治安這麼差，實在無法辦到。」
「拘留室還有其他人嗎？」
「第一天晚上，昭一和某個男人同房。那個男人姓安岡，有強盜傷人等許多前科，正矢口否認最近犯下的案子。據負責審訊安岡的刑警說，安岡起初看昭一很不順眼，認為他是『囂張的傢伙』、『居然敢不把我放在眼裡』。」
「同樣是罪犯，但他們一點共通點也沒有呢。」
「但不知道為什麼，安岡並沒有找昭一的麻煩。通常在這種情況下，像昭一這種初來乍到的菜鳥都會吃很多苦頭。」
「會不會礙於昭一是殺人犯？」
「安岡不曉得昭一是犯了什麼罪才被關進來。他對昭一視而不見，所以也不太可能是昭一告訴他的。就算昭一真的說了，安岡也不可能會畏懼不管長相或言行舉止都和大少爺沒兩樣的昭一。」
「既然如此，那是為什麼？」

小間井沒有回答言耶的問題。

「第二天早上，安岡提出想換牢房的要求。」

「……為什麼？」

「他說……牢裡還有另一個人。」

「……」

「他害怕得不得了，想換到別的房間，還說……只要能換房間，他願意認罪。」

「昭、昭一呢？」

「他說房裡只有我們而已。」

小間井說到這裡，直勾勾地凝視著言耶。

「只不過，現在再仔細推敲，昭一口中的『我們』或許不是指自己和安岡，而是他和什麼別的東西……我無法不這麼想。」

物怪・附身・凶器之謎

講談社於二〇一九年出版的《如魔偶攜來之物》，是三津田信三「流浪怪奇小說家刀城言耶系列」值得紀念的第十部作品（台灣這邊目前只有《如水魑沉沒之物》（二〇〇九）尚未引進過繁體中文版）。全系列作品在日本累積的超高評價，加上三津田慨然應允協助華文作者出版接龍合輯的實績，讓他在台灣成為繼島田莊司之後最家喻戶曉的本格推理名家。對於二〇一〇年初接觸便對其作品深感驚豔崇拜，於部落格讚譽為「本格推理救世主」的筆者而言，十多年來見證三津田小說在整個華人世界從小眾狂熱逆勢上揚至今，著實感觸萬千。

筆者所撰寫的刀城言耶系列書評曾說明，三津田本人表示創作刀城系列最困難的事情，便是民俗學、戰前戰後的時代設定、本格推理的本質、必須涉及的恐怖元素這四大要點的融合。「**在反覆試驗時總是感到非常困難，也非常有趣。**」本格與恐怖的絕妙融合，讓讀者「一次閱讀，兩種享受」是他獨樹一幟的文風特徵與文壇成就。

三津田大師在民俗學考察與推理小說研究是非常深厚的，幾達學究等級，也因此能夠妥善地分配要選擇什麼詭計搭配何種妖物完成小說結構。藉由這一次的解說，筆者會同步在四篇作品內探討「民俗怪談」與「本格詭計」這兩個層面，期盼讓讀者們進一步理解刀城宇宙創作背後的內涵，以及「詭計寶庫」的系列賣點又有哪些背後值得衍伸的娛樂價值。

我們先從三津田作品裡恐怖與謎團的主角「妖怪」開始說起，日本妖怪聞名全世界，但「妖怪」卻是來自中國的漢語，第一次出現在文獻裡是七七二年的《續日本記》。**在古早民間信仰裡，或是平安時代的文獻都將其稱為「物の怪」，意思是「怪異的存在」。物怪包含了憑依現象、疾病、死後的怨靈、死靈與生靈。物怪／妖怪主要是與人類不同、以人類價值觀難以解釋的物種。因此，刀城言耶系列會以「如……之物」來命名，是很貼切於物怪本意的譯法**，在小說裡則時常以正體不明，非人非物的「那個東西」來稱呼之。

也正因為「物怪是人智無法理解的東西」的思想傳承，三津田習慣不會對筆下出沒的妖怪做過多的解釋。刀城能破除的是以妖怪為偽裝的人類犯罪，對於那個妖怪「到底是什麼」等來龍去脈往往結局仍是一團迷霧。**刀城言耶下鄉尋找的是軼落於正式紀錄的稗官野史，這讓三津田得以虛構參雜部分真實地塑造五花八門的妖怪，這與採用鳥山石燕《畫圖百鬼夜行》（一七七六）裡頭知名妖怪入題，並大量探討其存在意義與人類關係的京極夏彥是截然不同的做法**。另一方面，三津田信三也認為，真正的恐怖在於未知，不明不白地被驚嚇才是最棒的恐懼感。他恐怖小說的創作觀，正是遠離都市與文明，在日本昭和二～三〇年代的鄉野中得以發揮得最淋漓盡致。

在傳統神道教的思想中，日本人對於森林、高山（尤其是富士山）具有特別的敬畏，並注重由「界線／結界」劃分的空間，不管神鬼都存在於偏僻之地。若有人不小心誤入禁地，便會遭遇不可思議的體驗。傳說裡日本人遇到「髒東西」，時常是在橋、十字路口、村莊邊界這一種交界地帶，如最知名的逢魔時刻傳說，也建立於白天與黑夜的時間交界點：黃昏之上。

以民俗學為基底的刀城言耶系列，便時常將研究內常見的鄉野怪談，設計在各種與常世／常識隔絕，具有明確界線劃分的不祥之地，《如凶鳥忌諱之物》（二〇〇六）瀨戶內海的海上孤島；〈如首切撕裂之物〉（二〇〇七）的住宅區死巷；《如幽女怨懟之物》（二〇一二）孕婦生死一瞬間的汙穢產屋等等。**而三津田最高明的地方，就是發現能夠將怪談發生的場域無縫接軌至本格推理的犯罪地點，無論是封閉村落或是特色密室。**而戰前至戰後江戶川亂步、橫溝正史活躍的年代，獵奇變格、詭譎陰森的不可能犯罪相當盛行，這些大師的影響力至今依舊深入民心，**橫溝的偵探小說在影視翻拍與《金田一少年之事件簿》漫畫等媒介加持下已成日本人的國民讀物。三津田得以盡情在相近且親切的時空背景，搭建起專屬自己的恐怖推理門派大旗，比起復古但複製率過高的新本格，這才是他在眾多前輩高手夾擊中殺出一條生路，懷舊元素拿捏得宜的成功精髓。**

在詳盡分析完刀城系列的專屬魅力後，我們開始探索本書的故事。〈如妖服割裂之物〉發表於《梅菲斯特》文藝誌二〇一八年第二期（講談社一九九九年創刊，每年在四月、八月、十二月共出刊三期，自二〇一六年第二期起全面轉為電子書）。本作雖然是短篇，卻維持橫溝風格，設定出饒富趣味的豪門內幕。並在特殊的伯叔侄關係上設計出「交換殺人」的概念。

交換殺人是推理詭計裡常見的點子，以江戶川亂步蒐集八百二十一篇作品整理出的「詭計類別集成」研究裡，交換殺人便出現在第六類的「其他各種詭計」中。現代包含島田莊司、東野圭吾、東川篤哉等暢銷作家都曾挑戰過，更在秋元康主筆的日劇《輪到你了》（二〇一九）以史上最大規模交換殺人遊戲的形式蔚為話題。

交換殺人往往能夠遮掩行兇者的動機，或是為彼此設置完美的不在場證明。警方無論怎麼查證，都很難想像沒有動機的無關人等會成為利益交換中的一員。但是〈妖服〉的詭計並不是放在交換殺人，而是「不可能的凶器傳遞」。凶器的確也是本格詭計的重要一環，但通常焦點放在奇特的凶器或者隱藏凶器的辦法。〈如首切撕裂之物〉便是令人意想不到的漂亮隱藏詭計。然而本作中兇手的身分與凶器的下落都非常明確，偵探要破解的是傳遞手法，是一個罕見的趣味構思。

言耶擅長的一人「多重解決」破案法在本作中也有精彩的展現，包含利用電話線來移動凶器、打扮成郵差到信箱投遞凶器等都是針對不可能犯罪的合理解法。以安樂椅神探的姿態解答也是言耶的拿手好戲。雖然分類不太一樣，但筆者聯想起另一個印象深刻的「〇〇移動詭計」：《金田一少年之事件簿》中的《怪盜紳士的殺人》（一九九五），也推薦給讀者欣賞或重溫。

故事裡的「妖服」果然還是搞不清楚到底是不是真正存在的東西，不過我們可以來做一些推測。結尾提到「昭一突然天外飛來啟示、靈機一動想到與和一交換殺人的點子，正好是志津子說她看到外套披在他身上的那天。」衣服妖怪並不是不存在，最有名的付喪神（九十九神）「襟立衣」是一件法衣的形狀，傳說是由高僧／天狗穿著的衣服獲得主人強大法力化身的妖怪。

至於本作裡言耶提到的暮露暮露團，出自鳥山石燕《百器徒然袋》（一七八四），是破舊的和服，依附了僧人的怨念或是從佛性感悟中得到法力而化為妖怪。**這些傳說就像台灣民俗鬼月時**

不能在晚上曬衣服，濕衣服會招陰讓「好兄弟」附在上面一樣：並非自然界生物的衣服，應無法自行化為精怪，如果是具有改變宿主意念想法的「妖服」，除了充滿怨念的憑依（附身）之物，也能以京極夏彥提出的「過路魔」人性邪念來詮釋。若環境與時機恰好得以製造完全犯罪，人人都有可能主動吸引妖服上身，痛下殺手。

如巫死
蘇生之物

巫死の如き甦るもの

一

迎來清風送爽的季節，從一早就是風和日麗的天氣。這種時候最適合去山上，沐浴在心曠神怡的陽光與微風下閱讀。刀城言耶由衷認為這才是正常人該做的事。

然而，這時就需要有該看的書。不對，明明家裡還有堆積如山的書沒看，不知為何言耶現在會身在神保町。而且還是在主打外文書的舊書店裡，瞪大雙眼在書架上尋找有沒有物超所值的怪奇小說。換言之，他只是在執行他的例行公事，與季節毫無關係。

「那個……」

背後傳來一聲略顯遲疑的叫喚。是女人細細的嗓音，聽起來非常迫切。

言耶反射性地回頭看，有個穿著制服的女學生一臉緊張地站在身後。看上去像是剛從鄉下進京，還分不清楚東南西北的少女。言耶心想這樣的少女找自己有什麼事……然後立刻反應過來，她大概是特地來東京找英文課要用的書。這裡是神保町，當然會有這種用功的學生。

「啊，抱歉。」

言耶從眼前的書架抽出 Edith Wharton 的《Ghosts》（1937），然後立刻閃到一邊。

雖然還沒仔細瀏覽過架上的每一本書，但還是等一下再回頭看就好了。雖然他是從店門口依序往裡面逛，但也沒有偏執到絕不允許打亂順序的地步。舊書店經常可以遇到他這種人，所以他還在內心沾沾自喜，幸好少女找上的是自己……

但不知何故，少女看也不看書架一眼，反而時不時地望向言耶。因為她就在言耶視線範圍的一隅，害得言耶耿耿於懷，無法專心選書。

「找我有什麼事嗎？」

言耶下定決心，單刀直入地問道。只見少女臉色僵硬地低下頭，然後才鼓起勇氣似地抬頭說：

「……請、請問你是偵探嗎？」

少女說出意料之外的台詞，讓言耶不由得當場愣住。

這時，言耶的腦海裡最先浮現的是小間井刑警的臉。雖說不是這家店，但上個月也是在舊書店裡被那位刑警叫住，導致言耶沒有選擇餘地地被捲入發生於神代町白砂坂砂村家的雙重殺人事件。

「呃……不是。」

言耶當然否認了，只見少女臉上頓時浮現出「欸……」的表情，不知怎地竟充滿了抱歉的心情。

「你不是作家刀城言耶老師嗎？」

自己的筆名是「東城雅彌」，所以這時就算回答「不是」也算不上說謊，但言耶還是猶豫了。

「呃，我是……」

即使內心充滿不祥的預感，言耶依舊無可奈何地承認。

「……太好了。」

大失所望的表情倏忽消失，少女堆起滿臉的笑意。那是足以溫暖言耶的心靈，難以用言語形容的笑容。

「我叫巫子見藤子。」

少女深深一鞠躬，隨即換上認真的表情。

「不瞞老師說，我有件事想跟您請教——」

「等一下。」

言耶立刻打斷她。

「首先，請不要叫我老師。再來，我也不是偵探。所以，如果妳有什麼問題——」

「啊，我忘了。」

藤子吐出舌頭微笑了一下，剛才緊張的感覺像是騙人似地消失無蹤。

「刑警先生有告訴過我，老師可能不願意承認自己是偵探，對於老師這個稱呼也有所抗拒。可是一見到老師，因為太緊張了，結果忘得一乾二淨。」

「你說的刑警先生是？」

言耶戰戰兢兢地問道。

「是一位姓小間井的刑警從東京來我們村子的時候說的。他說老師幫他解決過困難的案子。」

果然沒錯……言耶一面憂慮著不祥的預感成真、一面思考該如何解開巫子見藤子的誤會，與此同時，老闆和其他客人好奇的視線開始集中在兩人身上，令他如坐針氈。

儘管很怕自掘墳墓，言耶仍無奈地帶著她到「Hill House」咖啡廳，在那裡重新向她解釋「我不是偵探」。但藤子懇求「先聽我說完」，還說「我是特地從節織村來找老師的」，都說到這個份上，言耶也不能完全不給面子。

話說回來──

從曲矢刑警到小間井刑警，再從小間井刑警到巫子見藤子，這種一環扣一環的介紹到底是怎麼回事啊。

如果是委託他寫作的循環就好了。

藤子渾然不知言耶內心的自言自語，不等咖啡上桌就開始說明她的來意。

事情發生在她兄長復員回來之後，不一會兒就往意想不到的方向發展，等到回過神來，言耶已經聽得入迷了。

果然是自掘墳墓。

言耶自嘲似地苦笑，但也不覺得後悔。

因為藤子告訴他的事情是他最喜歡的怪談。有個男人從出入口都受到監視的村子裡消失了。

二

將巫子見藤子的敘述整理如下。

位於西東京的終下市翻過兩座山後的地方，就是她出生、成長的節織村。顧名思義，節織村自古以來盛產採用平紋織法、以蠶絲織成的絲綢。又因為使用的是節點較多的蠶絲，這種蠶絲稱為玉紗或節紗，而使用這種蠶絲織布的手法則稱為「節紗織」。

巫子見家代代皆為節織村最大的地主，同時也是紡織業的領導者。這麼說來，藤子本人確實也散發出一股來自富裕人家的優雅氣質。

戰時與戰敗後的那幾年，節織村的紡織業也有如火被澆熄般失去了活力。但是隨著村裡出征的男子陸續解甲歸田，又一點一滴地恢復朝氣。想當然耳，有人失去了丈夫或兒子，也有人雖然撿回一條命，卻身受重傷，甚至失去了身體的一部分。該說是不幸中的大幸嗎，幸好沒有哪一家出征的男丁全部戰死沙場，至少還是有一兩個活著回來。因此大家都開始滿懷希望，樂觀地認為節織村遲早能恢復昔日的榮景。

巫子見家在戰時就收到長男富一陣亡的通知，所幸次子不二生在日本戰敗後的半年左右就平安返鄉，而且手腳也都還健在。長男的死訊固然讓他們的父親，也就是巫子見家的當家富太郎痛不欲生，但也著實為次子能順利歸來感到高興。

「富一雖然是繼承人，但從小就很毛躁。與這樣的兄長比起來，不二生打從年紀還小的時候，不論任何事都慎重應對。要是兩人能同心協力，我們家也能平平安安、一帆風順吧。可惜兄弟倆的感情水火不容，再怎樣也不敢指望他們能和和氣氣地繼承家業。而戰爭也為兩兄弟分出了勝負。就結果而言，或許這樣對我們巫子見家和節織村都好。」

在長男的忌日前往寺院裡做法事時，藤子聽見富太郎這麼對住持說。

當時藤子很同情富一，卻也擔心要是由大哥繼承家業，一個搞不好，就可能動搖巫子見家的根基，節織村的紡織業也會面臨衰退。就連對紡織業一無所知的她也能隱約察覺到這點。

富一與不二生的體形都很矮小，精悍且端正的五官也長得很像，但性格大相逕庭。富一八面玲瓏、善於社交，但凡事都很隨便；不二生沉默寡言，比較害羞內向，但做人實在又認真。

「若能兼具富一的長袖善舞與不二生的安分老實，其實是最理想的繼承人……」

富太郎每次喝醉都一定會冒出這句話，而且後面也一定會接著一句話。

「富三就兼具兩位兄長的優點。」

富三是巫子見家的三男，但畢竟還是個小孩。富太郎希望富一至少能撐到富三可以獨當一面，而這個心願在日本戰敗後開始把指望的標的從長男移轉到次男身上。基於這樣的背景，富一戰死的消息固然深深傷了富太郎為人父親的心，但是身為巫子見家的當家，倒也喜聞樂見由不二生繼承家業。

只不過，父母和藤子過沒多久就注意到復員回鄉的不二生樣子怪怪的。首先是食量變得非常小。母親心疼他在戰場上肯定常為飯飽之事所苦，所以挖空心思準備了山珍海味，但他都不怎麼動筷子。起初還以為或許是因為他已經習慣極為貧瘠的飲食，但不二生會不會是對於只有自己活下來這件事萌生罪惡感呢……藤子不禁這麼認為。

「有很多戰友在臨死前都拜託我……」

藤子常聽到不二生動不動就把這句話掛在嘴邊，可是他死也不願透露戰友到底拜託過他什麼。瀕死的戰友在彌留之際喃喃自語「想吃故鄉的蕎麥麵」、「想吃祖母包的餡餅」。對於他們的心願，只能讓他們喝些水壺裡渾濁的水，哄哄他們「快吃，這是蕎麥麵喔」、「這是餡料飽滿的餡餅喔」。藤子深知戰場上多的是令人痛心疾首的故事，所以她寬慰父母，二哥肯定也有過這種痛苦的經驗。

「暫時隨他去吧。先讓他好好休養，再慢慢重拾和紡織業相關的工作。」

富太郎後來也想通了，所以儘管不二生經常不在家，但他也不會多說什麼。畢竟不二生雖然經常往外跑，倒也不是跑去終下市的聲色場所。

「不如去跟歡場的女人逢場作戲還比較好呢。」

可是，據說富太郎在日後回想此事，曾經如此感慨。

那麼不二生究竟去了哪裡呢？他去了遠離村莊，非常低矮、名為「富士見山」的小山丘。高度就連小孩也能輕鬆爬上去，天氣好的時候，從山頂可以看到富士山，所以不知道什麼時候就被起了這個名字。但是山頂上沒有設立神社、祠堂，也沒有基於富士信仰而被視為富士塚。

所謂的富士信仰是一種古神道，視富士山為神祇，加以膜拜，富士塚即為其膜拜的對象之一。分成把自古以來就已經存在的古墳或山丘視為富士山，以及建造像築山那樣的人工富士塚。假如富士見山也是富士塚，應該屬於前者。

當然，直接的信仰對象還是富士山本身。只是信徒可能身在遠方，無法輕鬆地爬上富士山，再加上富士山過去還是女性的禁地。尋求替代方案的結果，富士塚於焉誕生。在富士信仰最盛行的江戶時代後期，光是相當於現在的東京都範圍內據說就造了五十個富士塚。

節織村的富士見山完全沒有這方面的歷史，只不過一方面是巫子見家的土地、二方面是「巫子見」和「富士見」的日文讀音相同，所以巫子見家也負責管理富士見山。自己的名字叫「富太郎」，為子女取名為「富一」、「不二生①」、「富三」及「藤子」，但令人意外的是巫子見家的當家並不重視富士見山。因此雖然富士見山歸他們家管理，但頂多就是每年草率地修剪一下枝繁葉茂的草木，剩下的時間幾乎都置之不理。

不知怎地，不二生會頻繁地去爬那座小山，而且總是一直站在山頂上，不分晴雨，所以很顯然的，他並不是為了去看富士山。既然如此，他到底在山上做什麼呢？

① 不二生的「不二」和藤子的「藤」，日文讀音都和富士（ふじ，fuji）相同。

另一方面，不二生購買大量的書籍，沒去富士見山的時候就窩在房裡看書。他買的都是集結世界各國神話及民間傳說的書，在這些書裡，他特別熱衷於閱讀創世神話。

聽完富太郎的煩惱，住持提出以下的看法。

「不二生會不會是產生了某種信仰？」

還以為他是因為在戰場上經歷了過於殘酷且悲慘的體驗，導致精神出了問題。父親聽聞住持的看法後，也暫時鬆了一口氣。

「無論是什麼宗教，都由著他去吧。要是能讓不二生的心靈得到平靜，不是很好嗎。」

當時富太郎是這麼想的，只可惜事情沒有這麼簡單。因為不二生並不是受到某種宗教的感化，而是他想從零開始創造屬於他自己的信仰。

「……不，這種說法可能不太正確。這只是父親和住持的想法而已，至於二哥心裡到底在想什麼，其實誰也不知道。」

藤子支支吾吾地說到這裡，不經意地脫口而出以下的情況。

復員後又過了半年左右，不二生開始在路邊講道給村民聽，內容是「今後的社會，必須眾生平等」這種偏向社會主義的思想。然而，這些話可是從巫子見家的繼承人口中說出來的，影響力不容小覷。雖然大部分大人的反應都是「不二生因為戰爭的關係，好像變得怪怪的」，但年輕人就不一樣了，陸續有人對他的演說表示贊同。

接下來，不二生在富士見山的前面蓋了一棟房子，與五位村民展開了共同生活。那房子的規模頂多只能稱為小屋，但空間還算寬敞，可以容納十人左右一起生活。然後他又在小山丘的附近挖了水井，耕地種田、搭建飼養家禽家畜的小屋，從事自給自足的準備。大約又過了一年，一個幾乎可以稱為「小村落」的空間，就倚著富士見山成形了。

這些資金皆由巫子見家負擔。雖然認同不二生及其理念的村民會從事大部分的勞動，但一開始無論如何都需要錢，所以全都是巫子見家贊助的。

「只要他有朝一日願意繼承家業，在那之前隨便他愛做什麼都沒關係。」

富太郎是這麼想的，但藤子無法苟同。因為左看右看，隨著時間過去，二哥愈來愈沉迷於自己的「小村落」，這些她都看在眼裡。

更何況，倘若村民口中名為「富士見村」、以自給自足為目標的那片土地，說起來就相當於社會主義思想的具現化，那麼巫子見家身為節織村紡織業的領導者，不正是資本主義社會的象徵嗎？

「家父一直相信，只要玩膩了社會主義的家家酒遊戲，家兄就會回來繼承家業。」

至於富士見村是否真能自給自足，答案是否定的。包括主食的米在內，舉凡味噌及醬油都必須向「外」購買，衣服也一樣。再說大筆資金本來就是巫子見家出的，所以也沒什麼好意外。

有鑑於上述事實，富太郎認為富士見村應該撐不了多久，能持續個兩、三年就算不錯了。儘管如此，他還是任由不二生大手大腳地花錢如流水，可見當時父親對二哥的期望真的很高。藤子沒多久便察覺到這個事實，就連她經常進出富士見村，父親也不會生氣，想必是深深相信不二生遲早會回巫子見家。

然而，出乎富太郎的意料之外，富士見村的「人口」緩緩地增加了，還在最初的小屋周圍蓋了幾棟新的小屋，彼此之間隨意用走廊串連起來，不知不覺間竟發展成構造極為錯綜複雜的集合式住宅。從富士見山往下看，簡直就像雜亂無章的蜘蛛網。

外觀雖然雜亂無章，但富士見村內的「村民」們日子過得還不錯。這都拜以巫子見家為首，節織村的地方官以及村民等人所賜，眾人皆以溫暖的態度守護著富士見村，處處給他們方便。

那麼，為何節織村的人會如此包容富士見村呢？一般來說，應該都不會希望村子裡又形成別的村落吧。姑且先不提拒絕協助，想方設法搞破壞或許才是人情之常。然而以節織村的情況來說，主要有兩大原因。

第一個原因，在於富士見村是由巫子見家的繼承人發起的，而且當家富太郎也沒有反對。既然如此，村民們也決定先觀察一陣子再說。

第二個原因，就是大部分加入富士見村的人都是與節織村沒有利害關係的人物。如果是一家之主、繼承人、媳婦或還沒嫁人的年輕姑娘加入打造富士見村的陣容，恐怕會引起一波騷動吧。然而實際上，退伍後不工作，成天無所事事的次子、錯過婚期的長女、老大不小還靠父母養的三子、嫁出去又離婚回娘家的次女、好不容易盼到平安復員，丈夫卻因病去世的寡婦……加入的幾乎都是有這類背景的人。同樣的情況出現在都市，這些人可能不會被另眼看待，但是節織村的情況就有所不同了。所以在村子裡或家中找不到容身之處、覺得待不下去的人就會「遷入」富士見村。

除此之外，套一句富太郎的說法，不二生他們從事的只不過是「社會主義的家家酒遊戲」，或許這就是第三個原因。

又過了一年，這時不只是節織村的人，甚至還有愈來愈多其他縣市的人聽見富士見村的傳聞，前來共襄盛舉。他們開始有餘力把村內收成的蔬菜或飼養的家禽家畜的肉、蛋賣給節織村的人。富太郎完全錯估情勢，再這樣下去，富士見村或許真能達到自給自足不是夢的境界。

「我實在太天真了。」

富太郎和村裡的地方官都感到很後悔，可惜已經來不及了。富士見村已形成「另一個村落」，在節織村內擁有穩固的存在地位。

如果就這樣不衍生額外枝節，或許這個奇特的村中村集團還能繼續存在下去也說不定。或許可能如同富太郎當初的預測「能持續個兩、三年就算不錯了」，遲早會原地解散，但也有可能會撐個十幾二十年。

問題就發生在富士見村成立後過了三年數個月的時候，不二生突然在富士見村的周圍築起高牆，這讓節織村的人都看傻了眼。一開始明明就沒有村境，為什麼現在他硬要拉起界線來呢？而且還是把自己的村子圈禁在圍牆裡。

從此以後，不二生甚少踏出村子，鎮日躲在完成的圍牆後面，而且也不再宣揚社會制度，開始說起自己對生命的看法。

「突然迷上宗教了嗎？」

藤子的話還沒說完，言耶已經迫不及待地追問。

「是的。至少我們都沒想到。以前住持確實說過：『不二生會不會是產生了某種信仰？』但大家早就忘了……」

「令兄建立了他理想中的村莊，但起初並沒有任何宗教色彩，是這樣沒錯吧？」

「對，我認為是這樣沒錯，不曉得為什麼突然會……而且如果是這樣的話，一般不是應該由家兄擔任教主，教化眾人嗎？」

「難道不是嗎？」

「從結果上來看，或許是這樣沒錯……」

藤子說得不清不楚，言耶也沒催她，耐著性子等她說下去。

「我後來才知道，早在用圍牆把村莊圍起來的時候，家兄就已經得了不治之症。」

藤子突然語出驚人，言耶不由得大吃一驚。藤子沒給他任何醫學方面的說明，總之不二生好像只剩下半年左右的壽命。

「確定嗎？」

「家兄瞞著我們全家人去終下市看醫生，家父問過那位醫生，確定已經回天乏術了……」

「所以令兄才突然迷上宗教啊。」

言耶可以理解，但藤子卻一臉無法接受的表情。

「我能理解家兄知道自己得了不治之症，就快死了，開始尋求宗教的力量。可是老師，你認為人在這個時候會產生什麼樣的心情呢？」

「那個……別叫我老師……」

「應該會向宗教尋求救贖吧。」

「啊，嗯，應該是吧。」

藤子突如其來的壓迫感令言耶心跳加速。

「問題是家兄卻開始蒐集世界各地象徵死亡的物品。」

藤子再次說出令人難以置信的話。

「例如哪些東西？」

「像是上頭雕刻著骷髏的墓碑、用人骨做的壁掛裝飾、描繪屍體逐漸腐爛的繪畫、用死刑犯的脂肪製作的蠟燭、中世紀的刑求道具……等等。家兄不惜重金，到處收購這些東西。」

言耶一時不知該做何反應才好。

歐洲自古以來就有在墓碑刻上恐怖的死神或骷髏，而非故人生前身影的習慣，所以並不罕見。日本義大利則有用大量人骨在牆壁上鑲嵌成花紋，或是製作成吊燈、人稱「骸骨教堂」的地方。日本也有冷酷地描繪出腐敗屍體的樣貌、稱為九相圖的繪畫。以死刑犯的脂肪為原料製成的屍體蠟燭真的存在於中世紀，是黑魔術的道具之一。只不過，現今在日本弄到這些東西也太奇怪了，恐怕是魚目混珠的假貨吧，刑求道具肯定也是複製品。仔細想想，用人骨做的壁掛裝飾或許也是假的。

言耶解釋了一大串，但藤子完全沒有被安慰到。

「就算全部都是假的，家兄蒐集那些東西時的神態也明顯有異。不只身體，想必就連大腦也出問題了。」

「知道自己得了不治之症，反而被死神附身了……我不是不能理解這種心態，只是再這樣下去的話，一定會出問題。」

言耶的忠告讓藤子一臉惴惴不安地說：

「什麼問題？」

「不二生先生是富士見村的創立者，這樣的人開始在村子裡闡述自己對生死的看法，就算本人絲毫沒有想當教主的意思，周圍的人可能也會拱他上位。這麼一來，就不能說完全沒有破罐子破摔的風險。」

「破罐子破摔？」

「集體自殺。」

藤子倒抽了一口涼氣，下一瞬間又露出恍然大悟的表情。

「有道理，確實很可能發展成那樣也說不定呢。幸好事情還沒有演變到那種地步。」

「不二生先生暢談自己對生死觀的看法，蒐集與死亡有關的物品，但感覺又不打算成為教主──在這種情況下，他到底想做什麼呢？」

言耶按捺不住好奇心地問道。此時藤子的臉上也浮現出一種表情，似是擔心自己接下來要說的話會不會被懷疑精神異常。

「不，他倒是沒特別做什麼。家兄所做的就是剛才我提到的那些事而已。然而，不知道有什麼根據，家兄開始萌生自己是不死之身的妄想。」

三

「即使已經得了不治之症？」

藤子微微頷首，臉上充滿著無論怎麼努力思考都無法理解的苦惱神色。

「而且家兄明明說他是不死之身，卻又表示自己會在死後重新復活。」

「就像耶穌基督那樣嗎？」

言耶率直地說出自己的感想。

「可是又完全沒有那方面的宗教色彩……」

藤子一臉困惑地繼續說明。

巫子見不二生為自己的長生不死取名為「巫死」（ふし，fushi），藤子沒有問那到底是什麼意思，只覺得非常莫名其妙。

言耶有個相當穿鑿附會的想法，會不會是因為不二生身邊從以前就有太多的「ふし」呢？無論是他的姓氏「巫子見」，還是他出生、長大的「節織村」、復員返鄉後常常去爬的「富士見山」、在富士見山附近開墾的「富士見村」，都充滿了能唸成「ふし」或讀音相近的漢字。不二生大概是從此衍生出同音的「不死」的概念，再把「不死」重新演繹為「巫死」吧。

這個「巫」字也可以讀成「かんなぎ」（kannagi），本來是指為了接受天啟而恭請神靈上身的神職人員。原本「巫」是代表女性，男性的話則被稱為「覡」或「祝」。不過，性別在這個節骨眼或許已經不重要了。

「富士見村的人對不二生先生的言行舉止有什麼反應？」

雖然已經有某種程度的想像，言耶仍向藤子詢問。

「這時開始有人離開富士見村……隨著村民一個接一個離開，轉眼間就減少到最初的人數了。」

藤子的回答與言耶所猜測的八九不離十。

「剩下五個人嗎？」

「原本的富士見村居民只剩下五個，這時剛好有個人聽聞富士見村的傳聞，就跑來加入了，因此是六個人。只不過，跟一開始不同的不只是人數而已，那六個人全都是女性。」

無法對離死期不遠的不二生見死不救的人都是女性，這個情況令身為男人的言耶感到一陣莫名的尷尬。

「……我、看到了。」

藤子突然冒出這句話。

「欸，看到什麼？」

只見她滿臉通紅，卻遲遲不說她到底看到什麼，表情宛如夾雜著強烈的憤怒與羞恥，甚至讓言耶不曉得該不該催促她繼續說下去。

沉默橫亙在兩人之間好一會兒。

「家兄不斷地舔舐她們的臉頰、脖子和手……」

藤子猝不及防地說出她目睹的景象。因為形容得過於露骨，言耶一時半刻還想不到該怎麼回應。

「家兄一方面對她們做出那種事，卻又要求她們接受不合理的規範。」

她不顧一切地揭露不二生令人錯愕的行為。

「……究、究竟還做了什麼？」

「要她們發毫無意義的誓。」

藤子以充滿鄙視的語氣說：

「她們之中有的人不看、有的人不聽、有的人不說話、有的人不能拋頭露面、有的人只能使用一隻手、有的人不能走路——這是家兄勉強她們遵守的苦行。」

根據她的說法，確實是只能用苦行來形容的要求。

「不說話的人」自然是不能說話、「不目視的人」要用布把眼睛蒙起來、「不聽聞的人」要戴上用軟木塞做的耳塞、「只用單手的人」禁止使用不是慣用手的左手、「不行走的人」只能坐輪椅移動、「不露臉的人」必須穿上連帽袍子，絕不能露出臉來。不二生強迫六位女性滿足這這種瘋狂至極的要求。

「好像印度的修行僧啊。」

言耶的感想令藤子瞠目結舌。

「印度有人做類似的修行嗎？」

「印度教的苦行僧為了將自己的人生獻給濕婆神，經常會讓自己置身於我們無法想像的奇特行徑裡。」

「像是、什麼……」

「例如一直舉起右手、只能倒著走、整個白天都盯著太陽、用單腳持續站立、只帶著香蕉待在深山裡、以在地上翻滾的方式移動……諸如此類的不合理苦修。」

藤子的眼睛瞪得跟銅鈴一樣大，一句話也說不出來。

「而且他們居然能毫不停歇地持續那種苦修十幾二十年。」

言耶的下一句話令藤子臉色大變。

「難道不二生先生也感受到那種激烈的精神性嗎——」

「不是的。」

藤子忙不迭地猛搖頭，但隨即低下頭去。

「……或許就如同你說的那樣。不過家兄的要求沒那麼久。據我聽那些女性所說，連一年都不到，這一切將會在明年的一月到二月之間，也就是春天來臨前結束。」

「她們口中的期限有什麼意義嗎？」

「家兄將會復活……」

「在那個時候復活嗎？」

言耶問完，想到一個最根本的問題。

「冒昧請教，請問令兄已經去世了嗎？」

「老實說，我也不知道……」

藤子的回答著實令人訝異，但言耶始終保持冷靜。

「這話怎麼說呢？」

「富士見村有三面都包圍在家兄打造的高牆裡，剩下一面則是通往富士見山與深邃的森林，就連節織村的人也鮮少進入那座森林。因為大家從以前就擔心如果不小心迷路可能會出不來，所以既沒有人特地進山裡狩獵，也不會有人去採山菜。牆上有一扇左右對開的大門，右側的門上還多開了一扇小門，如果只是人要進出，走小門就行了。然而自從家兄變得不太對勁，與六位女性蝸居在富士見村後，兩扇門都從內側鎖上了……他們還勉強可以讓我進去，至於其他人就不行了。就在這個時候，那起事件發生了。」

「事件？」

這句話讓言耶立刻反應過來，小間井刑警想必與這整件事都脫不了關係。

「陸續有人離開富士見村，後來只剩下五位女性的時候，有一位來自外地的女性說她要加入——啊，關於那六位女性的名字，我只知道其中三個。」

「因為原本是節織村的居民吧，所以另外三個人都是從外地來的？」

「對。順帶一提，第六個人就是必須穿上連帽袍子、絕對不能露臉的『不露臉的人』。」

「既然如此，不如以她們各自的修行來代稱那六個人，這樣討論起來也比較簡單吧。」

言耶之所以提出這個建議，是顧慮到萬一要提到藤子認識的人名，她可能會難以啟齒。

「好的。『不露臉的人』於上個月的二十三日進村，說不定跟我只差兩、三歲，年紀雖輕，但應該不是未成年少女。」

「藤子小姐看過那個人的長相嗎？」

不知怎地，藤子對言耶的問題露出有些懊惱的表情。

「沒有，我見到她的時候，她已經變成『不露臉的人』了。」

言耶順便詢問其他人的大致年齡與待在富士見村的時間。

資歷最久的是年約四十的「不說話的人」，她是富士見村開拓時期的五人創始成員之一。順帶一提，其餘的四個人都只有二十多歲，隨著不二生變得愈來愈古怪，這些人也陸陸續續地離開了。在富士見村轉為現行體制的那一年，二十五歲左右的「不目視的人」與三十出頭的「不聽聞的人」依序加入。

從藤子的敘述聽下來，言耶認為這三個人應該是節織村的人。通常需要一點時間發酵，富士見村的傳聞才會往外傳開，才會有外地人加入。

第二年，二十出頭的「只用單手的人」來了；第三年，大約三十五歲的「不行走的人」加入，最後是乍看之下還以為仍未成年的「不露臉的人」。

「家兄與這六位女性一起住在富士見村，自給自足的生活看似就快要撐不下去了，但她們既能種田，又會照顧家禽家畜。我去拜訪的時候，還用豬肉做菜招待我。也就是說，如果只有七個人要吃……啊，還有一個人。」

藤子差點忘了第八個人的存在，這點令言耶感到相當好奇。而且在聽完藤子對那個人的描述時，好奇心更是一發不可收拾。

「那個男人在上個月的二十六日來的——」

「男性嗎？」

「是的。只不過，因為戰爭的關係，臉上受到很嚴重的燒傷，始終罩著布袋。出現在村子裡的時候，頭上已經罩著布袋了，所以沒有人看過他的長相。除了大概與家兄都是坐二望三的年紀外，完全就是個謎樣的人物。」

「我們稱呼這個人為『布袋人』好了，不二生先生有接納他嗎？」

「家兄的方針是來者不拒、去者不留。」

「所以村民人數才會一口氣減少。」

「可以這麼說。家兄如果是宣揚巫死的教義，無論內容是什麼，或許還會有人願意留下來。但是家兄只表示自己即將巫死，不久之後就會復活。」

言耶再點了一杯咖啡，然後又催促她往下說。

「然後呢？發生了什麼事？」

「上個月二十七日，駐在所的警察先生找上我們家。過了一會兒，家父把我叫過去，問我關於『布袋人』的事。如同剛才所說，我什麼都不知道。問題是現在只剩下我能夠進出富士見村，所以被警察先生刨根究底地追問了好一番。於是我也不甘示弱地說，如果不告訴我到底發生了什麼事，我想回答也無從答起。」

一路聽下來，不難發現藤子年紀雖輕，思路倒是很清晰，連言耶也不禁佩服，而這句話更證實了她的聰慧。

「警察先生徵得家父的同意後，就把事情經過告訴我。原來是發生在東京都的連續強盜殺人事件的嫌犯有可能逃進了富士見村。因為犯人會在案發現場留下紙鶴——大概是某種迷信——所以大家都稱他為『折紙男』。也就是說，警方認為『布袋人』就是那名嫌犯。理由是在上個月二十三日才剛加入的『不露臉的人』，就是與強盜殺人案嫌犯相差很多歲的妹妹……」

「調查命案嫌犯的過程中，警方發現嫌犯的妹妹突然離家，加入了詭異的村落。為求慎重，他們也向在地駐在所確認，結果得知在她入村的三天後，有個形跡可疑的人物也加入了那個村落，事情經過大概就是這樣吧？」

「是的。在把負責偵辦本案的刑警從東京找來之前，駐在所的警察先生想先確認『布袋人』是不是真的就是那起連續強盜殺人事件的嫌犯，所以才來找家父商量。」

「可是連可以進出富士見村的藤子小姐也不清楚狀況。要不顧一切地直接進村裡搜查，還是會令人裹足不前，這位警察也很難下判斷呢。」

「幾乎是在他收到消息後的同時間——也就是來我家之前——警察先生先爬上村子裡的火

警瞭望台，觀察了一下富士見村裡面的情況。」

「原來如此。」

「結果看見『布袋人』與家兄走在一起。警察先生拜託村子裡的青年團幫忙監視。富士見村唯一的出入口只有設置在高聳圍牆上的大門與小門。那附近有節織村的三、四戶人家為了存放農務機具共同搭建的儲藏室，在那裡可以把圍牆的這頭到那頭一覽無遺，很適合用來觀察進出富士見村的人。」

「接下來只要搞清楚『布袋人』是何方神聖就行了。可是就連唯一可仰賴的藤子小姐也不知道底細，駐在所員警束手無策，只好請負責偵辦本案的刑警──」

言耶說到一半，藤子打斷他，邊點頭邊語出驚人地說：

「那個時候，警察先生肯定已經聯絡小間井刑警了，但是就在當天晚上，輪流監視的其中一位青年團成員看到有個形跡可疑的男人，用梯子翻過富士見村的圍牆。」

「欸，難不成──」

「警察先生好像認為那個人才是連續強盜殺人事件的嫌犯，於是急忙通知小間井刑警。對了，梯子是從節織村的農家偷出來的。所以這麼一來就與『布袋人』毫無關係了。」

「無論如何，都必須進富士見村搜查了吧。」

藤子又點了點頭，喝了一口續杯的咖啡。

「可是小間井刑警直到兩天後的下午才抵達節織村。原本以為會有大批員警聲勢浩大地前來，沒想到只來了兩個人，讓我嚇了一跳呢。」

「嫌犯妹妹待的村子裡來了一個頭上罩著布袋的男人，然後還有人翻過村子的圍牆。光靠這些線索恐怕還不足以出動大批警力吧。」

「我從來我家拜訪的小間井刑警、駐在所的警察先生還有家父討論的內容，得知嫌犯和他妹妹是同父異母的兄妹，感情原本就不太好。」

「既然如此，嫌犯投靠她的可能性就更低了。只是因為不怕一萬、只怕萬一，還是派了兩位刑警來。」

言耶將情況整理一下，藤子挖苦似地說：

「結果在村子裡的青年團協助下，召集了十幾個人聚集在富士見村的圍牆前，簡直像是時代劇裡的捕快……」

「藤子小姐也在場嗎？」

「他們拜託我叫人來開門。」

她肯定也不想背叛兄長吧，可是換個角度想，如果連續強盜殺人事件的嫌犯真的逃進村裡，她的背叛說不定反而可以拯救兄長。

「我敲了敲小門，像平常一樣報上姓名，『不說話的人』前來開門，小間井刑警率先闖入。」

「請容我稍微岔開話題一下——」

言耶問藤子，小間井有沒有告訴過她，疑似逃進富士見村的人可能是今年的二月至三月之間發生在東京都內的東神代町與神代新町的強盜殺人案嫌犯。因為捲入神代町的砂村家雙重殺人事件時，曾經提到這起強盜殺人案。倘若與那個案子有關，小間井想必會打起十二萬分的精神。

「這麼說來，他確實說過這次的犯人可能就是那起命案的兇手。」

言耶很滿意自己猜的沒錯，然後請藤子繼續描述她在富士見村的「所見所聞」。

「負責監視的青年團成員守在門口與圍牆兩邊，不讓我進去，所以我只好移動到圍牆前面，豎起耳朵傾聽圍牆裡面的動靜，可惜只聽到許多人走來走去的聲音，什麼也聽不出來。過了許久之後，我才猛然想起只要爬到火警瞭望台，就能看見裡面的狀況了……就在這個時候，圍牆裡傳出此起彼落的大叫聲，顯然是發生了什麼騷動。」

「逮到犯人了嗎？」

「我後來才聽說，好像真的抓到大魚了。」

「請說得更詳細點。」

不同於已經興奮莫名的言耶，藤子的態度反而相當冷靜。

「從小間井刑警他們進入富士見村，一直到確實逮捕犯人——啊，警察先生後來告訴我，那個人真的就是人稱『折紙男』的強盜殺人犯——足足花了一段時間。因為就像我之前說的，村子裡的小屋蓋得毫無章法可言，整個錯綜複雜。只要善用房屋結構，就有可能躲過警方的追捕。」

「即使是已經檢查過一次的房間也不能完全放心呢。」

「沒錯，所以刑警先生、駐在所警察先生、青年團分成幾個小組，一面監視村內、一面從最邊邊角角的房間依序檢查旁枝錯節的小屋，追捕犯人。儘管進行了地毯式的搜索，依舊遲遲找不到他。」

「會不會是逃到富士見山之類的地方，偷偷觀察村子裡的樣子？」

「你說對了，犯人沒躲在小屋裡，不過也沒有逃到富士見山上。」

「那麼只剩下……」

「飼養家禽家畜的小屋。裡頭堆滿稻草，聽說他就屏氣凝神地躲在裡面，結果被其中一位青年團成員發現。他打算往圍牆那邊的門逃跑，可是因為還有幾個人守在門邊，所以又轉身往富士見山的方向跑。」

這時，藤子的神情突然激動起來。

「我不是說因為站在圍牆外面，所以我只能聽見村子裡的騷動嗎，後來騷動愈來愈大，突然傳來『砰！』的一聲巨響。」

「是槍聲嗎？」

「小間井刑警好像開槍射擊了打算逃往富士見山的犯人，想必是擔心他再往前跑，就會逃進後面的森林裡。可是另一位刑警連忙阻止他，所以沒打中犯人。」

真是可怕的刑警啊……言耶呆若木雞地想著，不過他當然沒說出口。

「犯人大概也沒想到警察會真的開槍，結果很乾脆地束手就擒了。」

「想必也失去逃跑的力氣了。」

「順利逮捕犯人，原本是件可喜可賀的事，但因為有個青年團成員『這麼說來，怎麼都沒看見不二生』的一句話，又引起意料之外的軒然大波。」

好不容易終於講到重點了，原本就已經探出半個身子的言耶，聽得更是津津有味。

「這次可真是把富士見村的裡裡外外查了個滴水不漏，檢查到家禽家畜的小屋其實已經是最後一步了。要是家兄人在富士見村，應該早就有人看見他的身影，可是誰也沒看到他。」

「那六位女性和『布袋人』呢？」

「一早就離開小屋，集合在門附近的圍牆邊了。所有人都說他們不知道犯人混進村裡，就連犯人同父異母的妹妹『不露臉的人』也這麼說。只是根據警察先生的說法，犯人可能接觸過妹妹，但她無意窩藏犯人、也不打算通報警方，就這麼置之不理。說得直白一點，就是拒絕扯上任何關係。」

「青年團一直守著圍牆唯一的出入口，確定不二生先生並沒有從門口離開，但也沒有躲在村子裡的任何一個角落。」

言耶自言自語似地說道。

「這麼一來，就只剩下翻過富士見山，進入後面森林的可能性了——」

「可是五位女性都否認這個可能性。」

「不是六個人，而是五個人嗎……啊，因為『不說話的人』不能開口、『不聽聞的人』戴著耳塞嘛。」

「不是的，『不說話的人』固然一言不發，但是會點頭附和其他四個人說的話，『不聽聞的人』則是以筆談的方式溝通，唯有『不露臉的人』說自己對家兄的去向一無所知……」

「因為她才剛加入嗎？」

「我想大概是吧……」

「那五位女性都說了些什麼？」

「家兄因為巫死，暫時從世界上消聲匿跡，不久就會迎來復活的時刻，再次出現在人間。她們是這麼說的。」

「『布袋人』對不二生先生的失蹤又是怎麼說的？警方的看法呢？」

「兩邊都沒對家兄的下落表示關心。只不過，或許『布袋人』與『不露臉的人』一樣，真的什麼都不知道。」

這時，言耶慎重其事地提出一個問題。

「對了，強盜殺人犯『折紙男』逃進富士見村時，可有看到不二生先生？」

這時從藤子口中說出的，是非常匪夷所思的回答。

「不知道是不是為了我，小間井刑警問了犯人……犯人說『那個人的頭腦有問題，再也沒有比這個村子更可怕的地方了』。據說犯人只有在提起這件事的時候，露出了驚懼的表情。」

四

聽完巫子見藤子的敘述，刀城言耶也不得不和她走一趟位於節織村內的富士見村。

「令兄下落不明的事，警方也愛莫能助。雖說他是從村子裡消失，但也只能認為他是在神不知、鬼不覺的情況下離開的。」

小間井說得毫不留情，卻又突然眼睛一亮。

「不過，我認識一位作家偵探，非常擅長破解這方面的謎團，如果妳有需要，我可以幫妳介紹。」

壞就壞在他又接了這一句。藤子深思熟慮了一天，就決定來找言耶幫忙。言耶起初還覺得很困擾，但是聽完整件事的來龍去脈後，完全被挑起了興趣。

不二生究竟消失到哪裡去了？

即使和藤子一起搭乘戰後依然擁擠如沙丁魚罐頭的電車，言耶也一直在思考這起不可思議的人間蒸發之謎。

在一般的思考模式下，大家都會認為不二生應該是獨自跑進富士見山後面的森林裡了。然而，不僅住在那裡的女性否定了這個可能，也想不出他這麼做的理由。難道是為了讓明年的復活更戲劇化，所以在那之前先躲起來嗎？但如果是這樣，應該要意識到觀眾才對。這裡所謂的觀眾，當然是指宗教上的信徒，但他並未從事任何宗教方面的活動，因此也不存在所謂的信徒。硬要說的話，六位女性都是親近的自己人，事到如今，他實在沒有必要刻意做出這種演出效果。

既然如此，莫非觀眾其實是村子駐在所的員警或青年團嗎？不二生發現強盜殺人犯混進富士見村，而且還偷聽到他與「不露臉的人」的對話，發現了兩人同父異母的兄妹關係，意識到警方遲早會來村子找人，這麼一來，就連村子裡的人也會跑來看熱鬧吧。他認為機不可失，於是自導自演一齣人間蒸發的戲碼，好向節織村的人宣揚自己的巫死生死觀……但如果真是這樣的話，他應該早在開拓富士見村的人尚未風流雲散前就開始傳教才對。刻意等到村民都接連鳥獸散後才付諸實行，這也太奇怪了。

難不成……

會不會是其中一位女性殺害不二生，然後將屍體棄置在森林裡？動機是嫉妒。他與六位女性生活在被圍牆禁錮的村子裡，從而產生男歡女愛的糾葛，而且還不是只與某個人有所牽連，而是遊走於花叢間。有人發現他對感情不忠，盛怒之下就殺了他。其他五個人原本應該要報警處理，但又對兇手懷抱同情，說到底本來就是不二生的過錯。所以就決定把他的屍體埋藏在森林裡，然後利用巫死來當煙霧彈。距離他宣言要復活的明年還有八個月，這六個人只要在這段期間悄悄地逃離富士見村就好了。

呃，可是——

當一群女人圍繞著一個男人爭風吃醋，恨之入骨的對象往往不是男人，而是其他女人，這種例子可不少。明明是腳踏兩三條船的男人最為惡劣，最後往往發展成身為被害者的女人相互爭鬥的局面。難道這個不二生剛好是例外嗎？

啊，還是不對。

「折紙男」曾對小間井說：「那個人的頭腦有問題。」也就是說，他顯然和不二生有過接觸，才不得不用那種說法來形容不二生的言行舉止。倘若不二生**只是**被其中一個女人殺死，他應該不至於那麼說。

關於不二生，「折紙男」到底知道些什麼呢？

那些內容和不二生的失蹤有關嗎？

再也沒有比這個村子更可怕的地方……這句話究竟意味著什麼？

或許是滿腦子都在思考這些問題，前往節織村的漫漫長路也不以為苦。藤子請言耶先到巫子見家休息，但言耶婉拒了，決定立刻前往富士見村，稍後再聽聽她父母怎麼說就可以了。現在他只想趕快抵達那個有問題的「村落」，想投入那個環境的懷抱、親身感受「現場」的氛圍，這是言耶的期盼——

可是當他站在突然出現在村子外圍、又高又長又新的圍牆前，言耶瞬間陷入難以言喻的心情。

……蛋殼。

腦海中頓時浮現這兩個字。被困在一股刻意與世隔絕、自我封閉在圍牆後面的感覺裡。

藉由巫死而復活，是否就意味著打破這堵圍牆形成的殼，橫空出世呢？

如果是這樣的話，他或許就能充分理解不二生的行為。因為那或許可以說是一種面對自己浴火重生的積極行為。

只不過，問題在這層殼的後面。倘若最重要的肉身已經腐朽，就沒有辦法復活，只能就這樣以死亡劃下句點。

……瀰漫著腐敗的臭味。

臭味並未實際飄到圍牆外面，只是言耶的腦髓對此產生強烈的反應，一再地警告他，籠罩在圍牆裡的空氣並不尋常。

藤子敲了敲小門，打聲招呼，又等了好一會兒，裡頭才隱約傳出人的氣息。可是門始終沒有要打開的樣子，另一頭的人也始終默不作聲。

「是我，巫子見家的藤子。」

藤子自報家門，門總算打開了，一個女子探出頭來。

看到那個人，言耶立刻反應過來，她就是「不說話的人」。倒不是因為她一聲不吭，而是從年齡推測出來的。

話說回來，派「不說話的人」來應門不是一點用處也沒有嗎？言耶想是這麼想，可是聽說小間井他們進村搜查的時候，也是這個人來應門。簡而言之，他們大概是想表示無論是誰上門，都別想受到這個村子的歡迎吧。既然如此，言耶也做好心理準備，不必指望能得到對方的協助了，只要不被刁難就已是萬幸。

藤子不為所動地向對方介紹言耶：「這位是我請來調查家兄失蹤一事的偵探先生。」換成其他情況，言耶肯定會大聲抗議這個頭銜，但這次卻忍了下來，因為他認為現在必須以這種方式向她們施加壓力。

果不其然，「不說話的人」表情僵在臉上。正因為她噤口不言，表情的變化才更加誠實明顯，真是諷刺。

很好，有個不錯的開始。

言耶不由得感到開心，但欣喜並沒有維持太久。因為她臉上隨即浮現微微的笑意，那是一抹不屑一顧，意味著「這個連毛都還沒長齊的偵探能看出什麼」的微笑。

兩人被帶到最先蓋好、規模比較大的小屋，六位女性齊聚在這裡。因為無法指望「不說話的人」傳達，所以藤子又介紹了言耶一次。完全是兩道工，但她絲毫不氣餒，反而以挑戰的眼神看著眼前的這群女性。

這時，言耶發現所有人的反應都跟「不說話的人」一樣，先是錯愕後開始警戒，隨即便換上泰然自若的表情。反應有快有慢，強度也有差異，但是所有人都表現出相同的變化。附帶一提，其他女性會寫在紙上，好讓戴耳塞的「不聽聞的人」知道目前的狀況。

在這樣的情況下，只有一個人完全看不出反應，那就是「不露臉的人」。她穿著義大利的方濟嘉布遣會修道士穿的長袍，用帽子蓋住頭部，不光是臉，全身都被包覆住了。儘管如此，根據言耶感受到的印象，還是能察覺她的反應與另外五個人明顯不同。

困惑……

眼前有個被稱為偵探的人出現，因為不曉得該做何反應才好，為此感到困惑。她的反應就像這樣。

再加上她才剛來沒多久，犯下強盜殺人的同父異母哥哥就混進村子裡，引起軒然大波，而且巫子見不二生還失蹤了。「不露臉的人」腦中恐怕正處於一片混亂吧。

或許從她身上可以得到什麼線索。

言耶抱著這樣的期待，又很怕事與願違，萬一無法得到「不露臉的人」出手相助，勢必要陷入一場苦戰。另外，她進村的時日還太短，就算本人想協助言耶，可能也提供不了什麼太有力的線索。

言耶還在擔心時，一旁的藤子已打算請她們允許兩人在村內自由地進行搜尋。

「妳是不二生先生疼愛的妹妹，讓你自由地隨處看看當然是沒問題的。」

「不行走的人」代表大家回答。或許是因為她的年紀僅次於「不說話的人」。

不過，除了「不露臉的人」之外，其他五個人在這時仍表現出遊刃有餘的態度。從她們身上可以感受到一股類似自信的篤定，彷彿在表示任憑言耶他們再怎麼找，也找不到不二生的下落。

莫非這五個人知道不二生人在何處？

言耶不由得產生這樣的懷疑。光聽藤子的敘述是絕對不會察覺到這一點的吧。但是像這樣親自來到富士見村，與她們對峙後，終於萌生出這樣的疑問。

「稍後可以輪流向各位請教幾個問題嗎？」

「不行走的人」爽快地答應了言耶的要求。

在那之後，言耶與藤子一起爬上富士見山，從山頂眺望因為陸續增建，導致所有的小屋都連成一氣、奇妙又複雜的構造，然後牢牢地記在腦海裡。

「……這真不是一件容易的事啊。」

構造比他想像的還要錯縱複雜，令他忍不住輕聲嘆息。光靠他和藤子兩個人，實在沒什麼信心能搞定。

不過，當他開始實際一間一間地檢查村內的房間後，發現自己只是杞人憂天。因為每個小房間裡幾乎都沒有家具，從各個角落都能將室內一覽無遺。雖然每個小屋還是有所不同，但是頂多只會看到小巧的桌椅、直接釘在牆上的棚架、床之類的東西。所有的小屋都不是使用榻榻米，而是木頭地板。煮飯用的小屋就蓋在最初建好的較大小屋隔壁，用餐時好像是所有人聚在一起吃飯的。還有獨立的浴室和廁所小屋，當然也是共用的設備。

「好像沒有能讓令兄藏身的地方呢。」

言耶說是這麼說，但還是瞪大雙眼，仔細檢查有沒有閣樓，或是地板底下有沒有地下空間、有沒有密室。

他們特別仔細檢查不二生專用的小屋。雖說構造都一樣，但室內空間比其他小屋寬敞。只不過，因為到處都擺滿了藤子之前提過，上頭刻著骷髏的墓碑、人骨做的壁掛裝飾、描繪屍體逐漸腐爛的畫、用死刑犯的脂肪製作的蠟燭、中世紀的刑求道具等東西，讓這裡顯出一種擁擠感。還有，不知道為什麼，房間角落堆積著大量的芒草葉。

但言耶相當懷疑這些光怪陸離的東西只是障眼法，裡面說不定有可以藏身的空間，所以目光如炬地檢查每一個角落，可惜沒有任何發現。

最後他檢查了書架，如同藤子所說，書架上都是關於各國神話或民間習俗的書籍。桌上除了堆有非洲、土耳其、埃及、古希臘等民族學的書籍，還有佐佐木喜善的《聽耳草紙》以及日本民間傳說的書。

「這些都是真的嗎？」

耳邊傳來藤子不安的呢喃聲，言耶反射性地看了她一眼，只見她滿臉嫌棄地凝視著兄長的收藏品。

「這確實是墓石沒錯。」

言耶刻意走到刻上骸骨樣式的長方形石頭旁邊。

「但不見得是真的使用過的墓碑，也可能只是在墓碑用的石材上雕刻骸骨而已。」

「啊，說的也是。」

藤子似乎沒那麼害怕了。

「可是，這個人骨的壁掛裝飾大概是真的。」

然而這句不經大腦思考的發言又讓藤子的臉上蒙上一層陰霾，言耶摸著頭蓋骨的部分，趕緊補上一句：

「不過從骨頭的色澤來看，應該是有點年代的東西了。」

言耶順便說明剩下的收藏品都是不值一提的贗品。

「那邊的屍體蠟燭很明顯是假的，這邊的刑求道具也是複製品喔。」

「你是指家兄不惜付出大筆金錢，就為了蒐集這些東西嗎？」

但藤子又因為別的理由陷入沮喪了。

「看在第三者眼中或許不是什麼了不起的東西，但是對不二生先生而言，或許是很有意義、很重要的東西。好比我珍藏的怪奇小說和偵探小說看在其他毫無興趣的人眼中，肯定也是沒有半點價值。」

「老師的藏書一定都對工作有幫助。」

可是家兄的收藏品……

「我們還沒有完成來這裡的目的喔。」言耶搶在藤子說下去之前開口。「嗯，已經看完所有的房間了，回去最初的小屋吧。」

言耶從牛仔褲的後口袋裡掏出手帕把手擦乾淨，以從頭來過的口吻對她說。

在兩人走向那間最大的小屋途中，言耶看到「布袋人」正在飼養家禽家畜的小屋裡工作。頭上罩著破破爛爛的布袋，只有雙眼的位置戳了兩個洞。雖然已經聽藤子形容過了，但是實際看到的時候還是不禁嚇了一跳。

言耶請藤子在原地稍等，走向「布袋人」搭話，但「布袋人」一點反應也沒有。

「關於失蹤的不二生先生，有些事想跟你請教——」

即使耐著性子發問，對方也只是一言不發地猛搖頭。難就難在無法判斷他的反應是「我不想說」還是「我什麼都不知道」。

言耶不死心，但「布袋人」故意用很粗魯的動作打掃小屋，一副要是言耶再繼續靠近，就要把垃圾扔到言耶頭上的樣子，絲毫不願意合作，這讓言耶不得不放棄。

無可奈何地回到最大的小屋，再次和那六位女性見面，這時言耶的反應突然變得很奇怪。原本應該是要輪流向她們問話，但是他現在卻只是盯著所有人猛看，沉默不語。

不，正確地說是他把這六位女性分成五個人和一個人，分開來看……

「老師，怎麼了嗎？」

藤子小聲地問他，言耶這才回過神來。

接著言耶借了一間沒有人住的小屋，輪流與六位女性展開一對一面談。藤子也想陪同，但是顧慮到其中三位是她也認識的節織村民，若藤子在場，她們有話可能也不敢直說，所以言耶決定獨自進行。向藤子說明後，縱然藤子感到很不服氣，但也表示理解。

第一個是富士見村開拓時期的五人小組成員之一，也是資歷最久、看上去四十歲左右的「不說話的人」。只不過就如同其名一般，她不會開口說話，所以言耶請她把回答寫在自己隨身攜帶的筆記本上。但也因此受到很多限制，無法進行完整的溝通。即使問她不二生失蹤的事，她也只寫下一句「巫死」，然後就什麼都不回答了。

第二個是草創第一年加入、二十五歲左右的「不目視的人」。她可以正常說話，但是因為眼睛用布蒙起來，看不見她的雙眼。自古就有「眼睛比嘴巴透露出更多訊息」這種說法，通常透過對方的眼神就能分辨對方說的是實話還是謊話。如今少了這個判斷標準，對言耶非常不利。

第三個也是第一年就加入，三十歲前後的「不聽聞的人」，因為戴著耳塞，只能藉由筆談，比「不說話的人」限制更多、更棘手。

第四個是第二年進村，雙十年華的「只用單手的人」，第五個則是第三年才進村，三十五歲左右的「不行走的人」，雖然兩人都能正常說話，態度卻不算合作。雖然願意回答言耶的問題，但永遠只說重點，惜字如金。而且只要稍微問得深入一點，兩人就只會用「不知道」回應。

不過，大家的回答有三個共通點，第一是關於不二生失蹤一事，所有人的回答都是「巫死」。第二是所有的人都喜歡不二生。第三是她們都認為不二生最重視自己。

問完第五個人，過意不去的言耶向藤子報告，從與她們交談的過程中只得到少得可憐的成果，沒想到藤子的反應積極得令言耶大吃一驚。

「五個人都喜歡家兄，而且也都認為家兄最愛的是自己啊。既然如此，家兄肯定沒事。」

「嗯，一路向她們問下來，我也是這種感覺……」

「有什麼足以推翻這種感覺的要素嗎？」

藤子突然換上不安的表情，言耶陷入沉思。

「提到不二生先生的時候，有人以現在進行式來表達『我喜歡他』、『我愛他』，也有人用的是過去式『我喜歡過他』、『我愛過他』，這點令我耿耿於懷。」

「難道不是指現在已經不喜歡或不愛了嗎……」

「聽起來比較像是他已經不在了，也就是說，他已經死了。」

「可是五個人的說法不一……這是為什麼呢？」

巫子見不二生到底是死是活？人又在什麼地方？

言耶與第六位「不露臉的人」對峙，只可惜得不到任何答案。她不只全身都藏在衣服底下，說話的音量細如蚊蚋，微弱又低沉，棘手的程度與其他女性相去無幾，幸好棘手歸棘手，收穫卻很豐碩。因為她非常健談，幾乎不給言耶插嘴的機會。

「我聽說這裡不用擔心沒東西吃，可是實際來了一看，幾乎沒有其他居民，而且所有的女人都進行著詭異的修行。我知道自己也必須入鄉隨俗，所以主動選擇『不能露臉』。那個行將就木的男人——不二生先生什麼也沒說，只交給我這套莫名其妙的衣服。這麼一來，不管誰來找我，都不會認出我來。雖然並不是有人在追捕我，但小心駛得萬年船嘛。這裡確實三餐都有得吃，能吃到白米飯、肉、蔬菜、還有蛋，我已經很久沒有吃得這麼豐盛了。可是那個和我同父異母的男人也找了過來，搞砸一切。我們只是剛好跟同一個無可救藥的父親有血緣連結罷了，那男人跟我沒有任何關係，真受不了。拜那個人所賜，即使被警察抓走了，那些女人也不放棄找我麻煩。只有我沒有肉吃，我也排不進輪流洗澡的順序，還沒人要跟我說話。雖然她們明目張膽地孤立我，但只要不會餓肚子、能放心睡覺、可以洗澡，我還是決定在這裡再待一陣子……」

「不露臉的人」說到這裡，沉吟片刻，在言耶的催促下繼續往下說：

「實不相瞞，同父異母的哥哥被警察抓走後，我突然覺得有點害怕……那個男人明明已經不在了，其他女人卻還繼續維持詭異的修行。明明可以停止了，她們卻堅守著與他的約定，這不是很奇怪嗎？我在心裡嘲笑她們是蠢女人，可是，我漸漸開始覺得那個快要死掉的男人彷彿就在我身邊……無論是我在房間裡，還是經過走廊，就連洗澡或上廁所、走到小屋外面的時候，經常會感覺他彷彿正從哪裡屏氣凝神地看著我，實在太可怕了。所以我打算在最近就離開這裡。啊，別告訴那些女人喔，我打算整理好可以帶走的行李後，悄悄地離開。」

最後，言耶問她對不二生與五位女性的關係有什麼特別的看法。

「我覺得那個男人和那些女人的關係很融洽。就拿晚餐來說好了，每次都會事先決定好今天要跟誰一起吃。對了，那個男人會跟某個女人在別的房間裡單獨用餐。可是聽說在我來這裡之前沒多久，這個慣例就取消了。五個女人的感情也不錯，只是我總覺得她們之間好像有什麼微妙的優先順序，我猜大概是那個男人決定的——」

她所說的優先順序由高至低分別是「不目視的人」、「只用單手的人」、「不聽聞的人」、「不行走的人」、「不說話的人」。

等到再度剩下自己和藤子兩人，言耶轉述自己和「不露臉的人」的對話內容給她知道。

「雖然很能說話，也派不上用場呢。」

藤子毫不留情地批評，臉上的表情不再緊繃。

「不過我愈來愈相信家兄應該平安無事。」

「因為其他女性與不二生先生的關係、以及她們五個人之間的關係都很好嗎？」

「對。畢竟就連可以說是局外人的『不露臉的人』都這麼說了，既然如此，應該很有可信度吧。」

「我也認為她的判斷應該沒錯。不過，如果是這樣的話，那五位女性的優先順序又代表什麼呢……」

藤子露出思索的表情。

「如果是加入富士見村的先後順序，明明是『不說話的人』來得最早，她卻排在最後。」

「所以我猜是年紀大小的順序……」

「你是指家兄比較偏愛年輕的女人嗎？」

如果是事實，那這個事實還真令人不愉快。藤子皺起了眉頭。

「如果是這樣的話，年紀最輕的是『不露臉的人』，但應該可以先排除她。再來好像是『只用單手的人』，但是她是順位二，而且優先順序最前面的『不目視的人』至少比『只用單手的人』大五歲以上。」

「我也注意到了。既然如此，好像也不是按照年齡決定優先順序。」

「不二生先生讓所有人都覺得自己是他最愛的人，另一方面又把她們依序排位，這中間的矛盾究竟是……」

藤子突然輕聲地「啊！」了一聲。

「這個『什麼什麼的人』的『什麼什麼』會不會才是重點呢？」

「因為是不二生先生強迫她們變成『什麼什麼的人』嗎？依序是『不目視』、『只用單手』、『不聽聞』、『不行走』、『不說話』——」

兩人默默地思考了半天，言耶率先開口。

「……我實在想不到有什麼意義，畢竟都是各自獨立的行為不是嗎？」

「難道是整體而言具有什麼意涵嗎？」

「不二生先生是不是在她們身上尋求一種類似展現忠誠心的行徑呢？雖然是非常詭異的想法，但或許參考了印度修行僧的苦行。」

「如果家兄的想法已經瘋狂到這種地步，那她們的優先順序恐怕也只是隨意排序下的結果。」

「……嗯。」

言耶附和，隨後陷入完全的沉默。藤子想對他說什麼，但是在看到他的臉色後也閉上了嘴巴。

「……一直在腦子裡思考也想不出個所以然來呢。」

不一會兒，言耶冒出這句話，然後和藤子回到最大的小屋，六位女性都聚在那裡。

「如果方便的話，關於巫子見不二生先生究竟消失到哪裡去了、為什麼失蹤、現在又在做什麼，我想和各位一起解開這個謎團。」

這句話讓在場的所有人都露出驚訝的表情，就連藤子也不例外。不過，除了她和「不露臉的人」，另外五個人隨即表現出桀驁不遜的態度。戴著耳塞的「不聽聞的人」則還是老樣子，由其他人寫在紙上告訴她內容。

在場的八個人涇渭分明地分成三個集團，分別是想揭開秘密的言耶與藤子、五位想守住秘密的女性，最後是始終袖手旁觀的「不露臉的人」。

五

「先整理一下截至目前的來龍去脈吧。」

言耶在開始說明前，先讓眾人理解，接下來為了方便說明，暫且以「什麼什麼的人」來稱呼六位女性與罩著布袋的男性。

「上個月二十三日，『不露臉的人』加入富士見村，三天後的二十六日，『布袋人』也來了。二十七日，駐在所的員警找上巫子見家，說警方懷疑『不露臉的人』同父異母的哥哥是強盜殺人犯『折紙男』，可能已經潛逃至富士見村。當時警方懷疑的對象，就是已經進村的『布袋人』。為了慎重起見，駐在所員警爬上節織村的火警瞭望台，往富士見村裡探視，確實看到了『布袋人』，於是便請青年團監視富士見村唯一的出入口，亦即圍牆上的門之後，向負責偵辦命案的小間井刑警報告此事。然而到了晚上，負責監視的人看見有個可疑份子爬上圍牆，心想這個人會不會才是『折紙男』呢？但無論是不是，都必須進入富士見村進行搜查。二十九日下午，兩位刑警與駐在所員警、再加上青年團的人闖入富士見村，在村內展開徹底的搜查，最後逮捕了強盜殺人犯『折紙男』。與此同時，有名青年團成員發現完全都沒看到不二生先生的身影，就算暫時躲起來了，在搜索『折紙男』的同時也一定會找到他才對……因為圍牆的門始終在青年團的監視下，所以確信他沒有從那裡離開。這麼一來，就只剩下富士見山後面的森林。可是除了『不露臉的人』以外，另外五位都否認這個可能性。單從藤子小姐的敘述聽下來，不二生先生確實也沒有理由這麼做。那麼，他到底消失到哪裡去了呢？」

待言耶一口氣講到這裡，「不行走的人」以堅定不移的語氣說：

「不二生先生巫死了。」

「關於各位所說的巫死——」

言耶露出非常困惑的表情。

「明明得了不治之症，還說自己是不死之身，另一方面又說自己會死後復活，豈不是很矛盾嗎？」

然而，誰也沒有回答這個問題。看樣子，其他四個人都認為「不行走的人」提出的巫死宣言已足以回答一切問題。

「關於這點，以下是我的見解。所謂的死亡只是暫時消聲匿跡，至於復活則是重新出現在眾人面前。前者會不會真的只是無巧不成書，與抓住『折紙男』這件事發生在同一時間呢？不二生先生根本無意將前者的行為公諸於世，只想在富士見村裡進行。但是這裡有個問題，那就是經常在村裡進進出出的藤子小姐，必須瞞過她的眼睛才行。可是每次妹妹一來就要躲起來也太麻煩了，最好能像以前一樣，過著平常的日子，但又不會讓藤子小姐撞見哥哥。於是不二生先生決定製造出這樣的狀況。」

「那是不可能的。」

對於藤子的否定，言耶浮現了微笑。

「村子裡有一個完全看不到臉的男人。」

「咦……你是說『布袋人』？」

「沒有人知道他是何方神聖、來自何處。因為他從一開始就是不存在的人。也就是說，他就是不二生的偽裝——」

「老師，不好意思。」

藤子語帶抱歉地打斷他。

「可能是我說明得不夠周全，『布袋人』初來乍到時曾經與家兄打過照面。家兄是在明知他來路不明的情況下，還答應讓他進村。所以要說家兄就是『布袋人』的話——」

「這可不見得。只要解釋為兩個人交換身分，就能輕易破解這個障眼法。」

言耶的回答堵得藤子一時半刻說不出話來。

「可是……照你這麼說，那原本的『布袋人』究竟去了哪裡？」

「富士見山的另一頭，深邃的森林裡……」

藤子頓時脹紅了臉。

「老、老師的意思是，家兄為了得到另一個身分，冷酷地殺死前來富士見村投靠他、沒有任何關係的第三者嗎？這真是欲加之罪、何患無辭。」

「如果令兄其實知道他是誰呢？」

這個問題問得藤子一頭霧水。

「假如他是已被宣告戰死、與不二生先生感情勢同水火的長男富一……」

言耶的猜測讓藤子「啊！」地失聲驚呼。

「兩兄弟都是矮個子，長得也很像。如果不二生假裝樂於接納富一回來，與『布袋人』互換身分呢……」

「怎、怎麼會，這麼可怕的事……」

藤子原本脹紅的臉轉為鐵青。然而言耶的下一句話又讓她再度變了臉色。

「——雖然可以這樣解釋，但還是過於勉強。實在很難想像復員返鄉的富一會選擇不回巫子見家，而是來找感情不睦的不二生先生。更何況，巡警從火警瞭望塔觀察富士見村時，曾經看到『布袋人』與不二生先生並肩而行的場面。加上小間井刑警他們進村時，不可能完全不檢查頭上罩著布袋的可疑人物長什麼樣子。換句話說，『布袋人』並不是不二生先生。」

「呃，老師……」

藤子半是遲疑、半是擔心地盯著言耶看。彷彿到了這個節骨眼，她終於對刀城言耶這個人產生了不信任的感覺。

但是「不行走的人」表現出與藤子截然不同的反應說道：

「你只要問我們其中一個人，那個男人是不是不二生先生，就不用繞這麼大一圈了。」

「不行走的人」笑著說。那抹微笑說得更貼切一點其實是嘲笑，其他四個人也一樣。

「沒錯，妳說的很有道理──」

然而言耶完全沒有學乖，繼續說出令藤子和五位女性大吃一驚的推理。

「可是也因為這樣，讓我注意到這裡還有一個不肯露臉的人。」

「難不成……」

藤子的視線筆直地射向「不露臉的人」。

「不二生的個子嬌小，而且『不露臉的人』穿的衣服剛好可以遮住全身。」

「可是老師，你不是和她說過話嗎？」

「『不露臉的人』說話的聲音微弱又低沉，小聲的跟蚊子叫沒兩樣，或許真能蒙混過去。」

這時為了觀察她的反應，言耶與藤子幾乎同時望向「不行走的人」，但對方只是嗤之以鼻地笑了笑，而且笑容比剛才更加不屑。

「——也有這種解釋，但果然還是不對。」

「這是當然的吧。」

「不行走的人」收起嘲諷的笑意，換上冷若冰霜的表情說道。

「因為這個人是為了食物而來，我們五個都牢牢地盯著她的一舉一動呢。」

「這齣鬧劇到底要我們奉陪到什麼時候？」

接著發難的是「只用單手的人」，不過她其實只是唸出「不說話的人」寫在紙上的抗議。

但言耶絲毫不為所動。

「我認為自己之所以會一直做出錯誤的解釋，無非是我將想找出不二生先生的下落這件事列為首要目標的關係。」

「這有什麼問題嗎？」

藤子直勾勾地凝視言耶，眼神閃過一絲不安。

「但凡從他到底在哪裡這個問題切入，一下子就會碰壁，因此我想從更宏觀的角度來探討這個謎團。」

「什麼意思？」

言耶輪流打量「不露臉的人」以外的五位女性。

「我猜不二生先生或許早在開闢富士見村時，腦子裡就已經有『打造理想國』的構想。富太郎先生稱其為『社會主義的家家酒遊戲』，不過從巫子見家和節織村都給予不少協助的事實來看，其實形容得一點也沒錯。所以只要什麼事都沒發生，富士見村遲早會撐不下去。」

這時「不行走的人」似乎有話想說，但是被「不說話的人」制止了，她用動作示意言耶繼續說下去。

「沒想到不二生先生得了不治之症。好不容易從慘絕人寰的戰場上活著回來，卻即將被病魔奪走生命，他心裡作何感想呢……從那一刻開始，他一面說自己是不死之身、又說自己將會死而復活——完全是自相矛盾的言詞。可見他當時陷入了非常扭曲又複雜的心理狀態。」

至此言耶刻意閉上嘴巴，五位女性也沉默不語。

「原本就有很多雖然覺得奇怪，但是因為不懂箇中意義，導致一時不察的地方。隨著重新整理線索到這個階段，我的腦海中開始浮現出不二生先生各種難以理解的言行。」

「家兄的言行……」

藤子喃喃自語。

「不二生先生復員後，最令他耿耿於懷的大概是只有自己活下來的罪惡感。他的戰友臨死前，到底託付他什麼呢？在網羅世界各地的神話及民間傳說的情況下，為何唯獨執著於創世神話呢？為何桌上只有非洲、土耳其、埃及、古希臘及佐佐木喜善的《聽耳草紙》呢？為何要蒐集與死亡有關的物品呢？為何他的復活要選在明年的一月到二月之間呢？強盜殺人犯『折紙男』對小間井刑警說的『那個人的頭腦有問題，再也沒有比這個村子更可怕的地方了』又是什麼意思呢？為什麼不二生先生每天晚上都要選一位女性一起用餐呢？一方面讓每個人都覺得自己是他最愛的人、另一方面又為這些女性排出優先順序，又是基於什麼原因呢？為什麼不管是用餐還是順序，『不露臉的人』都沒列在裡面呢？提到不二生先生的時候，為什麼各位之中有人用的是現在式、有人用的是過去式呢？」

言耶說到這裡，又瞥了那五個女人一眼，接著說出下面這個答案。

「妳們幾位，吃了不二生先生吧？」

藤子大驚失色地望向他，看得出來除了「不聽聞的人」，剩下四個人的身體全都劇烈地抖動了一下，但是「不聽聞的人」也隨即加入她們的陣容。

「你、你到底在說什麼……」

藤子心驚膽戰地問道。言耶沒理會她，視線始終定定地釘在那五個人身上。

「死在戰場上的士兵會要求送自己最後一程的戰友『吃了我』……我聽說過這樣的事。當時我還以為這只是特例，後來我逐漸明白，其實有許多復員歸來的軍人都擁有相同的體驗。我當然無法理解他們是在什麼樣的心情下講出這樣的話，或許是不希望自己死得毫無價值吧……」

「家兄聽到這樣的遺言……」

「是否實現了戰友臨死前的心願，如今已不得而知。但是從他回家後的食量明顯變小來看，我覺得這個可能性很大。」

「怎麼可能……」

「沒多久，不二生先生便患上不治之症。假如這時在他腦中來來去去的是戰友於戰場上留下的那些悲愴遺言……而且在他蒐集的世界神話或民間傳說中——特別是創世神話和放在他桌上那些書裡的地區——都有很多透過讓第三者吃掉自己，讓那個人復活的傳說。收錄於《聽耳草紙》中的《端午與七夕》，是描寫妻子自殺後，丈夫用芒草葉把妻子的肉包起來吃掉的故事。不二生的房間裡就有大量的芒草葉。另外在日本民間故事《山姥媒人》裡也有覺得孫子太可愛了，舔著舔著就把孫子吃下去的老婆婆。兩者皆與復活沒有任何關係，但是在『因為愛所以吃了你』的意義上是一樣的。」

「啊，難不成……」藤子小聲地驚呼。但言耶沒看向她的臉，逕自說道：

「不二生執拗地舔舐妳們的臉頰、脖子和手，不就是在表達自己的願望嗎？他希望被妳們吃到肚子裡。」

藤子粗重的呼吸從旁邊傳來。

「至於每天晚上都會選擇一個人一起用餐，則是為了飯後的行房。自古以來，飲食與性愛就是無法分割的關係。」

「也就是說，家兄的復活是……」

「讓五位女性之中的某一位生下自己的後代。所以他才說自己會在距今的十個月又十日後，也就是明年的一月到二月間復活。之所以有兩個月的模糊地帶，大概是因為他也不確定會是誰、又會在什麼時候懷上身孕。」

「她們的優先順序又該怎麼解釋？」

即使受到相當大的衝擊，或許仍比不過想知道真相的心情，藤子堅強地問道。

「年輕人比較容易受孕，但是待在村子裡較久的人接觸到他的機會比較多。既然現在還沒有人確定懷孕，那麼優先順序其實沒什麼太大的意義，不過他還是很執著於這點。這裡面之所以沒列入『不露臉的人』，是因為她來到富士見村還沒多久，還未能發展成那種關係。」

言耶的目標始終鎖定在那五個女人。

「各位最清楚不二生先生是不是自殺吧？或許還有人助他一臂之力。不管怎麼說，他都是自己結束自己的生命。」

耳邊傳來倒抽一口氣的聲音，言耶接著說：

「然後各位——或者是其中某個人——肢解了不二生先生的遺體。聽說藤子小姐來訪的時候，妳們會端出豬肉料理招待她，可見在各位之中確實有人具有殺豬宰羊的技術。最後妳們五個人共進晚餐，把他給吃了。當然，那是他本人的心願。這麼一來，不二生就能成為各位的一部分。

這也意味著他將成為可能會在明年的一月到二月之間誕生、自己孩子的一部分。」

言耶說到這裡，語帶諷刺地說：

「『不露臉的人』曾說，強盜殺人犯被捕後，妳們就不再給她肉吃了，那是因為她沒有吃下不二生先生的資格。」

只見「不露臉的人」突然衝向牆邊，開始聲響大作地嘔吐起來。看來她是偷偷吃了。

「『折紙男』潛入村子裡，躲藏在某處時，肯定聽見不二生與她們的對話了。」

「那個人的頭腦有問題……」

藤子重複著「折紙男」說過的話。

「我猜各位還把不二生先生剩下的骨頭做成壁飾。原本的壁飾當然已經銷毀了吧。」

「可是老師，你說那些骨頭有年代……」

「我起初是從骨頭的色澤做出這樣的判斷。可是實際摸過骨頭，我發現自己的手髒了。不過，我真正感覺事情有異，是在家禽家畜小屋，『布袋人』作勢朝我扔垃圾時，重新意識到沾在手帕上的污垢。也就是說，為了讓人覺得那是有年代的古物，所以特地為人骨壁飾上色。」

「那也是家兄的……」

「想必是他的主意吧。」

「你的意思是說，家兄……」

藤子那幾乎是從喉嚨裡硬擠出來的聲音，傳入了言耶的耳裡。

「已經完全走火入魔了……是這個意思嗎？」

「關於這點，我無法判斷。」

言耶有氣無力地搖搖頭。

「可是，我想這個村子裡肯定發生過什麼。古代也有女性在生育小孩的同時，吃掉男性、讓男人死去的例子。這裡也發生了相同的事，我說的沒錯吧。」

言耶以平靜的口吻逼問五位女性。

「請你立刻離開村子。」

然則，他只聽見「不行走的人」那不客氣的逐客令。

六

刀城言耶離開富士見村後，藤子帶他去拜訪巫子見家，向富太郎報告自己的推理。儘管他再三再四地強調這只是「一種可能性」，但對方完全接受他的說法。因此不僅沒報警，還表示如果有人懷了不二生的孩子，巫子見家願意照顧她們母子。想必是顧慮到世人的眼光吧，但富太郎完全不追求事件真相的態度著實令言耶大吃一驚。大概是因為對不二生的期待早已隨著他那不正常的轉變，消失得無影無蹤了。比起不二生，他更想保全富三。
無論如何，接下來的事情都和言耶沒有關係了。之後他只從藤子偶爾寄來的信件得知後續的發展。

第一封——言耶他們去造訪富士見村的次日清晨，「不露臉的人」離開了。她沒告訴任何人，用大方巾包了一大堆食物帶走。而「布袋人」也不告而別。據藤子所說，他偷聽到言耶的推理，或許是因此才下定決心離開富士見村。富太郎則決定先靜觀其變，直到確認五位女性中有沒有人懷孕為止。

第二封——年紀最大的「不說話的人」懷了不二生的孩子。剩下四個人繼續觀望，但是看來希望不大。富太郎表示想將「不說話的人」帶進巫子見家，但五位女性都希望繼續留在富士見村生活。雙方討論後的結果，決定至少在生產前先維持現在的狀況。

第三封——其他四位女性都沒懷孕，但她們都決定繼續留在富士見村，直到「不說話的人」平安生產。

第四封——藤子至今的前三封信都只是平淡地敘述事實，到了第四封卻出現了大轉變。她說自己開始害怕去富士見村，但又不曉得是為什麼。五位女性都沒有特別的變化，感情也還是一樣和睦，可是她卻無法不覺得好像確實有什麼變化，正一點一滴地發生。可是任憑她再怎麼推敲、再怎麼觀察村子裡的狀況，都無法掌握那股異樣的感覺是什麼。從字裡行間可以清楚地感受到她相當害怕。

第五封──隔了好一陣子才又收到，而且與富士見村有關的記述只有「每次看到她們，我都會浮現莫名的恐懼」一行字。

第六封──在收到第五封信又過了好幾個月，才在十二月送達。藤子去了富士見村，但喊了半天也沒人回應，不論大門和小門都從內側鎖上了。富太郎拜託駐在所員警，請他架設梯子進入村子裡，結果在不二生的房間找到「不說話的人」慘死的屍體。她在肚子被剖開、胎兒被取出的狀態下死去。其他四位女性全都不見人影，也沒有逃進富士見山後方森林的痕跡。眾人在村子裡展開地毯式的搜索，終究還是沒發現胎兒的遺體。這件事當然驚動了警察，不過在富太郎的運作下，這起事件好像都沒洩漏到新聞媒體那裡。

言耶非常感興趣，但也沒有因為這個理由就趕赴節織村，因為他實在太害怕了。

四位女性剖開「不說話的人」的肚子，殺了她、帶走胎兒──這大概是最合理的解釋吧。可是他怎麼也想不明白，那四個人和胎兒又上哪兒去了？話說回來，動機是什麼？

這時浮現了另一種解釋，令言耶感到不寒而慄。那就是胎兒自己破開母親的肚子跑出來，接著不知所蹤──這種驚心動魄的妄想。假如那其實不是胎兒，而是不二生的話……

巫子見不二生會不會真的藉由巫死復活了呢？

只要這個有如妄想的推理一天不從腦海裡消失，言耶就絕對不可能再踏足節織村了。

復員・復活・人間蒸發

本作〈如巫死蘇生之物〉發表於《梅菲斯特》文藝誌二〇一九年第一期，與刀城系列其他作品有明確的差異，與〈如密室牢籠之物〉（二〇〇九）相同，書名中的「巫死」並非妖怪或邪神的忌諱之名，而是巫子見不二生的長生不老、死而復活玄談，並在結局揭曉毛骨悚然的教義真貌。

「人間蒸發」又稱為「憑空消失」，有時候會與密室混用，也是起源於歐美，在日本推理中發揚光大的不可能犯罪詭計。在亂步的「詭計類別集成」尚未單獨列出，但進入平成時期後的三津田信三，與目前也活躍在本格圈的大山誠一郎都已發表過人間蒸發講義。

三津田版本的人間蒸發講義收錄於《如凶鳥忌諱之物》中，刀城將其歸納為四大類別、十七種狀況。〈如巫死蘇生之物〉**屬於第四類第二種種況：「消失者進入密室後一直躲在裡面，如今也還沒有出去，透過協力者在外面的協助」**。**不二生透過五位女性嘴巴與腸胃的「協力」，永遠都不會再以原本的姿態活著離開富士見村**。而除了《凶鳥》之外，在《如山魔嗤笑之物》（二〇〇八）、〈如天魔跳躍之物〉（二〇〇九）、〈如無臉擄掠之物〉（二〇一一），三津田陸續構思出極具魅力的人間蒸發謎團，在刀城言耶系列裡是堪稱重要的全明星球員，**畢竟民間傳說裡的神隱、天狗隱現象就是最上乘的素材**。

筆者另外推薦《偵探學園Q》（二〇〇一）中的《神隱村殺人事件》，是同作者的金田一一系列裡都沒有看過的神乎其技憑空消失手法。

本作沒有妖怪也無礙其悽慘氣氛，這是拜日本戰後的特殊頹廢情境所賜。《進擊的巨人》（二〇〇九）裡人類搭建高牆是為了阻擋巨人侵略，〈巫死〉裡不二生建造的圍牆卻是為了呼應死而復活的概念。但不二生為什麼會腦袋「啪帶」，從前途無量的世家繼承人淪為衰敗祕教的怪異教主？三津田信三以「復員」賦予最貼切的理由。

三津田常藉作品表達針對軍國主義的反戰思想，經歷二戰的殘酷而性格、身形大變的事主，成為建構整個故事的骨架。繼〈如生靈雙身之物〉（二〇一〇）裡搭配運用的「分身詭計」，**本作中批判力道更重，指出在戰場求生被迫吞下同袍人肉的不二生由此孳生扭曲的信仰**。在反戰主題的操作上，物理波矢多系列的《黑面之狐》（二〇一六）更是目前集大成之傑作。

從古埃及到基督教，「死而復活」一直是許多宗教的中心思想，卻也往往成為邪教慫恿信徒「集體自殺」尋求更好來生的致命耳語。八〇年代創立的關懷基督徒（ConcernedChristians）教主米勒便宣稱會在死後第三日復活，導致五十名信徒相偕自殺的慘劇。不二生的巫死並未要求信徒自殺，但只有自己得以復生的輪迴思想，似乎顯得更為自私。

世界各國都流傳著驚悚的食人傳說，本作裡的日本民間故事《山姥媒人》，覺得孫子太可愛就把他吞下去的鬼婆婆，來自會吃人的老婆婆妖怪「山姥」形象。但在別的民間故事裡，山姥也會化身為美麗的妻子照顧男性，在山姥身上妖怪與人的界線是模糊的。**民俗學考究指出，形象兇**

猛的鬼可能是山中從事採礦、冶鐵的部落漢子。由於茹毛飲血的野蠻形象、工作造成環境破壞，便被農耕社會冠上非我族類，甚至吃人的惡名了。

如獸家 吸魂之物

獸家の如き吸うもの

獸家。

流傳於禁野地方的怪異家屋傳說。會出現在迷失於深山裡的旅人面前，吸取過夜旅人的精氣，使其變得病懨懨，或是一回家就死於非命。屋子每次的大小及外觀都不一樣，就算僥倖逃過一劫，也可能再次遇上，所以絕不能掉以輕心。

——摘錄自閑美山犹稔《妖怪習俗事典》（英明館）。

一

二

我以山中小屋揹工的身分第一次攀上禁野地方的大步危山，是在日本與中國的戰爭陷入僵局的春天。

想當然耳，當時我們對膠著的戰況一無所悉。就算大日本帝國打敗仗，也會被報導成捷報。更何況我沒什麼學問，根本看不懂報紙。即使是比我更有學識的人，也打從心底相信這是一場聖戰、日本是神國等等，由國家臉不紅、氣不喘地吐出的謊言，所以即便知道了也沒用。畢竟那是個視國民性命如草芥的可怕時代。雖然日本後來戰敗，落入悲慘的下場，但如果就那樣一路贏下去的話，日本又會變成多麼殘酷的國家呢？

哎，這話題就打住吧。

所謂的揹工，就是指幫忙搬運行李的人。無論是哪邊的山都會有沒鋪道路的地方，沒辦法用車輛載運，必須要由人扛起大量沉重的行李，氣喘如牛地在山路上徒步行走，所以才需要像我們這種人。費盡千辛萬苦，將必要的糧食或生活用品送到山中小屋，這就是揹工的工作。

那真的非常非常辛苦啊。很多體格壯碩、孔武有力、個性火爆、自稱打架從未輸過的男人，因為認為自己非常適合這份工作而跑來應徵，結果一旦真的從事，都有可能停在半路上，哭喪著臉嚷嚷著再也走不動了，可見這份工作多麼吃力。光靠人高馬大、一身蠻力、腰腿強壯，其實無法勝任。

我家很窮，所以從小就開始工作了。雖說以前的人都一樣窮困，但我們家的狀況比別人家更嚴峻，所以我從小就習慣了重度勞動的體力活。或許是因為這樣，不知不覺間身體也長得比別人壯。不，不只身體，我認為自己從很早以前就學會了任勞任怨。

至於食物，頂多只有大麥飯或麵粉燒餅、加上用茄子、小黃瓜、蘿蔔、菜葉做成的醬菜和湯，再不然就是馬鈴薯。一年到頭都是同一件衣服，破了縫補、再破又補，將就著穿。如此週而復始，最後根本分不清原來的布長什麼樣子，像是變成另一件滿是縫縫補補痕跡的衣服。欸，聽起來雖然很好笑，但真的是這樣啊。

能拿到零用錢的日子，只有每年一次的祭典而已，而且最多兩錢或三錢，只能買最便宜的零食。儘管如此，還能拿到零用錢的小孩已經很幸福了，家裡更貧窮的小孩只能含著手指、眼睜睜地看別人買東西吃。

我嗎？有時候拿得到、有時候拿不到。

學校也是有一天、沒一天地去。因為當時的父母都認為「有那個空閒讀書，不如幫忙多做點事」。即使能上學，也必須先早起工作，回到家又得馬上幫忙做事。

除了祭典那天，根本沒有時間玩耍。

不過啊，唯有不用忙著下田的冬天可以有一丁半點玩樂的時間，也只有積雪的時期才能幾乎每天都去學校。穿上用稻草編的長靴，用大方巾包起教科書和便當，繫在腰上，踏過被雪埋住的山路去學校。如果是其他季節，則是穿著自己家裡編的草鞋，問題是一下雨就會浸濕，變得濕答答，讓人忍不住想脫掉，所以搞到最後都光著腳走路。

雖然能去上學，單是順著山路爬上爬下，就得花上兩個小時，萬一積雪的話還得花上更多時間。辛苦歸辛苦，但是能擺脫繁重工作的喜悅讓身體和心靈都輕飄飄的。

我以為其他小孩的想法都跟我差不多。可是啊，有的人連教科書也買不起，有的人連便當都沒得帶，所以實際上又是如何呢……

不管怎麼說，有項工作通常都會指派給小孩，那就是挑水。因為村子坐落在山林裡地勢較高的地方，就算想挖井也挖不出水，只有一個位於低窪地帶的公共水井，大家必須來來回回去那裡挑水，簡直累死人了，可是沒有水就什麼也做不成了。水是讓人類活下去最重要的資源，所以一有空，大人就會對小孩喊著「去挑水」。

無論做什麼工作，還是去上學，都得順著山路爬上爬下，平坦的地面只能在家裡或是學校校舍看到，所以腰腿自然被鍛鍊得很健壯。

大概是小時候吃過的苦，讓我得以成為獨當一面的揹工。但若問我是否因此感謝父母，倒也不盡然。確實是父母把我生到這個世界上、在我還是嬰兒的時候照顧過我，但說實在的，在那之後我幾乎可以說是靠自己的力量長大。

因為連學校都沒什麼機會去——我只讀了六年小學的一般科目，再上去還有兩年的高等科目，幾乎所有人都無法再往上念，能讀到中學的人簡直是稀有動物。我只念了六年書就去當製絲廠的學徒，但是比起只念了三、四年就去工作的人，或許還算幸運。

欸，不過話也不能這麼說，畢竟我根本沒能學到多少東西就離開學校了。

至於製絲廠的工作嘛——那可真是三天三夜都說不完。

簡單地說，我能做的只有體力活。問題是啊，像我這樣的人根本滿坑滿谷，多到可以用完就丟，所以在這種情況下，為了賺錢養活自己，只能盡量找一些別人做不到的事來做。以我的例子來說，就是揹工。

就像剛剛說的，乍看之下只要身強體壯，貌似任何人都能勝任這份工作，但空有蠻力其實根本派不上任何用場，要像我這樣的人才吃得開。工作雖然辛苦，運費卻也相當可觀。

嗯，不是薪水，而是運費喔。這工作最理想的就是揹工的伙食費是另外計算的，雖然也依攀登的山和行李內容物而異，但是從扛起行囊出發到抵達山中小屋，一路上可以吃兩個便當。想當然耳，出發前有早飯吃，抵達山中小屋後，在那裡也能再吃上一頓飯。

我是靠揹工的工作吃飯的。

山中小屋的老爹是這麼說的，他說的一點也沒錯。因此在陰雨連綿、登山客減少的時期，山中小屋的經營就會陷入困境。因為登山客不來就沒有收入，卻還得付運費給我們。一個搞不好，就連請揹工運來的食材都要給揹工吃掉了，變成好像是為了餵飽揹工才雇用揹工，簡直是本末倒置。不過如果只考慮到山中小屋的經營困境，又會遭到我們揹工的聯合抵制。因為這份工作不像其他體力活，不是任何人都做得來，所以這時應該要互相幫助才對。

其實揹工的工作不只是為山中小屋搬運貨物，也會搬運礦山的礦石或建造小屋的建材。最吃力的莫過於搭建山中小屋的木材，不對，還是搬運瓦斯桶比較辛苦。即使重量相同，米或味噌可不會在背上溜來溜去，相對來說比較安定。不過瓦斯桶就算綁在背上也會滑來滑去，真的很讓人頭痛。背上的貨物如果不穩定的話，是一件非常危險的事。

幹揹工的時候，確實遇到過千奇百怪的危險狀況。也不止一次兩次，做好「不行了，這次可能活不成……」的心理準備。這可不是我自誇，我自己還好，要是換成別的傢伙，可能早就死在山裡面了。

碰上這種狀況的時候，當然是怕得不得了，會再次感受到山真的好恐怖呀。可是一旦度過命懸一線的危機，反而會加強自信，倒也是不爭的事實。而且一時的恐懼會轉化成不能輕視任何一座山的教訓。即使下山便拋到腦後，等到再次上山，身體會自動回想起來。除非是笨到家的蠢蛋，否則沒有人會在山上犯同樣的過錯，這也是拜其所賜。

可是啊，在那個詭異的屋子裡體驗到的恐懼不同於之前在山裡遭遇到的危險，總是縈繞在我心中，揮之不去。不是逃離那棟屋子就好了、也不是離開禁野地方就沒事了……像是這樣的感覺。

這該怎麼形容呢。

即使平安到家，鑽進被窩，心想好不容易能安心睡覺、正為此欣喜時，卻又感覺**那個**不知在什麼時候已經來到枕邊，嚇得繃緊全身……這種膽戰心驚的感覺會在每次準備就寢時襲上心頭。

我這樣說明，不知道你聽得懂嗎？

你問我那個是什麼，我也不知道。

開場白太長，差不多該切入重點了。

受某個關照過我的山中小屋老闆所託，我第一次運送貨物去大步危山的小屋，回程的時候不小心迷路了。位於分岐點的山脊附近突然冒出沼氣，我認為這多少也有影響，總之當我回過神來，已經偏離了原本的登山路線。在這之前，即使是第一次攀爬的山，我也能輕鬆掌握，所以不瞞你說，當時我有些慌張，或許因此做出更加錯誤的判斷。原本想回到原來的山路，卻又一直走到錯誤的方向。

幸好我還是平安無事地下山了。問題出在我下山時鑽出去的地方到底是哪裡，真是丟人啊，我到現在還是不知道。

因為迷路的關係，太陽好像就要下山了。跟在山裡的狀況不一樣，就算要露宿街頭，我也不擔心。只不過，可以的話，我還是希望能走到附近的村落，就算是玄關泥土地的角落也沒關係，希望能找個人家借宿一晚。

平常光是搬運貨物的工作還不至於讓我無法負荷，但或許是繞了太多遠路，我已經累得筋疲力盡了。再加上迷失在陌生的土地，或許也讓我有些不安。所以想找個真正的住家，好好地睡上一覺。

攀登大步危山之前，我曾經路過邊通里村。原本我打算穿過那個村子回家，但因為天色就快暗了，那個村子在哪個方向、走到那裡要花多少時間，我完全搞不清楚。因為從山路鑽出來的地方是條雜草叢生、出現在哪一個鄉下都不奇怪的尋常泥土路，所以我真的舉雙手投降了。

無可奈何，我只能仰賴直覺前進。然而即使往山下走，周遭依舊籠罩在沼氣裡，能見度極低。再加上太陽西沉，夕陽餘暉把薄霧染成朦朦朧朧的淡紅色，氣氛極為詭譎。

我不想走進那片紅色的薄霧，不由得停下腳步，進退維谷，紅色的薄霧好像隨時就要包圍上來，我心裡一驚，又連忙邁出腳步，來來回回重複了好幾次，遲遲無法前進，唯有時間無情地流逝。

進兩步、退三步的過程中，天色逐漸暗了下來，再這樣拖拖拉拉下去，勢必得在令人頭皮發麻的薄霧裡過夜。

怎麼辦……當我束手無策時，眼前突然有一棵巨大的樟樹，彷彿撕開薄霧般現身，嚇了我一大跳。

樟樹粗壯的樹幹中間裂了一個大洞，我往洞裡看一眼，心裡燃起一線希望。因為洞裡有個小祠堂。會把祠堂安置在樹洞裡的人肯定是邊通里村的居民，可見邊通里村就在附近。

我心想只要再撐一下就能得救了，可惜還來不及高興，供奉在祠堂裡的物體就映入眼簾，讓我不禁為之駭然。

那是一尊大小相當於地藏菩薩的石像，起初猛一看還以為是圓圓胖胖的布袋尊，只不過這個看起來像是布袋尊的像居然有兩尊，或者該說是一分為二，總之祂們有半邊的身體緊密相連，形成非常奇特的外貌。

你說連體嬰？

那是什麼？

「哦，原來還有這種人啊，這世界果然很大呢。不過小哥說的沒錯，那對布袋尊就像你說的那樣，半邊身體是相連的。」

愈是屏氣凝神地盯著看，愈覺得那應該不是七福神裡的布袋尊。雖然面孔和身體都跟布袋尊一樣圓滾滾的，但明顯有什麼地方不太一樣。

我很想知道那種異樣感是什麼，於是便仔細端詳，突然弄清楚了。這尊石像完全沒有布袋尊那種圓潤溫和的氣質。意識到這點之後，我開始覺得那尊石像只像是腦滿腸肥又猥瑣的山大王。

問題是，這尊石像到底是誰做的？為什麼要刻意供奉在祠堂裡？我還以為是自己眼花看錯了，但重新看了好幾遍，依舊看不出任何神聖的感覺，不如說詭異感還更加強烈了。

會祭拜這種東西的人，應該不是邊通里村的村民吧。

這點應該沒錯。換言之，我認為這一帶有村落的猜測也隨之落空。正當我心灰意冷時，發現大樟樹的後面是陡立的崖壁。

無路可走了嗎。

不僅如此，現場還留有少許發生過懸崖崩塌的痕跡，看樣子此地不宜久留。要是沒有這團霧的話，或許可以更早發現這一點。然後也不會窺看那個樹洞，早就掉頭走人了。

我心懷怨恨地盯著樟樹左邊那一大片茂密的樹叢和雜草看了好一會兒，只見樹叢盡頭的那一側有條往上延伸的陡峭斜坡，隔著紅褐色的薄霧逐漸映入眼簾。

搞什麼，原來有路啊。這麼一來，村子或許就在不遠處了。

我很現實地又重拾希望，撥開樹叢和雜草，朝著那條坡道走去，手腳並用地往上爬。只要翻過陡峭的山坡，應該就能看到村子。該說是一廂情願的想法嗎，總之是有點想欺騙自己的心情。

然而，這坡道實在太陡了。比起冬天以外幾乎每天都要爬的山路當然不算什麼，雖然陡峭，但畢竟是平凡無奇的坡道，既不是滿地石礫亂滾的岩石路、也不是令人寸步難行的泥巴路。然而光是邁步前行，就要費盡九牛二虎之力。即使扣掉我已經累到不行這點，疲憊的程度依舊很不尋常。

不僅如此，我走了半天也走不到頂端，每次心想著還要走多久啊，然後再抬頭一望，都因為籠罩著濃厚的霧氣，什麼也看不見。或許也因此覺得長路漫漫，彷彿置身於沒有盡頭的地獄坡，沒完沒了地爬著。

還沒到嗎、還沒到嗎……我邊問自己邊前進，左腳險些一腳踩進空無一物的半空中，害我嚇出一身冷汗。還以為自己正筆直地往上爬，不知不覺間卻已經偏向左側。問題是左邊已經沒路了，只有底下一片杉樹林。一想到剛才差點就要摔下去了，讓我不由得頭皮發麻。

我連忙往右邊靠，右邊也長滿了樹。我用右手摸著樹幹，嘴裡一邊嗚嗯嗚嗯地呻吟、一邊往上爬，原本我就連爬山路的時候也不曾發出這種聲音的。如果覺得累了，我就靠在樹上休息，但明明過往在爬山途中要休息的時候，根本也不會像現在這樣得靠著東西的。

看來我選了一條超難走的路。

我為時已晚地後悔不已。仔細想想，這條坡道藏在極為茂密的樹叢後方。也就是說，人類根本不會走這條路，我竟然認為邊通里村就在前面，真是大錯特錯。

這下慘啦。

我真是受夠自己的愚蠢了。如果是在深山裡，我應該能做出更正常的判斷，這一帶果然怪怪的。現在還來得及，是不是應該下坡回頭呢。就在我筋疲力竭，陷入迷惘之中的時候。

我已經站在坡道的頂端。

而且隔著薄霧，隱約可以看到左前方出現一棟奇怪的屋子，兩側長著鬱鬱蒼蒼、高度與屋頂差不多的杉樹，感覺就算是白天也會顯得很昏暗。房屋的對面就是懸崖峭壁，它們之間的那條路感覺十分狹窄。

居然在這種地方……我帶著驚訝的心情，腳步蹣跚地走過去。

不僅蓋的地點極為詭異，屋子本身也很不尋常。

這座有如平房般往兩旁延伸的西洋風建築，屋頂上還有個上頭設有窗戶、尺寸更小的屋頂。我當然也覺得這種構造很稀奇，但這還不是最令我感到不對勁的地方。

最奇怪的，就是到處都可以看到莫名其妙的動物石像出現在屋子的各個角落。門柱上是老虎、屋頂上有鳥、大門口有象、窗戶旁邊則是猴子和狗。有的動物是石像、有的動物是直接刻在牆上，但不管是哪一種，皆為兩兩成對的形式。

蓋這棟屋子的傢伙也太愛動物了。

可是啊，當我定睛一看，就發現不太對勁。老虎身上有翅膀、鳥長出了牙齒，比起真實的動物，更像是幻想中的生物。

就在我看得入神的時候，周圍已經開始暗下來了。再過一會兒，太陽就會完全隱沒在地平線，陷入伸手不見五指的黑暗。

說到山裡的恐怖遭遇，那真是要多少有多少。可是最恐怖的，莫過於別說是還沒做好露宿的準備，甚至連露宿的地方都還沒找到，太陽就毫不留情地下山。再也沒有比在夜晚的深山裡移動更危險的事了。

像這種時候，我要嘛下山，要嘛眼前剛好有一棟屋子。總之絕不能在山林間迎接黑漆漆的夜晚。可是一想到要在這種屋子裡暫歇一晚，又感覺到有一把冷汗正順著背脊往下淌。

單從外觀觀察也知道這裡是間空屋。雖還不到廢墟的程度，但至少這一兩年來都沒有人住了。既然如此，我大可在這裡過夜，根本不用顧慮到別人。然而我一步也不想靠近，甚至覺得餐風露宿還好一點。

我有自信在什麼地方都能睡著，所以露宿根本不成問題。可是在薄霧遲遲不肯散去的情況下，如果繼續杵在這裡，露水一定會讓衣服濕透的。但就算我想下山好了，即便現在已是初春，夜裡還是寒氣逼人。如果就這樣睡在外頭，一定會搞壞身體。做我們這一行的，身體可是最重要的資本。

眼前有一戶人家，不進去過夜才是傻瓜吧。

這麼說雖然很奇怪，但我還是得努力地說服自己。如果不這麼做的話，大概死都不肯踏入那棟詭異的屋子一步。

把手放在玄關門把上，發現門是鎖上的。外側的窗戶都加裝了鐵欄杆，即使打破玻璃也進不去。雖然想繞到後面找看看有沒有後門，但又不想走進伸手不見五指的杉樹林裡。與其說是恐懼，不如說是擔心有危險。

實在沒辦法了，我只好又把手伸向門板，結果發出「嘰……」的噪音，再用力搖晃一番，大門嘰哩嘎啦地被我推動，然後一口氣拉開了。雖然多虧我一身怪力，也多虧這道門鎖已經年久失修了。

門後的空間當然也是一片漆黑。我劃亮火柴，看到眼前還有一扇門。看來我是站在類似三和土地板的狹窄空間裡。

這時背後突然傳來「沙沙沙……」的聲響。我嚇得差點跳起來，提心弔膽地回頭看，什麼也沒看見。伸出火柴往外一看，發現外頭下起雨來了。

如果是在山裡的話，我應該能更早察覺到要下雨了吧。但是冷靜想想，我在這方面的直覺早在被沼氣包圍、迷失在山路上的時候就已經失去作用了。尤其是看到那棵樟樹裡面的祠堂後，我的第六感更遲鈍了。

既然如此，也只能硬著頭皮進去了。

把手放在第二扇門上，這次不費吹灰之力地打開。前腳剛踏進去，火柴就熄滅了。那一瞬間，我全身抖得有如秋風中的落葉，因為放眼望去，是一片實實在在的黑暗世界。

在山中體驗的黑暗，是渺小的人類孤零零地置身於大自然中的心驚膽戰。但是盤踞在這棟屋子裡、那令人不寒而慄的黑暗，則像是由人的邪念日積月累而成，充滿了暴戾之氣。

我不假思索地想要轉身逃走。如果是從旁人口中聽到這段經歷，我一定會嗤之以鼻，嘲笑對方是個膽小鬼。可是當自己陷入這種狀態後，那就另當別論了。不不不，倘若只是普通的廢墟，我也有信心不至於嚇成這樣。然而，這棟屋子完全不同，禁錮在室內的空氣非比尋常。

另一方面，雖然少得可憐，但我仍然感受到進到室內後的安全感。外面下雨了，而這裡至少還有屋頂。就算氣氛再怎麼詭譎，還是在這裡待上一晚才是正確的選擇。我搜索枯腸後，做出了這個判斷。

我劃亮第二根火柴，只是僅僅靠著這麼微弱的光線，實在無法判斷屋子裡的狀況。只覺得空間十分寬敞，大概是客廳吧。而且天花板非常高，光是抬頭看，就覺得好像快要被黑暗給吞噬了。

不管是什麼樣的房間，還是別輕舉妄動比較好，以免手腳不小心撞到家具，落得受傷的下場。

我稍微思考了一下，便用左手拿著第三根火柴，右手摸著牆壁，開始在室內摸索前進，速度比烏龜還慢，想說能不能在櫃子上找到蠟燭之類的東西，總之沒有照明就什麼事也辦不成。

我的右手最先碰到一個架子，把火柴靠近一看，原來是個書架。這種地方應該沒有擺蠟燭吧，必須繼續往前走。幸好腳邊好像沒有障礙物，不用擔心被東西絆倒。正當我想走快一點的時候。

……叩咚。

某個地方響起聲音，聽起來很小聲，可能是從屋子的另一邊傳來的。我下意識定住不動，豎起了耳朵。

……叩咚。

又聽見了。確實是從屋子的另一邊傳來的沒錯，可是總覺得不太對勁。才剛想著好像哪裡怪怪的，這時火柴剛好又熄滅了。

……叩咚、叩咚。

這次聲音連續響起，而且在黑暗中不絕於耳。

……叩咚、叩咚、叩咚。

一開始聽起來還很遙遠，但感覺現在似乎正一點一點、一寸一寸地逐漸靠近。

有人在走路……

這個貌似客廳的房間鋪著木頭地板，那聲音聽起來活像是有個穿著鞋子的人正朝著我這邊走過來。

「……喂、喂，有人在嗎？」

我嚇得魂飛魄散，拚命從喉嚨裡擠出聲音來。因為默不作聲、屏氣凝神地等那個靠近不是更恐怖嗎？

然而，沒有任何回應。

……叩咚、叩咚、叩咚。

聲音沒有須臾停歇地傳來。可是啊，真的好奇怪啊。那個聲音明明響在房間裡，卻又感覺好像是從別的地方傳來……

對了，是不是有地下室？

如果不在這個房間裡，肯定是在地下室吧。我努力說服自己，但又覺得說不通。

從坡道下長著樟樹的地方出現的懸崖崩落痕跡來看，這一帶的土壤似乎很鬆軟，這種地方應該不能蓋地下室吧？要是無論如何都需要多幾間房間，只要蓋成兩層樓的建築物不就好了。

但如果是這樣的話，那個奇妙的聲音究竟是從哪裡傳來的？別的次元？

次元是什麼?

哦,原來還有這種概念啊。大學生果然很了不起,小哥知道好多艱深的知識呢。

不過聽完你的說明,我更害怕了。明明是同一個房間,卻有不同的次元。我當時確實有這種感覺。而且啊,我也強烈地感受到那個東西正從別的地方移動過來。

「……喂、喂!」

我氣貫丹田,大聲恫嚇。呃,我原本是想這麼做沒錯,丟臉的是我從嘴裡發出的聲音只比平常稍微大一點。

沒想到,貌似腳步聲的聲音頓時戛然而止。我豎起耳朵,專心聽了好一會兒,但什麼也聽不見,鴉雀無聲。

我又劃亮火柴,繼續邁出腳步。右手邊還是一排書櫃,走著走著,總算走到房間四隅的其中一角。換句話說,走進這個寬廣空間後,靠門的這一面牆都是書櫃。如果書櫃裡真的擺滿書,那真是太驚人了,我在學校都沒有看過這麼多書,只可惜當時我滿腦子都是剛才的腳步聲。這也難怪,因為那個腳步聲實在是太讓人不舒服了。

在房間的角落轉彎,碰到另一堵牆後,我伸出右手摸了摸,發現是個櫃子,但不是書櫃,而是展示玻璃花瓶或陶壺之類的那種櫃子。

如果是這種櫃子,說不定會有蠟燭。我小心翼翼地摸索,終於讓我找到燭台了,是可以插三根蠟燭的那種燭台，左右還分別留下一根半長不短的蠟燭和燒得短短的蠟燭。

我欣喜若狂，心想這下子得救了，馬上用火柴點亮蠟燭。手拿燭台將屋子裡看了一圈，居然發現了暖爐，真是謝天謝地。暖爐位在進入房間的門對面，旁邊還有薪柴，我在燭火照亮的範圍內東張西望，看看有沒有能引火用的報紙之類的。

即使點燃了蠟燭，這個房間還是有一半以上仍籠罩在黑暗裡。得到這點微弱光亮的同時，另一邊的黑暗反而變得更加駭人。我不敢輕舉妄動，說不定只有火柴的時候，我的膽子還大一點。

幸運的是我隨即看到身邊有張桌子，桌子上有報紙、地上也散落著報紙。我抓起視線範圍內所有的報紙，一個箭步走向暖爐。心想要是有樹枝就更好了，不過既然沒有也無法強求。就算到外面的杉樹林去撿，應該也都潮濕到派不上用場吧。

在暖爐裡放入幾根比較細的薪柴，將報紙塞進空隙，以火柴點火。因為遲遲無法將火苗引到薪柴上，真是急死我了。

費盡九牛二虎之力，好不容易讓薪柴產生星星點點的火苗時，我鬆了一口氣，同時也筋疲力盡了。有好一段時間，我只是腦中一片空白地盯著火光看。

所以過了好久之後，我才發現暖爐上方有個異樣的物體。當發現映入眼簾的是佛壇後，我愣了半晌才瞪著眼睛直視，險些「啊！」地一聲叫出來。

定睛一看，擺在那個像是佛壇的祭壇上的，不就是供奉在外頭的樟樹洞裡，那尊陰陽怪氣、像是布袋尊的像嗎？

蓋這棟屋子的人和建造那座祠堂的人原來是同一個啊。意識到這一點時，我真的「啊！」地叫了出來。事到如今，我終於反應過來，裝飾在門柱或頂上的動物並非兩兩成對，而是跟布袋尊一樣，是兩個身體相連在一起的樣貌。

不知道為什麼，我總覺得不太妙。

沒有理由，但也無法說明到底是哪裡不太妙。不過，我只知道不能繼續待在這棟房子裡的感覺愈來愈強烈了。

要趕快出去。

我拿著燭台，走到剛才進來的門前，打開，前腳剛踏上宛如三和土地板的地面，從變形的玄關門縫隙吹進來的寒風，剎那之間就讓蠟燭熄滅了。再加上外面正淅瀝嘩啦地下著滂沱大雨，害我冷得牙齒打顫。

我立刻轉身，回到客廳。

待在屋子裡至少可以免於風吹雨打，而且還能取暖，心裡再怎麼不舒服也別無選擇。只有一個晚上，就忍耐一下吧。我再次下定決心。

重新點亮蠟燭後，我依序檢查剛才想逃走時映入眼簾、擺放著花瓶和陶壺的櫃子，以及位在對面牆壁的三扇門。門後分別是廚房、寢室與廁所。換作平常，看到人類生活的場所應該會感到如釋重負，然而這時卻不是這樣。

有人住在這棟房子裡……

一想到這裡我就更害怕了。光是稍微想像那個人為什麼要蓋這種屋子、為什麼要住在這種地方，就不禁雙腿發軟。

這和我無關。

我拚命安慰自己，從寢室的床上拿來毛毯，在暖爐裡燒起足夠的薪柴，接著躺在暖爐前面的地板上。因為就在供奉布袋尊的祭壇底下，其實我心裡可是毛到不行，可是除此之外的地方都冷得不得了、也暗到伸手不見五指，因此也無可奈何。

才心想實在不可能在這種地方入睡，卻又一面打起瞌睡來。迷路就算了，還滿山遍野亂跑、一直揪著一顆心，會覺得疲憊也是理所當然的。暖爐前面好暖和，地板上又鋪了被子，躺起來也不至於太不舒服。只要睡著，就不用再提心弔膽了。一覺醒來後，肯定又是新的一天。

……嘰。

這時，耳邊傳來微弱的動靜，明明聲音小到幾不可聞，卻足以讓我清醒過來。

……嘰。

可是再怎麼仔細傾聽，依舊聽不出聲音是從哪裡傳來的。

……嘰、嘰。

活像是無聲無息、躡手躡腳走路的聲音。

我慢慢地抬起頭來，往房裡張望。但是，這裡沒有其他人。是有很多漆黑一片的地方沒錯，可是完全感覺不到有人正在走路的氣息。

幻聽嗎……

我安慰自己，再次倒頭就睡，正當我又迷迷糊糊地進入夢鄉時。

……嘰。

又聽到聲音了。我猛然坐起來，這次還點亮燭台，然後仔細檢查這個房間的每一個角落，果然沒有其他人。廚房和寢室也都查看過了，同樣沒有任何發現，在這個屋子裡，就只有我……

我回到暖爐前，躺下來，心想這次一定要睡著。

……嘰、嘰。

果然，有人在房裡走路。肯定有我看不見的某個人正無聲無息、躡手躡腳地在屋子裡走來走去。

不一會兒，毛骨悚然的腳步聲停止了，但時不時還能聽見不知是什麼聲音的傾軋聲。我怎麼也睡不著，不僅如此，該怎麼說呢，當我靜靜地躺在房間裡，竟感覺好像有什麼東西正一點一滴地消失。

你問我那是什麼……我也答不上來。

最接近的說法，大概是自己的一部分吧。沒錯，我自己正在逐漸消失的噁心感覺始終縈繞於心，揮之不去。我真的很擔心，如果再繼續睡下去，最後可能什麼也不剩，我可能會真的消失得無影無蹤。

……沒錯，魂飛魄散或許是很貼切的形容詞。

所以，我一夜未眠，就這樣熬到天亮。

當我看到陽光逐漸爬上對外窗，我便從暖爐前跳了起來，然後頭也不回地逃出那棟屋子。幸好雨已經停了，不過霧氣依舊籠罩大地，周遭從清晨開始就瀰漫著陰森森的氛圍。

像是過了一夜就耗盡體力那樣，我踩著搖搖晃晃的腳步前進，拚了老命地跑向陡峭的坡道。

事過境遷後，我不知道有多後悔，早知道就該直接下坡，不要回頭了。

嗯啊，我在坡道前忍不住回頭了。

只見有張黑漆漆的臉，正從那棟屋子傾斜的玄關門後面直勾勾地盯著我看。

那張臉啊，看起來好像是由兩張臉拼起來的……

……不，我壓根兒也不知道那是什麼。

只不過，屋子裡明明沒有那玩意兒。因為前一天晚上，我檢查過整棟房子……

那玩意兒到底是什麼，又是從哪裡冒出來的……

後來我之所以辭去揹工的工作，或許也是因為當時的體驗所致。

——摘錄自隋門院大學民俗學研究室提出之《全國山村生活調查　東日本篇》的〈其他勞動〉未經整理的原稿。

三

我是在某大學主修建築的學生。

去年春天，我在K地方的O山山腳下經歷了毛骨悚然的體驗，以下記述了當時的狀況。具體的地名等內容則以英文字母來標示。

伊東忠太是我非常景仰的建築師之一，他的豐功偉業多不勝數，特別值得一提的，就是他發現奈良縣生駒郡斑鳩町的法隆寺不僅是日本最古老的佛教建築，也是全世界現存最古老的木造建築。

伊東一邊學習西洋建築、一邊從根本面重新審視日本建築，致力於開拓至今還沒有人研究過的日本建築史。從這個角度來說，要說是只有他才能發現法隆寺的偉大之處也不為過。

希臘神殿原本也是木造建築，而且神殿形式與法隆寺的中門頗為相似，伊東從這兩個事實建立起大膽的假設。

莫非是前者的風格橫跨了歐亞大陸，傳至後者呢？

如果是一般學者，為了加強這個假設，大概會翻遍海外研究者足以當成參考的著作，加以研讀，據此寫成論文。

但伊東的方法可就不一樣了。他踏上旅程，先去了中國，再經由緬甸和印度，前往土耳其及希臘。而且還騎著驢子，花了三年的歲月。

他有兩個目的，一是尋找希臘神殿延伸至法隆寺的連結點、二是從中國與印度的佛教建築中探索法隆寺的原型。

先說結論，雖然第一個目的失敗了，但第二個目的成功了。拜他探訪了中國與印度的主要佛教遺跡所賜，接觸到佛教建築的源頭，但收穫還不只這些。他還發現在旅途中所看到的石製或磚造建築物，若是追本溯源的話其實都是木造。即使演變成現在的模樣，也還保留著木造時代的記憶。

伊東忠太的「建築進化論」由此應運而生，他將在每個國家都可以觀察到、從木造到石造的轉換視為進化的過程。

本來應該要奠基在這個論點上闡述伊東主要的作品，但這篇文章並不是論文，所以就此打住。但我私心想讓大家知道在他的作品中，我特別偏愛淨土真宗本願寺派的寺院——築地本願寺。因為如果不知道這一點，可能就無法理解我這次的行動。

在介紹伊東忠太經手設計的建築物時，可以從各種不同的角度切入。然而最吸引我的，莫過於許許多多出現在建築物的各個角落、人稱「珍禽異獸」、「虛構的動物」，或是「怪物」和「妖怪」的石像。

以築地本願寺的本堂為例，有一對獅子像鎮座在入口寬廣的樓梯兩側，細看應該是成雙成對的阿吽①像，所以一般會認為是狛犬②，但這對獅子卻長著翅膀。爬上樓梯，前方的柱子底部還有兩隻一模一樣的獅子，迎接造訪寺院的我等。除此之外，內部樓梯的主柱等處也可以看到牛、馬、象、鳥。這些都是實際存在的動物，只是在宗教建築特有的場域氛圍烘托下，看起來也有點像是不存在於現實生活中的生物。無論如何都會在這些「動物」身上感受到異樣的氣息。

我光是現在臨時想到的，就還有在戰火中付之一炬、原本鎮座在上野不忍池弁天堂天龍門的獅子和吻（此為鯱的原型③）。舊東京商科大學兼松講堂（自去年更名為一橋大學兼松講堂）的龍、鳳凰、獅子、鳥、鬼。大倉集古館那幾座吻、狛犬、龍。震災紀念館既像狐狸又像豬的奇珍異獸和鳥（緊鄰著紀念堂的復興紀念館也有珍禽異獸）、靖國神社遊就館的鬼、鯱、海馬等等。

幸好其中大部分都「棲息」在關東，所以我去參觀過好幾次。至於現在已經不存在的「生物」，我會找出拍下建築物照片的當地人，請他們讓我閱覽。包括這些遠方的「生物們」在內，我幾乎看遍了所有被伊東忠太賦予生命的石像，接下來我打算一邊鎖定中意的部分多去觀察幾次、一邊繼續研究伊東的建築。

然而，我在前年冬天去大學同學家玩的時候，聽他哥哥講了一件非常有趣的事。這件事是他哥哥從一起登山的朋友S那裡聽來的。

話說K地方的O山附近，有一棟被奇妙的生物石像圍繞的房子。

如果只是動物的石像，若不拘泥於伊東忠太的建築物，光是東京都內就要多少有多少，可惜它們完全引不起我的興趣。因此如果只是不知道是哪裡的某某人在鄉下蓋的房子，我大概也不會產生興趣吧。之所以會被朋友哥哥說的故事擊中要害，無非是因為下面這句話。

「S舉了一座寺院為例，叫什麼名字來著。」

「該不會是築地本願寺吧？」

我心想不太可能，但還是問了一下，沒想到朋友的哥哥大聲附和：

「啊，就是那個。那棟房子外面好像也裝飾著跟築地本願寺的石像很相似的東西。」

我向他介紹伊東忠太，並表示想知道更多細節。

「S只知道那棟房子在K地方的H村附近。」

朋友的哥哥又接著告訴我。

①佛教真言的一種。在梵文文字序列中，始於「阿」、終於「吽」，象徵萬物的初始與結束。此意涵通常也被延伸至成組的宗教塑像，最常見的例子就是寺社前分列左右的金剛力士或狛犬。外觀上，張口為「阿」、閉口為「吽」。

②配置於神社或寺院前的成對守護獸。相傳是源自古代近東地區守護聖域的獅子像，之後經由印度、中國、朝鮮半島，再傳進日本，演變成狛犬的形式。

③吻為龍頭魚身的神獸，有一說為龍生九子之一的螭吻。鯱則為虎頭魚身。兩者都常出現在建物屋頂兩端，呈現口吞正脊的樣貌，擁有消災避火等吉祥意涵。

「築地本願寺想必是非常氣派的建築物吧。可是啊，那棟房子並非如此。你感興趣的那些石像聽說也很陰森，肯定跟那位名叫伊東的偉大建築師打造的動物像不是同一類吧。」

或許是因為我的反應太過於激動，朋友哥哥的語氣裡帶了一絲安撫的味道。

為了給自己找台階下，我便換了個話題，不過第二天一早就跑去買了K地方的地圖，開始研究O山與H村的種種。但是我完全查不到與那棟房子有關的資訊。無計可施之下，只好請朋友的哥哥——他們兄弟倆都傻住了——幫我聯絡那位S。結果很遺憾的，只收到「我確實是從一起在三叉岳的山中小屋待過一晚的人口中得知此事，可是那個人說他也是聽來的」這種派不上用場的回覆，所以還是無法掌握這個情報的出處。

既然如此，最後只剩親自跑一趟一途了。時值初春，早晚都還寒風刺骨，我把愛用的相機和便當、地圖塞進背包，從上野站出發，前往K地方。儘管一大清早就動身，抵達H村卻已經快傍晚了。交通工具的班次從途中就變得青黃不接，我還在轉車時下錯站，因此浪費了更多時間。

即便如此，我依舊樂觀地認為只要請H村的人告訴我那棟房子在什麼地方，然後立刻前往就沒問題了。時間可能會晚一點，不過應該還是能在今天之內回到東京。

沒想到問遍整座村子，都沒有人知道那棟房子的所在地。當我介紹自己是東京來的學生，大部分的村民都表現出友善的態度，可是一旦提到「我是為了找這棟房子才到這裡來的」，所有人突然都態度大變，沒好氣地說：「我不知道。」然後急急忙忙地從我面前離開，那樣子看起來非常啟人疑竇。

如果是明明知道，卻故意裝作不知情的樣子，那麼不管我再怎麼問，他們也不會告訴我。

既然如此，我只能老老實實地正面進攻，除此之外想不到別的方法。

結果當我回過神來的時候，已經走到村外的道祖神④旁邊了。周圍看不到任何村民的影子，我茫然地獨自佇立在再走幾步就會跨出村子的地點。看樣子是進村後逢人就問，不知不覺就走到村外面來了。

正當我不知所措的時候，背後突然有人搭話。

「那個到處打聽『けものや』（kemonoya）的人就是你嗎？」

下意識回頭，有個精神矍鑠的老人不知在什麼時候來到我的身後。

「けものや？」

我正要反問，頓時恍然大悟。

「けものや」，漢字不就可以寫成「獸屋」或是「獸家」嗎？想必是因為那棟房子裝飾著動物的石像，所以才會有這個稱呼吧。

我誠惶誠恐地確認，老人表示意思確實就是「獸之家」。

④ 供奉在路旁的神明，通常位於村子邊境或岔路、山腳等處，被視為守護聚落、帶來豐饒、庇佑居民免受外來邪氣或疫病侵害的守護神。因為所處位置等關係，也被認為是能保佑旅行和交通平安的神明。外觀有雕像型、浮雕型、碑文型、塔型、原石型等不同的樣式，但大多為石頭材質。

「您知道那棟房子在哪裡嗎？」

結果老人則是反問我為什麼要去獸家。於是我搬出伊東忠太和築地本願寺的名頭，說是為了建築學研究。

「那我勸你最好不要去。」

老人不由分說地拒絕。

「為、為什麼？」

「因為把那麼有名，而且還是偉大建築師蓋的寺院與那個獸家相提並論，小心遭天譴喔。」

「我沒有要比較的意思。」

我拚命解釋。但自己也心知肚明，說是為了學術研究只是表面上的原因，大老遠跑來這裡的原動力還是為了滿足自己的好奇心。我感覺自己的內心想法在老人的面前無所遁形。

儘管如此，我還是鍥而不捨地拜託老人，堅持是為了研究。

「你這學生還真是死纏爛打啊。」

或許是感受到我的熱誠，老人露出拗不過我的表情，我見狀更是口沫橫飛地滔滔不絕。

「既然你都說到這個份上了，哎，就告訴你吧。」

老人終於告訴我，只要順著這條路直走就行了。

「可是啊，你會被吸走喔。」

只不過，老人在最後還補上了這麼一句。

「被吸走？」

我一頭霧水地反問，老人極為乾脆地點頭。

「獸家會悄悄地吸走一部分進入獸家裡的人類靈魂。」

別說那種莫名其妙的話。我有點惱火，但這時如果說錯話，氣得讓他反悔說出「你還是別去了」，那事情可就麻煩了。

「我只是在外面看看，所以不會有事。」

我選了一個不痛不癢的回答。他肯定只是把自古以來流傳在這種鄉下地方的迷信穿鑿附會到實際存在的詭異房子上。

「萬一出了什麼狀況，你就到我家來吧。」

臨別之際，老人這麼對我說，還主動說自己是「田代（假名）。」，然後告訴我他家住在哪裡。

「感激不盡。」

我向他行了一禮，走向村外的道路。

從這裡到獸家，以年輕人的腳程來說，大概只要三十分鐘左右。如果把預定停留的時間從兩小時縮短成一小時，應該就能趕上開往上野的末班車。如果能把先前浪費在轉車的時間用來探索獸家就好了，遺憾的是千金難買早知道。

我在不至於太吃力的前提下加快腳步。這時要是急如星火地趕路，到達之後可能會上氣不接下氣，就無法拍出滿意的照片了。我希望能避免這種情況發生。

隨著離村落愈來愈遠，四周的綠意也愈來愈濃。周遭漸漸地看不到農田，開始有進入山林中的感覺，當然這一路上也沒遇到任何人。我想這就是靠近獸家的證據，自然而然地加快了腳步。問題是走了半天，還是什麼也沒看見。明明時間已經過了很久、路也走了一大段，那個獸家還是連影子都沒有。

……被騙了。

走了四十多分後，我終於意識到這一點。

我做夢也想不到那個親切地說著「萬一有狀況就到我家來」的田代老人會說謊，所以受到相當大的衝擊，六神無主地呆站在原地好一會兒。

田代老人肯定是認為只要找不到獸家，我就會死心了。但他愈是千方百計地阻撓，我反而更想去了，想親眼看到那棟房子的心情愈發強烈。

我轉過身，踩著堅定的腳步返回村落。邊走邊為自己加油打氣，就算天塌下來，我也要找到獸家。

話雖如此，隨著村落愈來愈靠近，我開始感到迷惘，到底該問誰，才能打聽到獸家的正確位置呢？恐怕沒有村民願意告訴我吧。不僅如此，要是我一直死皮賴臉地追問同一個問題，可能會被趕出去。

當 H 村逐漸映入眼簾，我的腳步驀地沉重起來。就在我像個可疑人物似地在村子外圍東張西望、走來走去的時候，發現有個小男孩正在微微隆起的小山丘山腳下玩耍。

我確認周圍沒有大人後，便走上前去搭話：

「你好。」

只見他嚇了一跳，轉過身來，隨即露出害羞的表情，那樣子既純樸又可愛。看樣子可以問問他。我一方面心中竊喜，卻又不知該怎麼開口。要是冒然說出「獸家」這個字眼，可能會把他嚇得落荒而逃。但是拐彎抹角地問，又怕這孩子聽不懂。

到底該怎麼辦才好。

我還在煩惱時，那孩子已經語出驚人地問道：

「這位學生哥哥，你想去那個恐怖的房子嗎？」

換成平常，被年紀這麼小的孩子稱為「學生哥哥」，大概會忍不住笑出來，但這時候的我非常認真，可以冷靜地思考，他肯定是聽到大人之間說的話，才模仿大人說話吧。

「嗯，無論如何我都非常想去，可是又不知道地點，正傷腦筋呢。」

「……我知道喔。」

小男孩的語氣聽起來半是自滿、半是猶豫不決。

「真的嗎？」

只見那孩子還是有點猶豫，但仍肯定地點頭。

「你叫什麼名字？」

「田代儀一（假名）。」

聽到這個名字，再問清楚漢字怎麼寫之後，我心裡暗自一驚。那位老人也姓田代，難不成他是田代老人的孫子嗎？如果是真的，他確實有可能知道獸家的位置。

「你這麼小就知道啊，真了不起。」

對於不惜煽動這麼小的孩子也想問出獸家在哪裡的自己，我心中萌發了厭惡感，但還是把希望放在他身上。

「你能告訴我該怎麼去那個地方嗎？」

「可是……」

我搶在儀一說出否定的答案前，先從背包裡拿出巧克力。那是我以防萬一準備的緊急糧食。我面帶微笑，看著雙眼發亮的他，然後又拜託了一次。

這次他只猶豫了一下下，立刻就告訴我該怎麼走。路線與田代老人指示的方向差了九十度。比對地圖後，發現就在通往O山的山腳下。

「只要看到樹幹上有個洞的大樟樹，那附近有條陡峭的斜坡，再往上走就是恐怖的房子了。」

「你去過嗎？」

我遞出巧克力問道，儀一拚命搖頭。

「那麼就把你告訴我該怎麼走的事當成我們之間的秘密吧。」

聽到我這麼說，儀一正經八百地用力點頭，可是臉上隨即換上不安的表情。

「也不能告訴小秀嗎？」

「小秀是你的朋友嗎？他的口風緊嗎？」

儀一「嗯！嗯！」地不住點頭。

「我想把巧克力分給小秀吃，但他一定會問我是誰給的。」

言下之意是這麼一來就瞞不住了。

「那就當成是你、我、還有小秀，我們三個人的秘密吧。」

說服儀一後，我便揮揮手向他道別。

加上換車時的失誤，已經比當初預定的時間晚了三小時，我踩著比方才更快的腳步往前走。直到前一刻，我都還想著萬一趕不上車，可以請田代家收留我一晚，但如果儀一真是田代老人的孫子，無論如何就不適合去田代家了。

遠離村落後，一路上開始瀰漫著寂寥的氣息，看樣子從平常就沓無人煙。在那種寂寥中亦能感受到一絲恐怖。先前走過的路也有這種感覺，但相較之下，這條路更不尋常。

因為這條路真的通往獸家……

想到這裡，確實有點毛骨悚然，但我內心還是挺高興的。總算能親眼見識那棟奇特的房子了，內心的期待促使我加快了腳步。

然而就在這一刻，掃興的事突然發生了。四周開始起霧，簡而言之，在我磨磨蹭蹭的時候，天色已經晚了。心想霧要是再大一點就麻煩了，但又覺得這場霧不太尋常，這個想法令我裹足不前。

與此同時，直到剛才都還源源不絕的慷慨激昂頓時萎靡下來，恐懼逆勢增長，擔心著會不會有什麼東西突然從迫近眼前的濃霧裡跑出來。會在這種情況下冒出來的肯定不是什麼好東西，絕對是兇悍又駭人，但又不知道會是什麼。我束手無策地被囚禁在這樣的錯覺裡。

你在想什麼啊——我對自己破口大罵，奈何一點用處也沒有。除非逃離被有如縹緲白煙的水滴包圍的狀態，否則一顆心無論如何都鎮定不下來。

這時，霧氣對面突然出現怪物般的巨大影子，我反射性地擺出防禦的姿勢，嘴裡也「哇啊！」一聲。我是真心害怕會被那個影子襲擊，然後吞噬殆盡。

所以當我發現那個陰影其實是棵巨大的樹木時，不禁全身氣力放盡。然而下一瞬間，我再度大叫起來。

「這不是樟樹嗎！」

仔細看，樹上確實有一個洞，洞裡有個類似祠堂的物體。儀一完全沒有提到這點，大概是連他也不知道吧。祠堂已經泰半腐朽，或許是自從無人管理後，已經像這樣承受了經年累月的日曬雨淋。

找到這棵被視為標識的樹後，我重振精神準備繞過樟樹，繼續往前走，但又馬上停下腳步。沒有路了……

只有宛如高牆的斜向土壁，完全沒有可以走過去的通路。就算想繞道而行，旁邊也只有茂密的草叢，好像真的哪裡都沒有可走的地方。

好奇怪呀，這不是死胡同嗎？

我不覺得那麼樸實的小男孩會說謊，而且他口中的樟樹確實存在。換句話說，我是遵循著正確的路線才走到這裡的。

還是因為霧太濃了，所以看不見呢？

我瞪大雙眼盯著草叢的另一頭，才發現那裡有個空隙。只要側著身體，說不定能穿過去。我不顧一切地踏進草叢裡，硬是勉強地往前鑽，結果又大喊了一聲：「嗚啊！」

眼前突然出現陡峭的斜坡。

這團濃霧真是太可怕了。萬一我從頭到尾都沒有注意到，傻呼呼地往前衝，無疑會摔成重傷。

我站在險峻非凡的坡道前，努力想讓撲通撲通狂跳的心臟平靜下來，但心跳快得完全不受控制，或許是因為獸家可能就在這條坡道的前端，這份期待讓我無法保持平常心。

為了讓自己冷靜一點，我慎重地朝坡道跨出第一步。一步、一步，謹慎地靠近獸家。腳底傳來的觸感令我迫不及待，但依然忍著不要跑起來，萬一因為橫衝直撞而跌倒可就本末倒置了。都來到這裡了，千萬不能因為心急而功虧一簣。

明明已經走得如履薄冰，左腳還是差點打滑。低頭一看，不由得悚然一驚，差點就踩空了。提醒自己每一步都要小心翼翼固然沒錯，卻好像無意中大幅度地偏向左邊。因為濃霧的關係導致視野不清，但這條坡道的左側整個往下低陷，或許旁邊就是懸崖峭壁也未可知。

我趕緊移動到右手邊，這一側長滿了樹木，我放心地把右手按在樹上，慢慢地沿著坡道前進。

大概已經沒有任何危險了吧，不過也絕不能掉以輕心。田代老人告訴我錯誤的路、大霧導致寸步難行、長著樟樹的地點看起來像是無路可走、通往獸家的路被樹叢遮住、險些從坡道上摔下去……這一切大概都是獸家在作祟吧，或者說是陷阱也不為過。或許唯有克服重重難關的天選之人，才能成為獸家認同的客人吧。

當時的我真的是這麼想的。

後來，腳底下不再有傾斜的感覺，好不容易踩上了平坦的路面。在如水般流動的濃霧間，隱隱約約浮現出一棟房子。

「……太好了，終於找到獸家了。」

第一眼看到的印象是西式的兩層樓住宅，從腐朽的外觀不難想像至少已經有十年以上沒人住了。

隔著比剛才更濃的霧觀察，屋頂處設有屋頂窗，外牆貼著雨淋板，一樓及二樓都可以看到上下開的窗戶，窗戶外側還裝有百葉窗板。看來是模仿十九世紀後半流行於美國的維多利亞哥德式風格。只有嵌在窗戶外面的鐵欄杆是另外裝的。問題是，毫無風情可言的鐵欄杆竟然意外地適合這棟房子。房子兩側鬱鬱蒼蒼地長滿巨大的杉樹，高度直達屋頂。

然而，比起上述的外觀及環境，更吸引我目光的還是那些「異形動物」。長著翅膀、像是老虎的生物鎮座在與這棟房子格格不入的門柱上，與築地本願寺長有翅膀的獅子極為神似。屋頂上有張開翅膀的鳥，除了有牙齒之外，其餘都跟震災紀念堂的鳥很相像。可以看出獸家的「野獸們」深受被伊東忠太賦予生命的石像影響。

只不過，有一個地方就差異很大，那就是所有的野獸都呈現宛如連體嬰的姿態。並非是有兩尊相同的石像，而是半邊身體完全合而為一。而且也不是原本各自獨立的生物黏在一起，而是一個整體一分為二的狀態，看起來非常不可思議。不，與其說是不可思議，用陰森詭譎來形容或許更為貼切。

老實說，我很困惑，不知該怎麼評價才好。完全比不上伊東忠太的動物們，這點無庸置疑，可是眼前的野獸們卻也散發出一股難以言喻的魅力，大概是因為奇形怪狀的異樣感，反而讓它們更吸引人。

我渾然忘我地拍照。儘管天氣不適合攝影，依舊盡可能一尊一尊——還是稱其為兩尊比較貼切呢——仔細地拍下來。

拍完所有的野獸，已經來到若再過十幾分鐘還不回頭，就來不及的時間了。然而我無論如何都抛不開想往裡頭窺探的欲望。內部的裝飾或許也同樣充滿野獸也說不定。如果屬實，我無論如何都想見識見識。

不過，再怎麼說是廢墟，是不是要直接大剌剌地踏進去也讓我猶豫起來，擅闖民宅可是非法入侵罪。

下意識地四下張望，我不禁苦笑。像這種鬼地方怎麼可能還有其他人，再加上濃霧籠罩，幾乎什麼都看不到嘛。

我告訴自己，只看一眼應該沒關係，然後便走到玄關前，伸手放在門上。不過門是鎖著的，於是我又四處找尋有沒有可以看到裡面情況的地方。移動到右手邊那個百葉窗板已然鬆脫的窗戶，用雙手圈住眼睛，聚精會神地往裡頭窺看，可惜玻璃實在太髒了，什麼也看不見，右側的窗戶也是同樣的情況。最後我再次回到玄關前，開始搖晃門板，發現似乎是可以推開的。明明很清楚是違法的行為，我還是用力地前後搖晃，隨著「啪嘰」一聲鈍響，鎖被我弄壞了。

「打擾了。」

我細聲細氣地打了聲招呼，輕輕地推開門。

起初伸手不見五指，待雙眼習慣黑暗後，發現一進門的地方有個類似玄關的狹窄空間。這裡空無一物，前方有一扇左右對開的門，門上方鑲嵌著花窗玻璃，但使用的不是彩色玻璃而是透明玻璃。話雖如此，因為室內籠罩在一片黑暗中，還是無法隔著玻璃看到裡面的樣子。

我把手伸向對開門的其中一邊，慢條斯理地推開。

正前方宛如祭壇的東西和暖爐，率先映入已經在玄關空間習慣黑暗的視野中。這兩者的組合太過於天馬行空，足以讓人屏氣凝神地凝視半天，懷疑自己是不是眼花，錯看成別的東西了。

然而一步一步地靠近，隨著彷彿供奉在祭壇正中央的神像愈來愈清晰，一陣惡寒也竄過我的背脊，內心開始源源不絕地湧出後悔來到這裡的念頭。

那尊神像宛如七福神裡的布袋尊，是個上半身赤裸的肥胖男子。而且一分為二的樣貌和圍繞這棟房子的那些野獸石像幾無二致。從這個角度來說，他們應該是同類吧。但不知為何，眼前的神像散發出一股在外面的野獸身上感受不到、令人頭皮發麻的感覺。

因為不是動物，而是人的外觀嗎？

不，不是這樣的。問題肯定出在「他」身上。我猜我是對布袋尊原型的那個「他」產生了厭惡感。實際原因為何，我自己也不知道，只是強烈地感受到不想靠近、不想扯上關係、也不想接觸。

他是新興宗教的教主嗎？

我心裡這麼想著，在室內環顧一圈，除了這個祭壇之外，沒有其他東西帶有宗教氣息。對開門的左右兩邊是書櫃，對面那面牆設有祭壇和暖爐。在祭壇和暖爐左右兩邊的牆上，各自可以看到兩扇窗，百葉窗板全部闔上了。剩下兩面牆的其中一邊太暗了看不清楚，但好像有兩個櫃子，櫃子裡擺著雕塑品、壺及玻璃工藝品等物品，櫃子和櫃子之間好像還掛著畫。另一邊的牆壁有三扇門。靠著從窗板滲入的微弱光線檢查三扇門後面的空間，分別是廚房、廁所和寢室。相較於被野獸們團團包圍的外觀和設置異樣祭壇的客廳，都是些平凡無奇、毫無個性可言的空間。

該不會真的有人住在這裡吧？

不過看起來完全不是這麼回事。應該是作為生活空間的那三個房間貌似也是考慮到突發狀況、為求慎重起見準備的。

既然如此，到底是為了什麼才蓋出這棟房子？

這時，我突然意識到某個事實，心中悚然一驚。連忙望向左右兩邊的牆壁，重新檢查三個房間，又仔細凝視祭壇那側和對開門這一邊的牆壁，最後再抬頭仰望高聳的天花板。實在太暗了，要看清楚並不容易，但我依然耐著性子四處檢查。

在那之後，我慌不擇路地奪門而出，被矗立在對面的懸崖峭壁嚇了一大跳，當場感到短暫的暈眩。雙手按住太陽穴好一會兒，才慢慢地轉過身去，再次目不轉睛地凝視著房子的正面，然後確認左右兩側的牆壁。

審視完所有的牆壁後，一股無法用言語形容的顫慄瞬間襲上心頭，讓我就這樣呆站在這棟房子前，動彈不得。

完全沒有通往二樓的樓梯。

如果是正常的房子，樓梯不是在一樓客廳的牆邊，就是在走出客廳的地方設有走廊，走廊的盡頭應該就能看到樓梯。但是找遍獸家的每一個角落，都找不到應該要存在的樓梯。

到底是為了什麼才蓋出這棟房子？

直到前一刻，我都還抱持著這個疑問。或許是因為屋主有某些理由之類的，雖說還可以這麼想像，可是，這棟房子並非如此。

為何要刻意建造根本上不去的二樓？

這個疑問在腦海中浮現的瞬間，我打從心底對這棟房子感到畏懼，連忙撇開視線、頭也不回地拔腿就跑。

這時好像感受到某種視線，不過應該只是我的錯覺吧。

總覺得好像有什麼東西，正從誰也上不去的二樓窗口直勾勾地看著我……

——摘錄自《獵奇人》八月號〈盛夏怪談特輯〉未採用之一般讀者投稿。

四

「這些都是……同一棟房子嗎？」

看完第二個故事後，刀城言耶忍不住向其他兩人發問。

一位是國立世界民族學研究所的教授本宮武、另一位是泰平新聞文化部的記者枇枇木悟朗。前面由揹工敘述的體驗談是本宮提供的原稿；後面沒有被採用的學生投稿則是由枇枇木提供，因此兩人事前當然都已經看過了。

時值梅雨下得最劇烈的時候，地點在遠離市中心、因此僥倖逃過那場大空襲轟炸的本宮家洋房。打從學生時代，言耶就來過這裡好幾次。第一次拜訪的時候，就被捲入留下奇怪足跡的四隅屋密室殺人事件。後來經由本宮介紹，他又在造訪土淵家時，碰上了彌勒島的無腳印命案。所以他對本宮家的印象其實不怎麼好。即便如此，這次之所以又前來露面，無非是受到本宮「有個很適合你的怪談，請務必來玩」的誘惑。

事情的開端是這樣的。

本宮有個朋友在隋門院大學的民俗學研究室當教授，在整理因空襲或疏散⑤而佚失的戰前及戰時的民俗採訪資料時，發現以前請學生進行的《全國山村生活調查　東日本篇》，主要的原稿大致都找到了，唯有調查山村裡居無定所的人口工作型態的〈其他勞動者〉類別，有很多缺失，實屬遺憾。尤其是向揹工進行訪談的紀錄，或許是因為負責的學生還不成熟，文中多半是揹工遭遇的離奇體驗，而非重要的工作內容。

教授看完揹工的體驗談，認為朋友本宮或許會很感興趣，於是特地把這一篇奇特的紀錄寄給他。

如果只是這樣的話，本宮大概會等言耶有機會去他家玩的時候，再告訴他：「有個故事很有意思喔。」然後說起揹工的體驗。然而，隨著枇枇木悟朗的登場，事情發生了意想不到的變化。

十天前，枇枇木來到國立世界民族學研究所採訪本宮。私下閒聊時，熱愛登山的枇枇木提起登山的話題，於是本宮就分享了揹工那段令人不寒而慄的經驗談。聽到這個故事的枇枇木當場目瞪口呆，因為他前幾天才在未被雜誌採用的原稿裡看到非常相似的故事。

枇枇木為了蒐集撰寫報導的題材，有個非常獨特的習慣。他會定期跑去雜誌社的編輯部，特地翻看有沒有未被採用的讀者投書。不過他對小說一點興趣也沒有，追求的由始至終都是撰文者的親身體驗談，據說還因此撿到過許多精彩的題材，再撰寫成報導。

《獵奇人》以煽情的報導內容為人所知，從四月號開始，每個月都會向一般讀者徵求「恐怖體驗」，製作成〈盛夏怪談特輯〉。大量的投稿如雪片般飛來，但可以刊登的內容卻少之又少，絕大部分都不被採用。在那之中，無巧不成書地出現了跟揹工體驗談幾乎完全一樣的故事。

聽了那篇投稿的內容，本宮也頗為吃驚。因此當枇枇木提出想針對兩份原稿進行調查的要求時，教授也欣然接受。

只可惜沒能獲得新的線索。即使親自前往隋門院大學的民俗學研究室詢問，也因為《全國山村生活調查　東日本篇》的〈其他勞動者〉內容絕大部分都已經散佚，事到如今已無從得知當時負責採訪揹工的學生是誰。另一方面，沒有採用的原稿還能從信封上的名字和地址查到投稿的當事人，但該名學生拒絕接受採訪。根據枇枇木的判斷，好像是因為「他是知名大學的學生，對於投稿給《獵奇人》這種怪力亂神的雜誌感到非常後悔，所以才故意裝蒜」。

「也就是說，眼下只有揹工的見聞與學生的投稿這兩條線索嗎？」言耶問道。

本宮點頭，但不知何故，枇枇木卻笑了。

「喂喂，難道你找到什麼線索了嗎？」

看到枇枇木的笑容，一臉意外的本宮立刻詢問。

「我可是新聞記者喔，千萬不要小看我。」

「我知道你是優秀的記者，如果你有什麼發現的話，別賣關子，快告訴我們——」

「我本來就打算今天告訴你的。可是我來的時候，作家老師已經到了，所以我判斷晚點再說比較好。」

「晚點？所以你到底打算什麼時候說？」

「那個……可以不要叫我老師嗎。」

本宮與言耶幾乎同時開口，但枇枇木先回答了教授的問題。

「當然是在聆聽作家老師的名推理之後。」

「欸欸……」

然而對這個回答出現反應的是言耶。

「那是本宮教授太抬舉我了。」

「唉呦，別這麼說，你也不討厭這種話題吧？」

本宮語帶安撫地反問言耶。

「嗯，當然是喜歡啦……」

言耶語聲未落，枇枇木便打蛇隨棍上地追問：

「看完第二個故事後，你有什麼感想？」

「如同我剛才也說過的——」

言耶之所以願意老實回答，無非是本宮與枇枇木的問法太高明了。

「我認為兩人看到的是同一棟房子。揹工的體驗大概是昭和十三（一九三八）年到十四年左右吧，那個學生的體驗是什麼時候呢？」

「這是今年五月的投稿，所以他去那棟房子的時候大概是昭和二十四（一九四九）年。」

枇枇木回答後又接著問道。

「你認為兩人看到的是同一棟房子，有什麼根據嗎？」

「因為兩者都位在禁野地方的大步危山山腳。學生原稿裡提到的K地方是禁野地方、O山是大步危山、H村是邊通里村吧。如果只對上一兩個英文字母，還有可能是巧合，但三個都一樣就不太可能純屬偶然了。」

「應該視為同一個地方嗎？」

「其次是巨大的樟樹與樹幹的洞，以及安置在樹洞裡的祠堂，這三點也完美重疊了。不僅如此，兩人都在以為前面已經無路可走的時候，發現了樹叢對側的坡道，坡道極為陡峭這點也如出一轍。同樣的，坡道左側皆垂直往下陷落、右側則長滿樹木。還有一點，就是房子對面也都是懸崖峭壁。差只差在一個人碰上了山林裡的沼氣、另一個人面對的是平地的暮靄，但最後都起了大霧。條件重合到這個地步，反而是要找出兩人各處異地的證據還比較困難吧。」

「確實很有道理。」

「同樣的邏輯也可以套用在那棟房子。首先是外觀，門柱上有長出翅膀的老虎、屋頂上是有牙齒的鳥，而且兩者看起來都像是連體嬰。其他動物雖然沒有一致的描寫，但光這兩點就足夠了。再來是內部的情況，裡面那道門的左右兩邊是書櫃——雖然揹工只摸到右邊的書櫃——對面的牆壁都設有祭壇和暖爐，剩下兩面相對的牆，一面是擺放著陶壺和花瓶的櫃子、另一面有三扇門，打開門後分別是廚房、廁所和寢室。祭壇上都供奉著神似布袋尊、有如連體嬰的神像。而且天花板都很高。如果要說這兩個故事有什麼相異的部分，大概只剩下揹工未曾提及學生原稿裡所記述、掛在櫃子與櫃子之間的畫。因此我認為兩人應該是造訪了同一棟房子——」

「你說的一點也沒錯。」

枇枇木再次予以肯定後，壓低聲線、裝模作樣地說：

「但揹工看到的是平房，學生看到的卻是兩層樓的建築物，這又該怎麼解釋呢？」

言耶露出有些困惑的表情。

「突然推翻自己的說詞實在很不好意思，不過我認為那其實是兩棟蓋在不同地方的房子，才是最合理的解釋。」

「果然是這樣啊。」

本宮附和，但難掩臉上失望的表情。

「可以說得具體一點嗎？」

另一方面，枇枇木緊迫盯人地繼續追問。

「例如平房蓋在大步危山的東麓、兩層樓建築蓋在西麓。倘若兩者的位置都位在陡峭的山坡上端，而且旁邊剛好都有一棟樟樹，樟樹的樹幹上都有洞，接下來只要在洞裡設置祠堂，我想就能騙過大多數人。當地到了傍晚就會起霧，這也為混淆目擊者發揮了作用。」

「嗯，可是啊……」

本宮一附和完，隨後低聲呢喃。

「就算真的這麼巧，能在大步危山的兩邊山麓都找到位於陡峭斜坡上的相相同環境，而且通往那個地方的坡道都藏在草叢裡、看起來無路可走的場所都長了一棵樹幹上有洞的巨大樟樹，實在很難想像能同時湊齊這些條件。這麼一來，最有可能的解釋還是在另一個地方滴水不漏地重現這些要素。只不過，要讓兩邊相像到這種程度，勢必得進行浩大的工程吧。」

言耶搔著頭說：

「沒錯，要準備這些用說的很簡單，實際上是非常曠日費時的作業。更何況，我完全無法想像這麼做的動機。」

「不，動機確實存在喔。」

枇枇木的發言令言耶大吃一驚，一旁的本宮顯然也同感訝異。

「你該不會跑去當地採訪了吧？」

「沒有，那是最後的手段。我先試圖挖掘出能讓這兩份紀錄更加完整的事實。」

「看樣子顯然挖到了豐碩的成果。」

本宮臉上寫滿期待，枇枇木恭敬地朝他點頭致意，同時對言耶露出惡作劇般的笑容。

「我費盡千辛萬苦，找到一個名叫坂堂征太郎的人，我把從他口中打聽到的內容以對話形式整理、記錄下來，現在就讀給二位聽。」

說到這裡，枇枇木遞給我們幾張稿紙。

五

「聽說坂堂先生在戰前曾信仰倍神教。」

「嗯啊，現在回想起來，我完全想不通自己怎麼會迷上那種宗教。」

「教主持主久藏是個什麼樣的人？」

「聽說是仲介股票交易的商人。」

「恕我才疏學淺，對股票不太了解……」

「戰前的日本，股票的所有權主要掌握在財閥手中，以財閥持有的股份有限公司總公司為頂點，手上握著旗下直屬分公司的全部或過半數股票，形成金字塔式的構造。以上這種結構持續到戰後，直到ＧＨＱ⑤命令財閥解散，才一口氣土崩瓦解。話雖如此，一般個人投資客手中的股票也沒有因此就全部變成壁紙。自昭和八年起，財閥企業又開始公開發行股票及增資發行新股，試圖導入一般人的資金。」

⑤ 駐日盟軍總司令，原名Supreme Commander of the Allied Powers，簡稱SCAP，在日本又稱為總司令部（General Head quarters），簡稱GHQ。太平洋戰爭結束後，美國依據「波茨坦宣言」，派遣麥克阿瑟於日本設置、進行接管的組織，對日本實行相當程度的管制。

「也就是說，他的顧客是這些個人投資客嗎？」

「起初只是普通的仲介，聽說有一天突然在沒有任何預兆的情況下被神靈附身，從而創立倍神教。信徒只要購買他推薦的股票，財富就能倍增。聽朋友這麼說，我也半信半疑地入了教……」

「因為股票的獲利會倍增，所以才叫倍神教嗎？」

「你也覺得很蠢吧。可是啊，還真的有人成功了。而且我一開始也順利賺了很多錢。」

「可是倍神教沒多久後就開始露出馬腳了吧。」

「沒錯，可是只要不勞而獲一次，人就會迷失自我了。明明有信徒義憤填膺地嚷嚷著：『這哪是能賺兩倍、三倍的倍神教，根本是長滿黴菌的黴神教。』我卻一個字也聽不進去。」

「因為內心深處還捨不得放棄希望嗎？」

「大概是吧。只是當教主勸我多買一點的時候，我著實猶豫了。因為朝鮮和滿洲的工業股票讓我大賺了一筆，有的是資金。」

「可是在信仰的同時，也開始感到不安嗎？」

「於是教主邀請我到別墅走一趟。他在從東京開車都要花上好幾個小時的地方，蓋了一棟人稱倍神邸的房子，據說能被招待的，只有真正被選中的信徒而已。我也聽說過這個傳言，所以受寵若驚啊。現在回想起來，那其實是陷阱，為了讓待宰的肥羊下定決心乖乖受死的陷阱。雖然我也上鉤了……」

「您還記得地點嗎？」

「不記得了。因為我只去過一次，而且還是坐車去的。只能確定在禁野地方，要經過非常陡峭的上坡才能抵達倍神邸。」

「上坡前有什麼標識物嗎？」

「好像有一棵大樹。」

「是什麼樣的樹？」

「不知道。但我記得很清楚，樹幹上有個洞，看上去洞裡好像有什麼東西。」

「當時沒有起霧嗎？」

「這麼說來，確實起了大霧呢。」

「那棟房子的感覺如何？」

「是一棟西洋風格的平房，到處都可以看到奇形怪狀的動物石像，那還真讓人不舒服。」

「都長成什麼樣子？」

「感覺像是兩個身體黏在一起。見世物小屋⑥會出現的雙頭牛是一個身體長出兩顆頭，但那棟房子的動物石像看起來像是共用一個身體，不過感覺又不是畸形……」

⑥ 收取費用後，讓觀眾進入小屋或帳棚內觀賞奇特的表演或展示物的生意。除了常見的賣藝之外，也著重於珍奇、怪異、驚世駭俗、情色等直擊感官、吸引人們好奇的要素。其中有不少演出方式都遊走，甚至逾越了道德與法規邊緣。但也常成為掛羊頭賣狗肉、以宣傳和話術誘騙好奇者上當的斂財手法。

「怎麼說？」

「對了，印象中類似狛犬的動物卻長著翅膀，其他動物身上也有現實中的動物身上絕對不會出現的部位。」

「屋子裡長什麼樣？」

「有個天花板很高、空間很寬敞的房間，正前方供奉著祭壇，祭壇底下應該是暖爐。教主就坐在祭壇前面的地板上，我跪坐在他身後，司機兼秘書的男人則跪在我背後。教主在祭壇上供酒、焚香後，開始祈禱。我也跟著念念有詞，不過現在已經一個字都想不起來了。然後依序由教主、我、司機兼秘書輪流喝下神酒，接著進行禮拜。過了一會兒，我的意識逐漸模糊，感受到筆墨難以形容的亢奮。這種狀態尚未消退，教主突然冒出一句：『讓你見識倍神的奇蹟。』然後就帶著我走到屋外，只見原本還是平房的屋子，居然變成兩層樓的建築物了。」

「您有移動到別的地方的記憶嗎？」

「沒有。我退出倍神教後，也跟你一樣懷疑過那個神酒裡可能被加了特殊的藥物，教主和司機兼秘書只是假裝喝下而已。可是從我喝下神酒到走到屋外，只過了五分鐘左右。我看過手錶，確定沒錯。手錶也不可能被動手腳，因為那時我皮包裡還有個懷錶，我在回程的車上層拿出來看過，時間和手錶是一樣的。」

「突然變成兩層樓的房子看起來是什麼感覺？」

「平房的屋頂一直往上延伸，然後出現了二樓部分的牆壁……這樣的光景浮現在腦海裡，天曉得是真的假的。」

「完全無法判斷嗎？」

「是啊。後來我們再次回到屋子裡，繼續祈禱，等到一切結束、再走到外面時，那個家又變回平房了。經過這次體驗，我在教主的慫恿下，買了很多股票，差點賠到傾家蕩產，在那之後我就徹底醒悟了。」

「倍神教和倍神邸，還有那個教主後來怎樣了？」

「聽說教主拋下教團，遠走高飛了。實際情況我也不清楚，因為自從退出教團後，我就下定決心不想再與他們有任何牽扯。」

六

刀城言耶與本宮武一起看完由枇枇木悟朗與坂堂征太郎的對話整理而成的原稿。

「坂堂先生被帶去的倍神邸，和揹工發現的房子、學生前去拜訪的獸家怎麼想都是同一棟建築物吧。」

言耶自言自語似地詢問本宮與枇枇木。

「能從坂堂先生的證詞了解那棟房子的由來，我認為已經是相當大的收穫了。」

「你的意思是說，這個怪力亂神宗教的最大騙局就在於這棟房子嗎？」

本宮似乎也能理解，馬上稱讚枇枇木幹得好。

「真不愧是優秀的新聞記者，居然能找到以前的信徒，而且他不只去過那棟房子，還親眼目睹平房變成兩層樓的現象，這個證詞很寶貴啊。」

「老師的讚美真是折煞我了。實不相瞞，我稍微借助了一位姓小間井的刑警朋友的力量。」

冷不防冒出這個名字，令言耶打了個哆嗦，不過他裝作沒聽見。

「雖然找到很多以前的信徒，但是大部分的人都不想再提起以前的事，所以費了我好大一番工夫。而且如果沒有去過獸家的經驗，找到再多也沒有意義。」

「說得也是。」

本宮出言安慰，枇枇木並未放在心上。

「在那些人裡頭，坂堂征太郎是再適合不過的人物了。雖然賠了大錢，但幸好沒到破產的地步，反而還留下了很多資產，所以才願意告訴我當時的狀況。」

「為什麼要蓋這棟獸家的原因過於現實，實在有點掃興呢。不過總算解開了這個謎團，雖然還留下了房屋伸縮的謎團。」

對於本宮指出的問題點，言耶一臉遲疑地說：

「該怎麼說呢，不管原因為何，如果只有揹工和學生的體驗，或許還能找到合理的解釋，可是再加上坂堂先生的證詞，反而徹底陷入五里霧中了。」

「什麼意思？」

「揹工在獸家度過一夜，是發生在昭和十三或十四年。學生造訪同一棟房子則是昭和二十四年。假如獸家利用這段時間增建了二樓的部分，一點也不足為奇。」

「增建的理由是什麼？」

枇枇木間不容髮地追問，本宮笑著打圓場：

「所以刀城同學才有言在先啊——原因姑且不論。」

「啊，說得也是。」

「然而，問題在於坂堂征太郎先生居然在短短五分鐘內，看到平房與兩層樓這兩種型態的獸家。」

「關於那五分鐘嗎——」

枇枇木的視線從本宮移到言耶身上。

「實際經過的時間真的不可能更長嗎？」

「你的意思是說，讓坂堂喝下某種藥物，再偷偷地將他搬到別的地方，準備一棟跟獸家如出一轍、可是結構是兩層樓的房子，只為了把他騙得暈頭轉向嗎？」

言耶接著說。

「可是就算能對他的手錶動手腳，教主他們應該也不知道他的皮包裡還有懷錶。更何況不只是只搬一次，之後還得搬回平房才行。而且怎麼想都不覺得那兩棟房子會蓋得很近。就算有車，考慮到來回的車程，絕不可能在五分鐘內完成這一切，應該會花上更多的時間。」

本宮幫言耶補充。

「花愈多時間，愈容易被坂堂先生發現。而且不只他，還必須騙過所有想勸對方買進大量股票的信徒。這麼一來，他們採取的手法應該更單純才對。」

「可是老師，就連這麼單純的手法，我們也完全想不明白。」

「確實是這樣呢。」

「我投降啦。」

枇枇木仰天長嘆。

「從周圍的環境條件連細節都一樣來判斷，再怎麼想都會歸結到平房與兩層樓的獸家不可能獨立存在的結論。」

「沒錯，愈是仔細研究三份紀錄，愈覺得三棟獸家肯定是同一個地方——」

言耶說到這裡，突然沉默下來，專心比對手上的三份紀錄。

「有什麼——」

枇枇木正要開口，本宮隨即以手勢制止他。教授將食指抵住嘴唇，示意他先稍安勿躁、靜觀其變。

「……這樣啊，原來是這麼回事啊。」

過了一會兒，言耶抬起頭來，微微一笑。

「有什麼新發現嗎？」

對於本宮的詢問，言耶精神抖擻地應了一聲「有的」，然後娓娓道來：

「先假設三個人都看到同一棵在洞裡設有祠堂的巨大樟樹，但是接下來的體驗要分成一人組和兩人組。前者的一人組是直接坐車上坡的坂堂先生，後者的兩人組則是都曾經停下腳步或迷失方向，然後在草叢的另一頭發現坡道的揹工和學生。」

「情況確實是這樣。」

本宮附和，不過臉上的表情掩不住困惑，顯然還不明白言耶到底想說什麼。

「前者與後者有什麼不同嗎？」

另一方面，枇枇木臉上則是充滿了期待。

「有的，話是這麼說，但如果要再正確一點，實際上並不是現在這種組合。」

「你是指？」

「後者的兩人組，其實還要再分成揹工與學生，而且揹工要劃入前者。換言之，前者是揹工與坂堂先生，後者只剩下學生。」

「等等，我不懂你的意思。」

杣杣木開始沉不住氣了，本宮以溫和的口吻補充：

「為什麼要把不費吹灰之力搭車上坡的坂堂先生跟撥開草叢才發現坡道的揹工分在同一組，然後單獨挑出和揹工同樣歷經千辛萬苦的學生呢？」

「因為前者的兩個人是爬上坡道，後者的學生是**走下坡道**。」

言耶把學生的原稿遞向呆若木雞的本宮和杣杣木。

「文章從頭到尾都沒寫到『上坡』二字。當我意識到這個事實後再回頭重看，就發現好幾個讓我覺得該不會是『下坡』的敘述。」

言耶找出那些地方，指著原稿，解釋給依舊啞口無言的本宮和杣杣木聽：

「首先是撥開草叢，發現前方有條陡峭的斜坡時，他『嗚啊！』地大叫一聲。這種反應與其說是看到上坡，不如說是眼前突然出現一條急遽下降的斜坡。然後他慎重地踏出第一步。比起上坡，判斷這裡是下坡也比較自然吧。提醒自己不要走太快，以免因為橫衝直撞而跌倒，導致功虧一簣，這種小心翼翼的態度也是發生在下坡的時候才比較自然，不是嗎？」

「可、可是，刀城同學……」

杣杣木接住本宮的話頭往下說：

「如果坡道開始分出往上跟往下兩條，他們三個應該都會發現吧？」

「據揹工所說，大樟樹後面是陡立的崖壁，左手邊則是茂密的樹叢與雜草。另一方面，根據學生的原稿，他原本打算繞過樟樹往前走，可是斜向的土壁讓他無路可走，旁邊長滿茂密的樹叢。」

「揹工看到倚崖壁而立的樟樹、長在左側的茂密樹叢及雜草。學生看到倚崖壁而立的樟樹，左側的斜向土壁，再更左側是樹叢。換言之，學生去到那裡的時候，多出了揹工去的時候沒有看到的斜向土壁。」

「沒錯。揹工曾提到那裡還殘留著些許懸崖崩落的痕跡。從他找到獸家、再到學生前往獸家的這段期間，崖壁肯定發生過更嚴重的崩落，周邊生長的樹叢和雜草的右半邊就被埋掉了。在崩落土石的另一邊就是往上延伸的坡道，而倖免於難的樹叢左半邊，另一頭則是往下延伸的坡道。」

言耶從自己的皮包裡拿出筆記本，畫出一個往左轉了九十度的「Y」字。

「坡道在樹叢另一頭像這樣分成上坡和下坡，上坡的時候，揹工之所以一度因為太偏向左邊而差點摔落，其實就是因為那條下坡路的存在。上坡路的右側與兩條路的中間地帶都有樹木，所以我們才會誤以為揹工和學生右手摸到的樹都長在同一條路上。」

言耶在旋轉九十度的「Y」字形橫躺的「V」字部分畫出兩倍高度的長方形，然後又在中間拉出一條橫線。

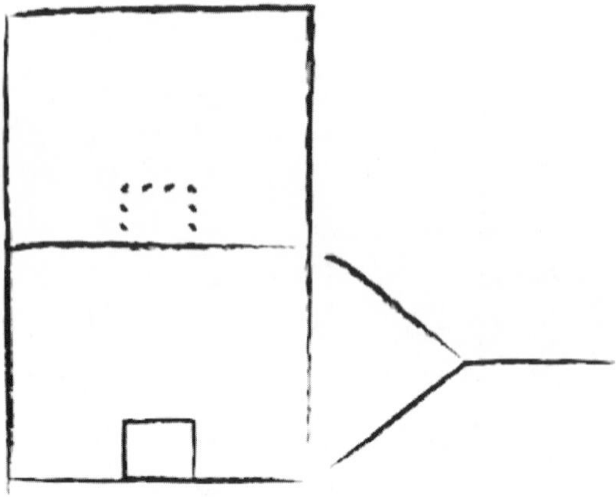

刀城言耶的示意圖

「揹工看到的其實是如圖所示，出現在上坡路盡頭的獸家二樓部分背面。雖說是背面，但也有門柱和玄關——就是這個虛線部分——所以看在他眼中，那裡完全是普通的平房。另一方面，學生看到的卻是背對崖壁建造的兩層樓獸家正面。通往崖壁上方的就是從上坡路延伸到平房前的路。仔細想想，無論是平房還是兩層樓建築，兩側的杉樹林都長到屋頂的高度是很奇怪的一件事。一樓的天花板之所以那麼高，也是因為要把二樓的地板蓋得跟上坡路同高。因為兩條坡道都很陡峭，所以就變成這樣了。為了隱瞞這一點，不得不把二樓的天花板也架得很高。不管是哪一處，對側都是絕壁，所以就連同一天內看過平房與兩層樓兩種外觀的坂堂先生，也未能發現自己認為的同一個倍神邸門口其實是兩處不同的地方。當然，濃霧和他服下的藥也有影響就是了。」

「坂堂果然被餵了什麼藥嗎。不過他是怎麼從二樓部分的平房被移動到真正的一樓呢？」

「這只是我的推測，我覺得擺放陶壺等裝飾品的兩個櫃子中間，也就是掛著畫的那面牆壁很可疑。從坂堂先生意識模糊、感覺亢奮的證詞判斷，或許那堵牆壁後面有道暗門，門裡有座小型升降機。」

「然後再循原路回去嗎？」

「坂堂先生不記得了，但如果不是再次被餵藥，就是利用具有催眠效果的儀式再次強化最初服藥產生的藥效。」

「刀城同學，這麼一來，為了讓小型升降機上上下下，二樓與一樓的寢室等位置不是得正好相反嗎？」

本宮指出這一點後，言耶微微一笑。

「揹工進入的平房，通往廚房等房間的三扇門都在背對玄關的左手邊。然而學生進入兩層樓的一樓時，那些房間都在右手邊。光是這樣就足以判斷他們進入了不一樣的空間。」

「有這段描述嗎？」

枇枇木不解地側著頭。

「學生有寫到，當他尋找可以從屋外窺探室內的場所時，移動到右手邊百葉窗板已經鬆脫的窗子，可是玻璃太髒了，再右側的窗戶也一樣。待他進到室內後，靠著從窗外照射進來的微弱光線檢查三扇門後面的空間。根據以上的敘述，可以判斷除此之外沒有其他可以從屋外窺探室內的窗戶。換句話說，只有室內的右側會有窗外的光線照進來。由此可知，三扇門都在右手邊的牆壁那一邊。」

「有道理。」

枇枇木姑且接受這套說詞。

「那揹工體驗中感受到有如在異次元蠢蠢欲動的氣息又是什麼？」

「教主丟下教團後，大概一直隱居在一樓生活。某一天，二樓傳來聲音，還有外人的氣息。教主發現有人闖入，刻意躡手躡腳地行動，結果變成無機質的聲響。揹工萬萬沒想到正下方還有房間，感覺就像是聽到來自異次元的聲音。」

「所以到了第二天早上揹工逃走時，那個看著他的黑影……」

「大概是從一樓上去查看到底發生什麼事的教主吧。」

「學生逃出去的時候，感覺從二樓傳來的視線也是嗎？」

「不，都過了十年以上，我不認為教主還躲在那個家。我想那只是學生疑心生暗鬼產生的錯覺吧。」

「真不愧是刀城言耶同學，順利解開了謎團。」

本宮滿臉笑意地讚許，言耶一臉困窘地說：

「不，這只是其中一種可能性罷了……」

「你太謙虛了，你的推理很精彩。」

本宮似是想徵得枇枇木的認同，但枇枇木卻一副心不在焉地說：

「只要去現場看一下，馬上就能知道作家老師的推理正不正確了。」

本宮與言耶都出言阻止，勸他最好不要涉入太深，但枇枇木完全聽不進去。

最後，枇枇木好像真的找到了獸家，但詳細狀況至今仍不得而知。因為他從獸家回來後病了大半年，而且絕口不提他在獸家的所見所聞。

在那之後，枇枇木繼續回到工作崗位，只是從此再也不提與獸家有關的事。

家鳴・邪教・怪奇建築

本作〈如獸家吸魂之物〉發表於《梅菲斯特》文藝誌二〇一八年第三期，是全書恐怖氛圍最濃厚、資料考究也最詳盡的一篇傑作。以第一人稱敘事的兩篇手記渲染力十足，並在彷彿遊戲《還願》（二〇一九）裡邪門戰慄的「慈孤觀音」神壇場景的「獸家」描述中帶出「房屋伸縮」的怪奇建築謎團，並由言耶再度以安樂椅神探的形式破案。過程一氣呵成，終局畏懼的餘韻也很足。

自島田莊司《斜屋犯罪》（一九八二）、綾辻行人《殺人十角館》（一九八七）開啟新風潮以來，**怪奇建築便成為「新本格」時期裡非常顯著的一個創作特徵，幾乎線上作家人人都會寫上一兩本。而這種暗藏在建築物的詭計，其實由來甚早，也就是江戶川亂步所分類的第六類的「其他各種詭計」中的「兩個房間」詭計**。這一類詭計時常用在密室殺人中，通常是利用巧妙的錯覺，讓目擊者誤以為犯罪發生在密室裡，但其實現場是在另一個房間。在能夠充分運用圖畫表現詭計的漫畫裡，《名偵探柯南》、《金田一少年之事件簿》與《偵探學園Q》都有以此為主題的精采事件。

隨著黃金時期的發展，有作家發想到將詭計擴大到「兩間屋子」，由於可以利用兩間屋子的高度相似或相異性，製造目擊者在戶內與戶外不可思議的奇妙體驗，以及解開真相的強烈衝擊感，令閱讀娛樂性大為提升，因而在新本格時期「進化」成至今讀者所熟悉的千奇百怪「怪奇建築」風景。

對西洋恐怖電影浸淫透徹的三津田而言，「鬼屋」是他作家生涯裡信手拈來的招牌主菜。

從出道作《忌館‧恐怖小說家的棲息之處》（二〇〇一）中的人偶莊，到「家系列」與「幽靈屋敷系列」，皆有種種稀奇古怪的鬼屋、棲息其中的非人怪物。雖然也有類似「專程蓋出來殺人建築」概念的《刻意建造鬼屋居住》（二〇一七）這類奇書，但對風格更接近亂步、橫溝的三津田來說，幾乎不曾在小說裡安插新本格盛行的怪奇建築，也因此更凸顯了〈如獸家吸魂之物〉在三三宇宙裡的特殊地位。有資深的日本推理迷表示特地去查閱了海內外此類經典著作比對，本作裡將二樓偽裝成一樓是「獨一無二」的詭計。

來自中國，在鳥山石燕《畫圖百鬼夜行》裡亦有記載的「家鳴」是與宅邸相關最有名的妖怪。古人相信在家裡有時發生的不明震動與搖晃，是來自躲在屋頂或角落，長得像小鬼的妖怪家鳴四處敲敲打打製造的，歐美的「騷靈」（Poltergeist）也是相似的現象。若以科學解釋，通常是共振或建材的老舊鬆動所導致。

〈如獸家吸魂之物〉的結構與〈如迷家蠢動之物〉（二〇〇八）這篇作品相互呼應，兩者皆以山岳裡謀生的罕見職人訪談開頭，介紹了揹工與賣藥女的職業祕辛。包含《如幽女怨懟之物》的遊女與《黑面之狐》的礦工，自稱「完全文獻派」的三津田對職人生態的描寫總是引人入勝。差別在於，「獸家」更接近於鬼屋，恐懼的來源是躲藏在屋內藏頭露尾的「那個東西」。

〈迷家〉裡三津田則參考了《遠野物語》（一九一〇）記載的東北「失落之屋」傳說，轉化為由房子化成的怪物，擁有生命的「迷家」。它會自行在深山裡隱藏與移動，並吞食迷路後尋找房子過夜的旅客入腹。但真要嚴格剖析，**在漢民族有「物久而成妖」的說法，相信自然存在物累積日月精華後會變成妖怪。因此「迷家」的概念更類似於台灣的「魔神仔」，是一種自然環境裡演化而成的「山精水怪」特有種，是很有趣的怪談構想。**水木茂與村上健司合著的百科全書《日本妖怪大事典》（二〇〇五）裡也可以查到福岡縣遠賀郡流傳的「迷船」玄談，這種讓看見的人發狂、尋找的人會遭遇海難的魔物是一種「幽靈船」。

無論是〈獸家〉還是上一篇的〈如巫死蘇生之物〉，詭異的宗教教主都擔綱了重要角色，事實上也是來自史實。自明治末期、大正至昭和初期，日本民間興起新宗教運動的熱潮，當時那些新興宗教在社會上的影響力，甚至逼得政府出手打壓，如知名的兩次大本教鎮壓事件。筆者今年曾在小栗虫太郎的作品書評裡介紹，自一九二〇到一九三六年這段小栗作品裡探討宗教奇蹟的高峰期，便處於這樣的時空背景，也正是刀城系列活躍的時代。

以大本教聖師出口王仁三郎號稱能治百病的「鎮魂歸神法」為首，新興宗教擅長以催眠或超自然現象的演出，騙取大量信徒入教吸金。有確切的新聞報導，留下大本教的傳教士與信徒因各種意外發狂而死的紀錄。脫教成功的前信徒也有留下珍貴訪談，表示大本教思想控制嚴密，以脫教就是被惡靈附身的言論洗腦，宛如漫長的惡夢囚禁著信眾。**正因那個時代的新宗教運動是如此瘋狂，〈巫死〉裡不二生打造封閉理想國、〈獸家〉裡「倍神教」教主大費周章尋地建起為騙術而存在的獸家，都是有憑有據、有理可循的真實社會問題。**

如魔偶攜來之物

魔偶の如き齎すもの

一

刀城言耶大學畢業後，迎來了第三年的春天。

在這段期間，他不僅當上了作家，把筆名從「東城雅彌」改為「東城雅哉」，發表長篇小說處女作《九座岩石塔殺人事件》，還成為偵探——雖然他本人一點也不想成為偵探——因為會被迫扯上許多奇奇怪怪的案件，例如發生在神代町白砂坂砂村家的雙重殺人事件。其中也有不少案子是由因為前述案件結識的小間井刑警硬塞給他的。而且不曉得為什麼，每次為了民俗查訪前往鄉下地區，都會頻繁地捲入和當地令人毛骨悚然的傳說有關的離奇案件，害他不得不扮演偵探的角色。

待在東京，小間井刑警會帶著事件來要他解決。出門旅行，又會被捲入光怪陸離的事件。簡直陷入了逃到哪裡都躲不掉的狀態，但也因此獲得許多創作的靈感，所以就算了吧……言耶逐漸放棄掙扎。

話是這麼說，但如果可以的話，待在東京的時候還真不想被小間井給打擾。因此躲在租屋處的偏屋寫作時就假裝不在家、到神保町常去的舊書店時則請房東配合一下說詞，謊稱他去出版社了。只可惜對手畢竟是刑警，可沒這麼好騙。不僅如此，因為他知道言耶最常光顧的舊書店，所以就更難甩掉了。

今天難得去神保町一趟，言耶卻因為某件事不得不早早返回租屋處，不過提早回家的理由與小間井無關，而是房東鴻池絹枝請他幫忙看家。

「為什麼偏偏要選今天拜託我看家呢？」

出門前，言耶詫異地問房東。

「哎呀呀，瞧瞧老蘇說的是什麼話，都從大學畢業三年了，對世間發生什麼事還是漠不關心呢。」

老婦人誇張地嘆了口大氣。

「隔壁鎮不是有很多人家被闖了空門嗎？今天中午過後，所有人都不在家。老蘇就算待在偏屋，一旦開始看書還是寫稿子，不管主屋這邊發生了什麼事，都不會注意到吧。不過雖然起不了什麼作用，也總比沒有強。」

房東說得毫不留情，但終究還是請言耶幫忙看家。問題是接下來的注意事項也太多了。

「聽好了老蘇，最近闖空門的小偷都打扮得跟氣派的紳士沒兩樣。所以就算家裡有人看家，聽說也被傻傻地騙了過去，主動請對方進屋。對方會趁屋主不注意的時候，觀察家裡有沒有貴重的東西，偷走現金。哎呀，真是太可怕了，一刻也不能大意。但只要看家的人夠可靠就沒問題了，問題是老蘇實在令人很不放心……」

既然如此，不要拜託我就好啦。但即使想對房東抗議，也只會換來好幾倍的絮絮叨叨……言耶在心裡犯嘀咕。

「那個……我之前也說過了，請不要叫我『老師』，我還擔不起這種稱呼。再說──」

明知不可為，言耶仍試圖提出微不足道的抗議，果然立刻換來房東一如往常的反擊：

「稱作家為老蘇有什麼不對。」

是沒有不對，但來自關西的房東發音也不是「老師」而是「老蘇」。

「回想老蘇剛成為大學生，來我家這個偏屋寄宿的時候，長相還那麼稚嫩，害我以為孫子回來了……」

說到這裡，房東從和服的袖子裡掏出手巾緩緩拭淚，這也是老樣子了。

「沒想到那個學生居然變成了不起的作家……我真的好高興，覺得好驕傲。」

「別這麼說，我還沒什麼作品，稱不上了不起──」

言耶正要急著解釋。

「那就麻煩老蘇看家了。請不要在舊書店混到忘記時間，要趕快回來喔。」

房東突然理所當然地撂下這句話，不由分說地結束話題。

如果是別人的請託，言耶大概會因為太熱衷於在舊書堆裡尋寶，不小心忘記自己答應過的事。但是碰上房東交代的事，無論是瀏覽書架上一字排開的戰前偵探小說，還是翻找地板上堆積如山的海外怪奇幻想系雜誌，房東拜託他看家這件事都存在他腦海中的一隅。

既然無法集中精神，還不如回去吧。

言耶無可奈何地踏出熟悉的舊書店，朝著回租屋處的路走去。過程中，他滿腦子都在思考預定為偵探小說專門誌《寶石》撰寫的怪奇連作短篇題材。

他覺得先決定統一的書名感覺也滿有趣的，目前已經想到〈回應召喚之物〉、〈埋伏等待之物〉、〈早已在此之物〉、〈輾轉而至之物〉、〈接受祭祀之物〉這五個標題。標題裡的「物」是指魔物的「物」，其中有的是「被呼喚」或正在「埋伏等候」主角、有的是一開始就「存在」於屋子裡，又或者是「輾轉而來」的東西帶來一連串怪事，甚至是「被人祭祀」的存在，卻還是引起了災禍——他打算寫這種故事，不過接下來才要構思具體的內容。

言耶的寫作手法較為特殊，先有一個構成核心的點子，再邊寫邊把故事組織起來。要是事前未經深思就先架構好故事大綱，很容易寫著寫著故事就愈來愈龐大，導致字數爆炸，無法塞進原定的篇幅裡。這點在撰寫短篇小說的時候要特別注意。話雖如此，這次是採取連作的形式，有必要無論如何都得在撰寫第一篇作品之前先想好五個核心概念嗎？

要用什麼串起這五種怪異的現象才能變得更有趣呢？對了，集結成短篇小說集的時候，不妨就用《駭人可厭之物》命名吧。

就在言耶還在絞盡腦汁的同時，人已經走到租屋處的主屋前。正當他想直接返回後面的偏屋，立刻在筆記本裡寫下剛剛在回家路上浮現的靈感時，絹枝迫不及待地從主屋的後門衝出來。

「老蘇，事情不得了啦。」

「遭小偷了嗎？」

「你在說什麼蠢話，我在家耶。」

絹枝橫眉豎眼地說道。明明強調有人在家也不能掉以輕心的就是她本人。

「不是那樣啦。老蘇不在家的時候，有個大美人來找你耶。」

「找我？」

「這還用說嗎。長得那麼漂亮的編輯怎麼可能是來找我的。」

這句話應該要先說吧——言耶在心裡犯嘀咕。對他來說，「編輯」這個詞是能引起激烈反應的。

「是、是、是來向我邀稿嗎？」

「我有明確地告訴對方，老蘇是當紅作家，可不是普通的忙碌。」

「啊？」

「像這種情況，可不能隨便出個價錢就賣掉，否則會被對方瞧不起的。」

「妳以為在擺攤賣東西啊。」

「她說要請你為夏天的怪談特輯執筆，所以我清清楚楚地告訴她，老蘇非常搶手，可能要等到明年夏天才有空……」

「為什麼要這麼多事啊——」

「那位小姐穿得很像受薪女郎。」

絹枝對言耶的抗議充耳不聞，對「大美人編輯」的穿著打扮評頭論足了一番，接著視線驀地停留在言耶的服裝上。

「比老蘇平常穿的陣痛褲①要來得時髦多了。」

「這個叫『jeans』啦。」

當時政府尚未正式開放舶來品衣料進口，所以牛仔褲算是非常罕見的服飾。言耶每次穿上牛仔褲，絹枝都會表示好奇，雖然每次都不厭其煩地向她解釋，但她非但記不住正確的名稱，還擅自取了「陣痛褲」這種莫名其妙的名字。

「為什麼我一個男人，要穿上冠有那種名字的褲子啊。」

言耶先指出這一點，決定今天無論如何都要說明到讓她理解什麼是牛仔褲。

「就算想買到牛仔褲，日本現在也只有二手貨，而且多半是粗製濫造的成品。更何況——」

然而絹枝一個字也聽不進去。

「要是我再年輕一點，也要穿上那種洋裝，精明幹練地工作，讓走在路上的男人都回頭看

①牛仔褲的原文jeans音近陣痛的日文發音「じんつう」（jintsu）。

我。」

這句話說得也太厚臉皮了。

「那位小姐對這點也深有同感，我們聊得非常開心。她還說要是我再年輕十歲，肯定能成為作家老蘇們搶著要的編輯。哎呀真是的，有眼光的人就是看得出寶貝呢。」

言耶這時察覺到了，對方雖然年紀輕輕，但好像是個很能幹的編輯，再不然就是口蜜腹劍的傢伙。而且「年輕十歲」再怎麼說都太誇大了，至少得再年輕個「五十歲」才行。

順帶一提，日本是戰敗後過了一陣子，才開始稱在公司上班的職業女性為「受薪女郎」（Salary Girls），戰前沒有這個名詞。過去好像存在「辦公室女郎」（Office Girls）這個稱呼，但是並沒有成為通稱。不過「受薪女郎」並未廣為流傳，很快就被「職業女郎」（Business Girls）取而代之。但是在得知「職業女郎」的英語其實是意味著「賣春婦」的俗語後，又換成「粉領族」（Office Lady），亦即所謂的「ＯＬ」，當然這是後話了。

「那位編輯是哪一家出版社的？」

他可沒空一直陪絹枝妄想下去，言耶提出最想知道的問題。

「問題就出在這裡，老蘇，好像不是什麼有名的書店。」

絹枝完全把出版社和書店搞混了——而且剛才明明還對編輯讚不絕口，如今卻又這樣貶低人家上班的地方——絹枝邊批評，邊從和服的袖口拿出名片。儘管言耶已經解釋過無數次，自己另外取了筆名，可是絹枝每次看到他的作品刊登在雜誌上時，還是會大聲嚷嚷「老蘇的名字不一樣！」。從這個反應來看，分不清出版社和書店或許也是情有可原。

「就是這個。名字很怪吧。」

名片上印著「怪想舍　編輯部　祖父江偲」，當出版社的名稱映入眼簾時，言耶樂得幾乎要飛上天了。

「說到怪想舍，不正是出版《書齋的屍體》那家出版社嗎！」

「哎呦，什麼屍體……」

與眉開眼笑的言耶互為對照，絹枝大皺眉頭。不過看到言耶的笑容，大概也相信那或許是一家正派的公司，於是正經八百地問他：

「那是一家可靠的書店嗎？」

從她的語氣裡可以感受到「但願寄宿在我們家的老蘇能得到好工作」的心願。

「怪想舍是戰後才創立的新出版社，不光是《書齋的屍體》這本月刊雜誌，也針對熱愛偵探小說和怪奇小說的忠實讀者推出了很多有趣的出版活動。不過類似的出版社都相繼倒閉了，所以也不能太放心。」

言耶說得很嚴肅，因為現實的情況就如同他所說的那樣。

包括偵探小說在內，所有的娛樂小說從戰前到戰時都受到當時軍部冷酷無情的打壓。因為打壓的反作用力，新興出版社在戰敗後有如雨後春筍般出現。即使因為紙張嚴重匱乏，只能用粗製濫造的紙來印刷，即使是連書本都稱不上、像是小冊子那樣的替代品也變得洛陽紙貴。這番榮景根本不用找作家來寫新書，只要重新出版戰前絕版的作品就行了，所以就連初出茅廬的新興出版社也都雨露均霑。

話雖如此，但是想也知道，光靠舊作遲早會有走進死胡同的一天，所以各家出版社都爭相創辦新雜誌、刊載新作品。大部分都是走大眾娛樂線的雜誌，其中最受矚目的莫過於受到最嚴重打壓的偵探小說。

然而，正如同凡事過猶不及的道理，琳琅滿目的偵探小說雜誌在文壇上百花齊放的同時，也完全處於良莠不齊的狀態。因此也有多雜誌甫創刊，才出了兩、三期就陷入廢刊的危機。

言耶初次接觸到《書齋的屍體》時，還以為內容是類似美國於一九二三年創刊的怪奇系廉價雜誌《Weird Tales》的日本版，是故很擔心這本雜誌能不能撐下去，所幸在其他相關雜誌接二連三面臨廢刊命運的情況下，《書齋的屍體》意外地挺下來了。與刊登他出道作品的《寶石》比起來，《書齋的屍體》的封面沒什麼品味，但他非但不討厭，反而對這本刊物頗有好感。

而且要是連《書齋的屍體》都陷入危機，表面上歌頌寫實的犯罪與色情，實則恬不知恥地刊登謊話連篇報導的《獵奇人》之流應該要先遭淘汰才對。

言耶對《獵奇人》的感想可以說是身為作家自然而然的反應，但同時也是一種預兆也說不定。因為隨著他成為當紅炸子雞，以筆名「東城雅哉」打開知名度，再加上用本名進行田野調查時，不斷被捲入難以解釋的事件中，最後又順利解決那些謎團，這讓他的偵探才華更加出名，結果《獵奇人》居然擅自捏造出〈刀城言耶的怪奇偵探記〉，好幾次沒有經過他的同意就刊登相關事件的報導。

不過他本人要到波美地方的水魑大人儀式中發生了神男連續殺人事件②時才會知道這個情況，所以那是多年以後的事了。

說到以後的事，言耶當然也還不知道他與怪想舍的祖父江偲會因為對方的這次來訪，發展出「作家與編輯」的長久交情——世人稱為「孽緣」的關係。

「那我去一下怪想舍。」

言耶立刻就要出門。

「你在說什麼呀，老蘇現在要幫我看家吧。」

遭到絹枝喝斥，言耶頓時意志消沉。

「老蘇真的跟小孩子沒兩樣呢。」

絹枝笑著轉為安撫的語氣說：

「放心吧，那位小姐說她先回公司一趟，晚點再過來——」

② 相關故事請見《如水魑沉沒之物》（水魑の如き沈むもの。暫譯，截至2021年尚未推出繁體中文版）。

「今天嗎？」

言耶追問，絹枝的笑容變成苦笑。

「對對對，就是今天。最晚傍晚就會再來。到時候我也回到家了，到時又能跟小姐聊天了呀。」

房東自顧自地說完、自顧自地踏出家門，留下言耶一個人看家。話雖如此，言耶一旦關進後面的偏屋，根本不會知道主屋發生了什麼事。如果又在寫作或讀書，更是什麼都不會知道。不過，今天的他有點不太一樣。

即使坐在偏屋的書桌前，也無法專注於眼前的稿紙。離截稿還有一段時間，所以根本不用著急，但如果是平日的他，應該能從昨天的部分接著繼續寫下去。無計可施下，為了轉換一下心情，他決定看看書好了，但文字卻只是從眼前滑過，最重要的內容完全看不進去。於是言耶又放下書本，站起來在房裡走來走去。然後突然從偏屋走進院子，繞過主屋走到大門口，仔細從這一邊看到另一邊，觀察每個路過的行人，可惜都沒有任何貌似祖父江偲的女性。意興闌珊地回到偏屋，從書架上拿出前幾期的《書齋的屍體》胡亂翻了翻。不行，與其這樣，不如專心寫稿，做點正事吧，可是……就在他如此週而復始，不知重複到第幾次的時候。

言耶又走進了院子，這時在主屋後門與偏屋間，一個年輕女子的身影倏地映入眼簾。女子穿著淡粉紅色的連身窄裙洋裝，雙眼炯炯有神，不折不扣就是受薪女郎的模樣。手裡拿著淺黃色的手提包，讓她看起來更加出色。

「啊！」

大概是因為言耶突然出聲叫喚。

「哇啊！」

女子發出可愛的尖叫聲，作勢就要逃跑。

「請、請等一下，我、我是刀城言耶。」

言耶趕緊阻止她，女子停下腳步，心驚膽戰地回頭看，然後僵在原地不動，表情相當緊繃，看著他的眼神就像是看到什麼可疑份子。

「……請問，妳是怪想舍的祖父江偲小姐嗎？」

言耶突然喪失自信，但下一瞬間就雙眼放光地說：

「啊，刀城言耶是我的本名，我寫小說的筆名是東城雅哉。」

看樣子，這個說明讓女子稍微卸下了心防。

「……您是老師嗎？」

女子求證似地反問，言耶連忙接著說：

「是的。早上讓妳撲了個空，真不好意思。我從房東那邊聽說妳來找我的事了，來，請進。」

儘管如此，女子還是遲遲不敢踏進偏屋。這也難怪，哪個年輕女生敢一個人踏進男人的房間，還是第一印象不太好的男人。

女子進屋後，一臉興致盎然地觀察書櫃和堆在榻榻米上的書，以及桌上攤開的稿紙。言耶再三再四地請她坐下，女子才戒慎恐懼地坐在座墊上。言耶接著把最新一期的《書齋的屍體》和之前期數的《寶石》，以及祖父江偲的名片並排放在她面前。《寶石》刊登了言耶的處女作〈百目鬼家的百怪〉，這部作品同時也榮獲《寶石》徵文活動的第一名。

兩人面對面，正襟危坐，屋裡瀰漫著一股與相親無異的緊張感。一對上視線，女子就害羞地低下頭，反而讓那種氣氛更強烈了。

「啊，我、我去泡茶。」

坐立不安的言耶正要站起來。

「我、我來吧……」

女子搶先一步。問題是她根本不知道茶葉放在哪裡，只能照言耶的口令一個指示、一個動作地照做。不過，此舉就結果來說是好的，兩人因此打開話匣子，緩和了幾分室內僵硬的氣氛。

「不好意思，我不客氣了。」

言耶拿起女子泡好的茶，喝下一口。明明是平常喝的便宜茶葉，這時卻覺得特別好喝，他老實地說出自己的感想。

「那就好。」

然後女子嫣然一笑，微微行了一禮。

「請恕我這麼晚才自我介紹。」

接著突然一臉正色地說。

「我是怪想舍的祖父江偲。早上在老師外出的時候冒昧登門造訪，剛才也做了失禮的事，真是不好意思。我在門口打過招呼，但是沒有任何回應。因為老師外出的時候，房東太太親切地告訴我，您下午會在家。我猜您應該在屋子裡，只是沒聽見我的聲音，所以正想繞到後門的時候——」

「我突然出聲，把妳嚇得跳起來。」

言耶順著她把話說下去。

「我才不會做出那麼沒教養的事。」

女子語氣鏗鏘地憤然反駁，言耶還以為自己說了什麼不該說的話惹她生氣，卻見她清麗的臉上浮現出惡作劇的笑容，不由得鬆了一口氣。

原本橫亙在彼此之間的緊張感就像騙人的一樣，兩人聊得非常投機。不過前半段幾乎都是言耶在說話，從他對《書齋的屍體》如何愛不釋手開始，聊到自己截至目前的作品，後半段則由對方向他說明《書齋的屍體》今後要刊載的特輯，同時也委託他撰寫長篇小說，這讓言耶既驚又喜。

請他為夏天的怪談特輯執筆的短篇小說居然變成長篇連載！

工作討論到一個段落後，女子目不轉睛地盯著言耶看。

「話說回來，老師真的好喜歡恐怖故事啊。」

「呃，還好啦。」

言耶喜不自勝地點點頭，有些羞赧地說：

「其實我從剛才就想跟你說了，可以別叫我老師嗎？」

「咦？」

女子一臉反應不過來的模樣，然後神色慌張地說：

「可是所有的作家都是『老師』啊，還是我說了什麼不恰當的話嗎？」

因為她說得太小心翼翼了，反而換言耶不知所措。

「不是啦，作家確實會被人稱為『老師』沒錯，可是像我這種初出茅廬的新人，還不夠格被人用老師來稱呼……」

「什麼嘛，您太謙虛了。」

女子表現出如釋重負的樣子，隨即意識到這種態度或許有點輕率，趕緊低頭道歉。

「抱歉，我說得太自以為是了。」

然而，當她抬起頭來，與言耶四目相交時，兩人幾乎在同時笑了出來。

「一旦脫離小說的話題，氣氛就會變得很嚴肅呢。」

「是的。因為我才剛入行，真對不起。」

「別這麼說，就是因為妳的語氣太恭敬了，氣氛才會這麼死板。」

只見女子又要開始道歉，言耶趕緊岔開話題。

「妳說我『真的好喜歡恐怖故事啊』的時候，是不是還有什麼事要告訴我，結果被我打斷了？」

「啊，對了，其實我有個老師應該會喜歡的故事。」

女子口若懸河地說起與光是擁有就能喚來巨大的幸運，但同時也會帶來可怕災禍的小土偶有關、令人不寒而慄的恐怖故事。

二

為了前往武藏茶鄉，刀城言耶搭上一輛擁擠的火車。饒是他也沒料到當天就能去拜訪傳聞中的土偶持有者。之所以變成這樣，當然事出必有因。

「我有個祖父江小姐應該會喜歡的恐怖故事……」

告訴她那個故事的人是怪想舍財務部一個姓原口的男子。原口年紀雖輕，卻意外熱愛古董，他是一家名叫「骨子堂」的古董店老主顧，而那個故事就是出自骨子堂的老闆之口。

「那是一種土偶古董，名字是魔物的『魔』加上土偶的『偶』構成，寫成『魔偶』。只不過，關於魔偶長什麼樣、是大是小，這方面的資訊則眾說紛紜、莫衷一是，不確定什麼是真的、什麼是假的。傳聞中唯一的共通點就是魔偶的底部刻著奇特的紋樣。在我們這一行，算是小有名氣。不過我自己因為害怕受到連累，所以不打算扯上關係。」

骨子堂老闆像是刻意保持距離地說道。

「如果你有興趣，最好早點去看。因為從馬路消息得知，據說持有者最近就會賣掉魔偶。換作是我，就算值再多錢，我也不想經手名字聽起來那麼恐怖的商品。不過基於同行的職業病，倒是想瞧上一眼。」

說是這麼說，但他顯然沒打算特地跑一趟去看。

「只不過，聽說目前的持有者是個相當古怪的人。如果以正常的方式上門拜訪，可能會吃閉門羹。不過，如果是你的話應該就沒問題了。你看，因為你和這家公司都是出版偵探小說的推手嘛，他好像非常喜歡這方面的話題。所以只要帶幾本書去當伴手禮，他肯定會很高興地接見你的，說不定還會讓你看一眼魔偶。」

如此這般，她才會說「再適合老師不過了」，而且還不忘加上一句「說不定還能在那裡找到創作的靈感」，真不愧是編輯——言耶對此佩服不已。

順帶一提，以下是骨子堂老闆所分享、在魔偶的傳聞還沒在業內傳開前——是故尚未標上高價的時期——曾經擁有過魔偶的人一部分的經驗談。

某位在工廠上班的中年男子，以前賭博從來沒有贏過，結果居然連贏四把，狠狠地海撈一筆。但是，不料卻被工廠的機械壓到手，讓他一次失去四根手指。

某位新婚的女性在歲末年終的年貨大街抽獎抽到了豪華的衣櫃。才用了幾天，明明沒發生地震，衣櫃卻突然倒下，女性被壓在傾倒的衣櫃底下，剛懷上的孩子不幸流產。

某位名門大戶的當家不費吹灰之力就能蒐集到精緻的古董。正以為鴻運大開，為此沾沾自喜時，倉庫竟莫名其妙發生火災，這輩子的收藏品全都付之一炬，而且，只有那尊魔偶倖免於難。

某位前華族③的遺孀膝下有幾個女兒，唯獨長女錯過婚期，沒想到天上突然掉下求之不得的良緣。然而，婚禮的宴客餐會上發生嚴重的食物中毒，不知道為什麼，只有新娘這邊的親朋好友死了好幾個。

以上的例子乍看之下都讓人覺得「禍福相倚」，但實際上比起魔偶帶來的「福」，隨後而至的「禍」還更為慘烈。「禍」不僅完全把「福」給吞噬得一乾二淨，甚至還留下無法收拾的災厄，或許這就是魔偶的威力。

儘管這方面的說法傳得沸沸揚揚，想得到魔偶的人還是前仆後繼。聽說也有人得到魔偶後，

---

③ 明治二年（1869）因應版籍奉還政策，廢止了過去的公家、諸侯階級，轉為華族。明治十七年（1884）頒布華族令，將華族當家之主定為「公」、「侯」、「伯」、「子」、「男」等五種爵位階級，是握有諸多特權的世襲制度。其中也包含雖然在維新前並非出身公卿大名，但因為對國家建有功勳而獲封爵位的「新華族」（勳功華族）。

相較於自己得到的利益，並未付出太沉痛的代價。

只要那個人的惡運比魔偶帶來的災厄更強大即可。

曾幾何時，無憑無據的耳語就這麼傳開了。如此一來，世上難免會出現自認「我一定沒問題」的傢伙。這種人通常天不怕地不怕，隻身在社會上闖盪，乘風破浪、白手起家。尤其是日本戰敗後，擁有這種傾向的人在所多有。話雖如此，幾乎所有得到魔偶的人，若不是破產、身受重傷、就是下落不明，總之下場都十分悲慘。當然這裡頭也有人因此丟了性命。

「所以現在就算要交易，也絕對不會明買明賣，完全變成在檯面下交易的商品了。只有不太正常的收藏家才會想得到魔偶。」

骨子堂老闆最後做出了這樣的結論。

言耶聽著聽著，陷入了沉思。這時女編輯也注意到言耶的反應有異，一講完魔偶的相關事蹟，立刻問他：

「有什麼問題嗎？」

「明知會帶來災厄，為何還是有那麼多人想得到魔偶呢……」

「不是因為世界上有太多相信自己一定沒問題的人——換個說法就是欲望如此強烈的人嗎？」

「嗯，我認為也有這種人，可是隨著魔偶作祟的流言傳開，這種人理應愈來愈少才對吧。然而從骨子堂老闆的話聽下來，絲毫不讓人覺得想得到魔偶的好事之徒有減少的趨勢，這是為什麼呢？」

「……好像確實是這樣呢。」

她不解地側著頭附和，突然屏氣凝神、以充滿期待的語氣問道：

「難不成老師知道為什麼嗎？」

「我對考古學沒有太深入的研究——」

言耶先把醜話說在前頭。

「土偶的『偶』字有配偶、同伴、成雙成對的意思。」

「呃……也就是說，兩個一組？」

「沒錯。偶是指兩兩成對的狀態。」

「還有……一個……」

這個解釋似乎讓她受到相當大的衝擊。

「如果我先隨意命名的話，我大概會取真實的『真』字為另一個命名，所就變成讀音相同的『真偶』（まぐう），不過讀音相同有點麻煩，就改稱『しんぐう』④好了。」

「假設那個真偶真的存在……」

④真偶的日文讀音「まぐう」（magu）與魔偶相同，因此後面把「真」換個讀法，讀成「しんぐう」（shingu）。

「或許它就是扮演消除魔偶帶來的災厄的角色。」

「因為原本就是兩個一組……」

「知道這個事實的人少之又少，但也不是完全沒有，所以尋找魔偶的人才會接二連三地出現。他們一方面想要得到魔偶，但同時也在尋找真偶。」

「老師，您好厲害！」

女編輯的表情頓時神采煥發，接著立刻提出匪夷所思的建議。

「這種機會可遇而不可求，現在就去拜訪對方吧。」

正好言耶也想「見識一下」，所以一下子就被說動了。敏銳地察覺到言耶的心情後，她又接著說：

「事不宜遲，不快點去，現在的主人就會轉手魔偶了。這樣一來，說不定就再也沒機會看到魔偶了也說不定。不，應該說肯定沒機會了。幸好對方喜歡偵探小說，只要老師登門拜訪，請對方讓您看一下，我想絕對沒問題的。」

就像她所說的，這麼好的機會可不是天天都有。就在言耶考慮了半晌，決定走一趟時，一聽聞對方住處的所在地，突然萌生不祥的預感。

「那個人是寶龜家的當家，據說是武藏茶鄉的世家。」

言耶在學生時代曾經在學長阿武隈川烏的唆使下，前往武藏茶鄉的箕作家想見識奇特的屋敷神。當時在箕作家碰上過去與現在的兩個孩子所捲入的不可思議人間蒸發事件，吃了不少苦頭⑤。

說穿了，發生在言耶身上的災難，最主要的原因都出在阿武隈川的言行舉止。幸好專門製造麻煩的學長這次不在、也不是要再次拜訪箕作家，而是要去想必沒有任何關係的寶龜家。只是剛好在同一個地方，沒必要因此放掉難得的機會。而且言耶轉念又想，這麼說雖然很失禮，但這次可是才貌雙全的祖父江偲代替阿武隈川烏陪自己去，所以更不需要擔心。

不同於言耶的學生時代，火車上的環境也改善許多。戰爭時與戰敗後，全體國民無不處於糧食匱乏的狀態，所以每個人都為了糧食而蜂擁下鄉，帶著自己的和服等物品與農家交換米和蔬菜。去程帶的行李在回程變成糧食，因此當時人們又稱火車為「採買列車」，車上擠得水泄不通，擁擠的程度令人難以置信，就連用「擠沙丁魚」來比喻都嫌客氣了，如今這種情況也稍有緩和。

儘管如此，不知是武藏茶鄉這個地名讓他覺得不吉利，還是對魔偶心生恐懼，言耶一路上都感到坐立不安。

在武藏茶鄉站下車後，走出車站，記憶中的那間蕎麥麵店也映入眼簾，重新喚醒言耶拗不過阿武隈川的死乞白賴，不得不請他吃了蓋飯和蕎麥麵的苦澀記憶，言耶反射性地嘆息。

「老師，您累了吧。」

言耶無力糾正她的誤會，示意她繼續往前走。幸好他們前往的方向與箕作家正好相反。

⑤相關故事請見收錄於《如生靈雙身之物》一書的〈如天魔跳躍之物〉。

從車站出發，徒步不到二十分鐘左右，象徵寶龜家廣大腹地的圍牆就映入眼簾。相較於箕作家擁有氣派的長屋門，寶龜家的門意外低調。不過，無論是大門還是往左右兩邊延伸的圍牆上都插滿了前端削尖的鐵棒，沐浴在春日午後的陽光下，閃閃發光的樣子看起來非常詭異。從房屋的外觀就能看出寶龜家是有錢人，但是搞成這樣未免也太草木皆兵了。

在這種鄉下地方，有必要警戒成這樣嗎？

言耶還沒理解過來，自己的同伴已經按下門鈴。等了一會兒，門依舊關得緊緊的，門後傳來應為中年婦女的聲音，以冷硬的語氣問道：「哪位？請問有什麼事？」

「我叫祖父江偲，在怪想舍這間出版社擔任編輯。今天與作家刀城言耶老師冒昧打擾，想請教你們家老爺願不願意讓我們拜見府上珍藏的魔偶。」

她努力地說服對方，從稍微打開些微空間的門縫塞進最新一期的《書齋的屍體》、刊登言耶處女作的《寶石》與自己的名片。這些都是從言耶的房間帶出來的。

言耶對她的強硬作風佩服得五體投地，而裡頭的婦女在通報後也馬上就回來了。

「請恕我方才失禮了。請進。」

婦女的態度與方才相差一百八十度，敞開大門。

踏入寶龜家的腹地，言耶感覺有些意外，因為門口通往建築物玄關的踏腳石距離比想像中短很多。從門口看到的圍牆長度來想，還以為光是前庭就會很壯觀，但實際上沒幾步就走到玄關了，由此可知房子應該非常巨大吧。

這個疑問的答案很快就會呼之欲出了，但是在那之前，還有個試煉在等待著言耶。

兩人被帶到小巧的客廳裡，等沒多久，寶龜家的當家幹侍郎就現身了。乍看之下是會讓人聯想到「乖僻」這種形容詞的清癯老人，目光非常銳利，簡直像是瞪著兩人看，招呼也打得很隨便，一開口就切入與戰前偵探小說有關的話題。

「祖父江編輯，妳怎麼看？」

幹侍郎劈頭就像是要測試編輯的實力那樣，把提問的火力集中在她身上。無論提到哪部作品，他都是一副「妳怎麼可能沒看過」的態度。

「呃，那部作品……」

然而不管被問到什麼問題，她都答得牛頭不對馬嘴，言耶在旁嚇出一身冷汗，擔心幹侍郎隨時都會破口大罵：「給我滾出去！」將他們掃地出門。幹侍郎眼神中浮現出顯而易見的輕蔑就是最好的證明。不難看出隨著回答愈來愈離譜，幹侍郎眼裡的輕蔑就愈明顯。

這樣不行。

就在言耶心裡暗叫不妙，忍不住插嘴的時候，幹侍郎的雙眼頓時一亮，對話的內容也愈來愈深入。不知不覺間，兩人針對偵探小說討論得非常起勁。

過了好半晌，幹侍郎終於一臉滿意地背對壁龕而坐，硬要誠惶誠恐的言耶坐在他面前，接著吩咐守在門口待命的嬌小女性——名叫「阿里」的女佣——準備茶點。
「好樣的，老師還這麼年輕就博覽群書，而且對每本書都有深刻的理解，真令人佩服。」
幹侍郎看著言耶的眼神似乎是對他的謙遜頗有好感——然而完全不理會言耶「請不要叫我老師」的要求——然後毫不留情地對一旁的女編輯說：
「和老師比起來，就算是剛入行的編輯，妳對作品也太無知了，必須多多學習。」
「好的，我會謹記在心，從頭開始學習。」
就算被他的出言不遜激怒，也完全沒有表現在臉上，反而微笑著恭敬地低頭應允。真了不起。
言耶在心裡佩服得五體投地。
「除了偵探小說，老師也很喜歡怪奇小說。今天前來叨擾，也是希望能拜見寶龜先生擁有的魔偶。」
還見縫插針地說明他們的來意，只見幹侍郎念念有詞：
「哦，對了。真不好意思，聊得太開心，我都忘了。當然會讓你看，不過在那之前，請容我先介紹一下。」
幹侍郎站起來，帶兩人走向走廊盡頭那間更大的客廳。
踏進窮奢極侈的房間，言耶這才發現幹侍郎是撇下其他客人出來接待他們。往房間裡一看，比起壁龕的掛軸或架子上的壺，先讓他留意到的是等在屋子裡的客人不只一個，多達四人。不僅如此，其中一位還是出乎意料的人物。

「老師，這還真是奇遇啊。」

「小、小間井刑警……」

將大學剛畢業的言耶捲入由陰陽怪氣的「妖服」引起的神代町白砂坂砂村家的雙重殺人事件、節織村境內的富士見村裡那起和無法理解的「巫死」思想有關的人間蒸發事件，在那之後又為他帶來好幾樁離奇案件的刑警居然就在這四個人裡面。

「你、你怎麼會在這裡？」

相較於一臉呆滯的言耶，小間井貌似立刻反應過來，面露微笑。

「原來如此。老師也聽到魔偶的傳聞，風風火火地趕來啦。」

「是、是的。刑警先生你呢？」

小間井聞言，笑容頓時從臉上消失。

「有個人稱『色物團』的竊盜集團最近鬧得社會不太平靜。成員有多少人、根據地在哪裡，關於他們的真面目都一無所知。只是道上盛傳老大叫『大判』，手下有『硯』、『珊瑚』、『瓷器』等人，但也只是傳言罷了。或許是從這些東西都可以聯想到既有的顏色，才會取名為『色物團』。這群人專門闖空門，主要鎖定古董偷竊，但手法有點不太一樣。平常穿著不顯眼的衣服，看起來反而像是有正經工作的人，就算被左鄰右舍撞見，也不會起疑。」

「啊……」

言耶之所以驚呼出聲，無非是因為想起房東說過的話。還以為房東又在誇大其詞，所以只是左耳進、右耳出，沒想到是真的。

向一頭霧水的小間井說明絹枝的提醒後。

「就算色物團找上門來，碰上老師的房東大概也只能舉雙手雙腳投降吧。」

刑警笑著回答，隨即恢復嚴肅的表情。

「色物團從幾個月前就看上某樣古董——我接獲了這樣的情報。而且聽說他們看上的古董還是非常特別、非常有問題的東西。」

「寶龜家的魔偶嗎？」

言耶興奮地反問，小間井點點頭，苦笑著說：

「所以我來找寶龜先生商討如何對付闖空門的宵小時，吾良、中瀨先生、寅勇先生陸續上門造訪，沒想到連老師都來了。」

「真不愧是寫偵探小說的作家。」

幹侍郎的語氣充滿喜悅之情。

「不僅認識刑警，還在我們家會合，真是無巧不成書。刑警先生是不是也會請老師幫忙解決陷入困境的案件呢？」

如果是曲矢刑警，肯定會氣急敗壞地說：「開什麼玩笑，誰要請外行人幫忙。」但小間井就不一樣了。

「對呀，老師確實幫我們解決了許多警方束手無策的犯罪案件。」

「什麼事件都難不倒他嗎？」

「愈是莫名其妙的事件，愈能發揮他的真本事呢。」

言耶聽不下去了，連忙否認。

「才、才沒有那回事。」

「不，我說的是事實。」

「發生在砂村家雙重殺人事件之前、那起東神代町與神代新町的連續強盜殺人案就還沒解決呢。」

「我不記得自己委託過你那個案子。再說了，那個案子雖然還沒抓到犯人，卻沒有留下謎團不是嗎？」

「可是案發現場的屋子裡找不到犯人出入的痕跡，犯人究竟使用了何種手法，這個謎團還沒有解開。」

「關於這點，我倒是有一點眉目了。」

「欸……拜託請告訴我。」

小間井不當一回事地回答一臉吃驚的言耶。

「提示在於色物團。」

「啊，只要打扮得很正常，就能進到屋子裡，而且完全不會讓人起疑嗎？」

「我們是這麼判斷的。但這也不表示那起案子的犯人就是色物團的人，畢竟他們從未犯下強盜殺人的勾當。」

聽到小間井與言耶的對話，幹侍郎眉飛色舞地插嘴：

「二位提到的案子好像偵探小說裡才會出現的謎團，可以請教是怎麼一回事嗎？」

「寶龜先生，不好意思打斷各位談話——」

穿著用金絲織出花紋的和服、胖墩墩的初老男人，一臉苦相地打斷他們。

「也差不多可以讓我們拜見一下魔偶了吧？」

「對了，我都忘了這件事。」

幹侍郎的音調突然變得低沉。

「這位是中瀨先生，是骨子堂這間古董店的老闆，開始在我們家進出還不到兩個月。」

幹侍郎有些不耐煩地介紹男人，聽到店名的言耶嚇了一大跳。因為把魔偶的傳聞告訴怪想舍財務部的原口的，就是同名的古董店。

「祖父江小姐……」

言耶下意識地開口，隨即打消念頭。心想這時還是別提起此事比較好。之所以沒什麼反應，想必也是因為她其實也注意到了，仍決定假裝沒發現。

因為這裡頭確實有鬼。

據原口轉述，中瀨明明說過「就算值再多錢，我也不想經手名字聽起來那麼恐怖的商品」，既然如此，他為什麼會出現在寶龜家？是因為「基於同行的職業病，倒是想瞧上一眼」的心態嗎？問題是，有必要大老遠跑這麼一趟嗎？

言耶還滿心疑惑，第三個男人就說出令人意外的話：

「舅舅的卍堂簡直是開放空間，任何人都可以隨意進入喔。我每次來都會提醒他，再怎麼樣也太隨興了。」

三

這個感覺應該是幹侍郎親戚的三十多歲男人，體形看上去反而比較像是和骨子堂的中瀨有血緣關係。

「這是我外甥寅勇。」

然而從幹侍郎向言耶介紹的口吻可以聽出，他一點也不喜歡寅勇這個外甥。

「……難不成就連收藏魔偶的地方也沒有上鎖？」

呆若木雞的中瀨訝異到張開了嘴，露出好幾顆金牙齒，一臉難以置信的表情。寅勇似乎覺得他的反應很好笑。

「這我就不確定了，大概沒有吧……我猜。」

「這是為什麼呢？」

中瀨目瞪口呆地望向幹侍郎，幹侍郎彷彿完全不放在心上，雲淡風輕地瞥了言耶一眼。

「老師看到我們家的門和圍牆，是否會覺得這是個容易入侵的房子？」

「不，正好相反。」

聽見他的回答，中瀨也緊接著說：

「這點我也跟作家老師有同感，但我上次應該也說過，就算是這樣，卍堂沒有門，裡面的櫃子也沒有上鎖，未免也太不小心了。更別說魔偶又跟其他古董不同……」

言耶猜想從剛才就一直出現在話題裡的「卍堂」，想必是用來擺放或陳列寶龜幹侍郎的收藏品、類似倉庫的建築物。如果是這樣的話，不止沒有上鎖，就連門也沒有這點確實很奇怪。

冷不防，幹侍郎突然發表匪夷所思的「古董品氣流說」。

「真正有價值的物品其實是有生命的。而且它們的價值當然也不在於金額，而是因為它們是不折不扣的真貨。」

老實說，言耶連一半也聽不懂。簡單整理下來，幹侍郎的意思大概是「真正的古董有生命，所以經常會產生氣流。我蒐集的古董都是真貨，將它們集中在一個地方，讓氣流傳到家中的每個角落，為此打造的建築物就是卍堂」。

擺放收藏品的房間呈正四方形，四邊的外牆各有一條「く」字形的走道往四方延伸，從正上方看下來確實是「卍」字形，這就是「卍堂」這個名稱的由來。這種奇形怪狀的建築物居然就蓋在中庭裡。

難怪門和玄關離得這麼近。

言耶反應過來了。刻意不規畫前庭是為了讓中庭盡可能寬廣一點，好把卍堂蓋在中央。換句話說，寶龜家從一開始就是為了幹侍郎的收藏品而興建的。

既然如此，言耶腦海裡浮現出一個令他耿耿於懷的問題。不光是他，客廳裡的所有人應該都有相同的疑問。

「我對古董品氣流說有一點概念了——」

「不愧是老師。」

幹侍郎露出天真無邪的喜悅微笑。

「可是這麼一來，魔偶豈不是變得更難以處理嗎？聽說魔偶不只會召喚好運，也會帶來慘重的災禍。這種古董的氣從卍堂裡流出來沒問題嗎？」

言耶接下來的問題更是讓幹侍郎的笑容擴散到整張臉上。

「沒問題的，不用擔心。」

「難不成卍堂有什麼機關嗎？」

不過幹侍郎並未回答，只是笑得心花怒放。

「請務必讓我拜見一下卍堂。」

言耶提出懇切的要求。

「老師果然跟別人不一樣，其他人來我們家，就算聽我提起古董品氣流說，心心念念的還是魔偶，沒人在乎卍堂。」

幹侍郎感動不已似地猛點頭。

「我對魔偶當然也很有興趣，那尊充滿傳奇的魔偶背後到底有什麼故事呢？」

言耶逮住機會、乘勝追擊地詢問。

「呃，這個嘛……沒有人知道細節。」

幹侍郎充滿歉意地回答。

「就連專門買賣古董的骨子堂老闆也不知道魔偶的來歷。」

見中瀨無言頷首，言耶深感遺憾。

「如果是傳說中會作祟的木雕或石像，從以前就有形形色色的傳聞，但是我完全沒聽過與土偶有關的傳言。」

幹侍郎露出興奮的表情說：

「以前的傳聞是什麼傳聞，可以說來聽聽嗎？」

言耶正要欣然回答他的問題，有人從旁邊頂了頂他的手臂，令他氣焰頓失。

「老師——」

「基於工作的性質，祖父江編輯也知道這方面的傳說吧。」

被幹侍郎諷刺了一句，她立刻乖乖地閉上嘴。

只不過，除了她以外——小間井刑警、骨子堂老闆中瀨、幹侍郎的外甥寅勇、以及第四個看起來才十幾歲，矮矮瘦瘦的青年——每個人的表情雖然都不太一樣，但臉上都寫著「饒了我吧」幾個大字。

不，倒也不盡然，只有一句話都還沒說過、瘦得像枝竹竿的青年看起來一臉興味索然的樣子。這麼說來，言耶他們進屋的時候，他曾經以鑑價的眼神打量他們。等他知道新加入的人是哪裡的誰之後，突然就對他們失去興趣了。

「不好意思，請問那位是？」

言耶基於好奇心問道。

「哦，忘記給你們介紹了。」

幹侍郎的態度與介紹外甥寅勇的時候判若兩人，換上滿是慈愛的表情。

「他是我死去摯友的孫子，名叫吾良。朋友去世前把他託付給我。」

幹侍郎只說明到這裡，至於寶龜家為什麼要收留他的關鍵理由則隻字未提。雖然吾良看來體弱多病，但顯然還有別的原因。

「這麼一來，所有人都介紹過了。」

幹侍郎的言下之意是既然已經介紹完畢，希望言耶趕快接著說下去。

「我剛才突然想起曲亭馬琴聚集文人雅士，舉行討論奇聞逸事的兔園會時，提到與秋月家有關的石像。」

言耶開始娓娓道來。

上杉鷹山等英傑輩出的高鍋藩秋月家上屋敷⑥位在江戶時代的麻布，旁邊有一座蛤蟆池，池畔有一座高達三尺的寒山拾得像。

中國在唐朝有兩位癲狂的僧侶，分別是寒山與拾得，這兩人是否真有其人，還沒有得到證實，頂多只能算是傳說中的人物。但這裡的癲狂是指打破佛教的戒律，這樣的言行反而被視為到達開悟的境地，多半被當成具有肯定意味的字眼使用。日本禪宗的一休宗純就是世人口中癲狂的僧侶。

寒山像手裡拿著晨起時用來吟詩的紙筆，拾得像手裡拿著認真打掃寺院用的掃帚。附帶一提，森鷗外的《寒山拾得》及井伏鱒二的《寒山拾得》皆是以他們為題材寫的小說。確實對作家而言，他們會是很讓人感興趣的對象也說不定。但是設置於蛤蟆池畔的寒山拾得石像還不只這樣而已。

某天夜裡，寒山拾得的石像傳來奇妙的聲音。

「賣沙丁魚、賣沙丁魚。」

當時顯然不是魚販賣沙丁魚的時刻，而且聲音明顯是從石像的方向傳來。值班的武士覺得十分可疑，於是拔刀砍向石像，結果發了高燒病倒。第二天早上，秋月家的人檢查石像，確實發現石像身上有被刀砍過的痕跡。

從此以後，秋月家每次發生異變，寒山拾得的石像都會在夜晚哭泣、通知惡耗，就像是承受著刀傷的疼痛……

「麻布除了這裡以外，還有很多與石頭有關、不可思議的傳說，人稱『麻布的異石』，但其中最離奇的就是蛤蟆池畔的寒山拾得石像。」

言耶的結論令幹侍郎深有同感。

「我也有幾尊古董石佛，確實能感受它們體內的氣與其他古董不同。」

⑥江戶時代的高階、富裕大名或旗本日常居住的宅邸。擁有藩政執行機能的住所，大多距離江戶城較近，方便登城。另有中屋敷和下屋敷，用途、規模、地理位置皆和上屋敷有所不同。

「因為大家都說石頭自古以來就籠罩著妖氣呢。」

「哦，這又是怎麼回事？」

「呃，老師，時間差不多了……」

這時有個聲音硬生生地又要插進來，幹侍郎也同樣出言嘲諷：

「怎麼，祖父江編輯也知道這方面的故事嗎？」

「不是，那個……」她不知所措地支吾其詞，又乖乖地閉上嘴巴。

言耶一臉費解地等他們講完，滔滔不絕地開始說起下一個不可思議的故事。

從前在伊豆山中有個石頭的產地，某天下午，當石工們休息時，來了一名妖嬈的女人。

「各位一直工作，真是辛苦了。我來為大家按摩吧。」

女人說道，開始為其中一位石工按摩肩膀。只見他好像非常舒服，沒多久就睡著了。女人為第二位石工按摩，那名石工也睡著了。經過女子的巧手，好幾個石工都立刻進入熟睡的狀態。

最後剩下的那位石工看到其他同伴的樣子，心想「這女人肯定是妖婦」，於是拔腿就跑。他在途中遇到獵人，談起女人的事，獵人告訴他：「那女人大概是狐狸精。」

兩人走到切割石頭的地方，只見女人正要離開，而且當他們出現後，女人就要逃離現場。獵人連開兩槍，傳出像是石頭被擊碎的巨響。

他們衝向女子剛才站的地方，只見堅硬的岩石碎片四散紛飛，卻沒有半個人影。

「看樣子，那個女人想必是石頭凝聚的氣，幻化而成的妖怪。」

兩人交頭接耳，為尚未醒來的石工們檢查身體，發現所有人背後都有宛如被石頭摩擦的傷痕。而且他們根本不是睡著，而是昏倒了。大家紛紛回去看醫生，好不容易才恢復正常。

在那之後，聽說切石場就經常出現妖怪。

「哦。」

幹侍郎表示佩服，同時也表現出樂不可支的反應。

「你是指石頭的氣凝聚起來，變成那個女人嗎？」

「樹木和石頭都有精靈寄宿——這種想法在國外廣為流傳，但提到氣，一般是從中國傳來的想法。氣幻化成人形，為人類按摩，實在太有意思了。如果放著不管，可能再也醒不過來，真的會死掉也說不定。」

「嗯，其實是很恐怖的故事呢。」

「說到恐怖——」

言耶又要接著說下去時，一旁的責任編輯立刻試圖阻止他：「老師，可以借一步說話嗎？」

言耶只是「嗯」地點點頭，然後又說了一個與木造佛像有關的怪談。想也知道，幹侍郎聽得津津有味。

與此同時，其他人開始一個接著一個離開房間。反正卍堂可以自由進出，他們就自己跑去看魔偶了。幹侍郎大概也留意到此事，但沒有特別多說什麼，像是隨大家高興那樣。

不知不覺間，客廳裡只剩下寶龜幹侍郎與刀城言耶兩人。言耶不止會講奇奇怪怪的故事，也會視情況為奇也怪哉的現象給予合理的解釋。幹侍郎非常欣賞他這種兼具推理的方式，沒完沒了地要求言耶繼續說下去。

這時，耳邊突然傳來細微的叫聲，不由分說地打斷他們的談天說地。

「……剛才那是什麼聲音？」

「聽起來好像尖叫聲……」

彼此大眼瞪小眼地對看半晌，幹侍郎喃喃自語：

「好像是女人的聲音啊。」

「啊……」

言耶站起來，就要衝出房間。

「卍、卍堂在哪個方向——」

不等他說完，幹侍郎也立即反應過來。

「這邊。」

走出客廳，沿著走廊往前走，進入了另一個房間。穿過那個房間，再走到面向中庭的外走廊，眼前就是卍堂。

「請穿這雙鞋。」

外走廊靠近中庭的地方有一塊供人穿脫鞋的沓脫石，石頭上擺了好幾雙鞋。看來不用回玄關穿鞋也能去卍堂。

可是，言耶卻只是直挺挺地杵在外走廊上，目不轉睛地看著卍堂。

卍堂座落在中庭的正中央，從四邊的外牆延伸出「く」字形的走道，「く」字形走道的轉角部分各自又往外凸出一塊，看起來像是個小房間。「く」字形走道從卍堂到小房間的這段距離比較短，從小房間到沒有門的盡頭比較長。光是這種造形就已經夠奇怪了，相較於「口」字形的外走廊，不知道是不是故意的，正方形的卍堂居然蓋成「◇」形，才因此讓人感覺更扭曲也說不定。

……感覺好詭異。

明知這只是錯覺，卻還是受困於這樣的感覺裡。

「老師，你怎麼了？」

幹侍郎站在離他最近的走道出入口前，回過頭來問他。

「不、不好意思。」

言耶手忙腳亂地把腳踩進鞋子裡，小跑步往前衝過去。

「這裡是朱雀口。」

幹侍郎說道，率先進入沒有門的走道，言耶跟上去，發出「啊！」的一聲。

「四條走道是在呈現四神相應呢。」

並不是卍堂與走廊的相對位置怪怪的，其實是為了讓走道的出入口對準東西南北，所以才會覺得有些奇怪。

四神相應是亞洲特有的風水理論，意指四個方位各有一位神祇守護。東為青龍、西為白虎、北為玄武（尾巴是一條蛇的烏龜，或者是蛇纏繞在烏龜的長腳上這種外觀）、南為朱雀（神鳥）。日本的平城京與平安京就是根據這種地理概念興建而成。

寶龜幹侍郎建造寶龜家的時候無疑是從卍堂開始設計，因此外走廊的「口」與卍堂的「◇」想必是有意為之。

就在言耶左思右想的同時，走道的途中開始有玻璃櫃出現在左右兩邊。大概是不想風吹雨淋，才沒有放在出入口附近。

櫃子鑲嵌著玻璃門，但是都沒有上鎖，任何人都能取出裡頭的古董。之所以不鎖櫃子，恐怕也是基於幹侍郎的「古董品氣流說」吧。

昏暗的夕陽餘暉從設置於左右兩邊的格子窗照進來，固定式的窗戶細細長長，用來採光，但走道還是很暗。而且因為兩側設有玻璃櫃的關係，讓走道顯得很窄，言耶只能跟在幹侍郎後面，無法並肩同行。在一開始的長長走道內前進一段路後便來到轉角處，這裡有個向外凸出的空間，裝飾在裡頭的鳳凰掛軸映入眼簾。雖說畫得栩栩如生，令人眼睛為之一亮，但朱雀絕不等於鳳凰，大概只是用來代替吧。

繞過轉角，走道繼續往前延伸，長度比來時路短很多，而且從轉角處就能看到堂內的一部分。

「祖父江小姐？」

只不過那個很像是她的背影，幾乎都隱沒在卍堂內部。

「啊……」

或許是聽見背後的腳步聲，她猛然回頭。

「……老師！」

她泫然欲泣地哭喊，奔向走廊，與幹侍郎擦身而過，把臉埋進言耶的胸膛裡。

「發、發生什麼事了？妳怎麼了……」

言耶還在手足無措的當口，幹侍郎率先走進卍堂，隨即傳來悲痛的呼叫聲。

「吾、吾良！」

言耶安撫著拚命抓著自己不放的責任編輯，也踏進堂內。

除了通往四條走道的開口外，卍堂內側的牆壁全都擺滿了玻璃櫃，每個櫃子上方都有採光用的格子窗。不同於走道的格子窗，這裡的格子窗可以打開。不過每扇窗戶都鎖上了，而且窗戶都在很高的地方，除非使用梯子，否則根本搆不到。有個正四方體的氣派玻璃櫃盤踞在中央，可以繞著四周走，欣賞卍堂的收藏品。

此時此刻，從言耶的位置看過去的正四方體櫃子對面——相當於北側的玄武口走道——隔著玻璃可以看到骨子堂的中瀨站在那裡，寅勇則站在左手邊相當於西側的白虎口走道上，不過他們都只是茫然自失地佇立在原地不動。

因為吾良就倒在中間那座正四方體櫃子的腳邊。頭朝朱雀口、腳向白虎口地躺在地上。

「這是怎麼回事……」

耳邊傳來幹侍郎悲痛的吶喊，小間井單膝跪地，蹲在動也不動的吾良身旁，觸碰青年的身體，似是在為他驗屍。

「我、我一來到這裡……就發現吾、吾良先生已、已、已經死了……」

就在言耶默不作聲地聽她抽抽噎噎地說明時。

「……」

幹侍郎不知喃喃自語了什麼，但是被她的聲音給蓋了過去，沒能聽清楚。那一瞬間，言耶總覺得自己好像漏聽了非常重要的事。

卍堂的平面圖

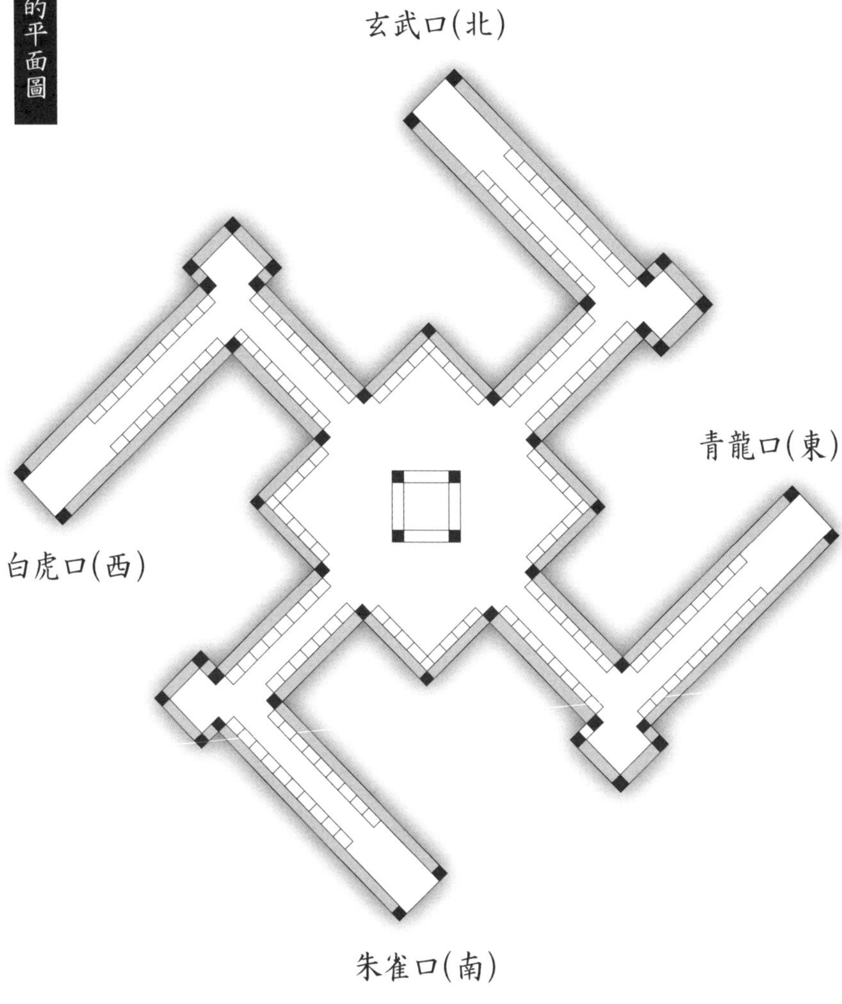

四

「請問……您說什麼？」

言耶立刻反問，幹侍郎卻噤口不言。

幹侍郎的視線重新落在倒在地上的吾良身上，他強忍著淚水的樣子，就連言耶也能感受到那種悲痛，因此怎麼樣也沒有勇氣再問一次，但也想不出任何安慰的話語。

倒也不是為了轉移焦點，而是真的關心還埋在自己胸前顫抖不已的人：

「祖父江小姐，妳還好嗎？」

結果她「哇！」地一聲大哭起來。言耶摩挲她的背部安撫，但潰堤的眼淚終究一發不可收拾。

小間井瞥了反應極為兩極的兩人一眼，站起身來，以冷靜沉著的語氣說出驚人的事實。

「別擔心，還活著。」

「咦……」

「真、真的嗎？」

她一下子還沒反應過來，看到一旁幹侍郎狂喜的表情，這才終於理解小間井這句話的意思。

「……太、太好了。」

心想她終於可以放下心中大石，卻又一頭栽進言耶懷裡。

「我還以為……」

然後又連忙朝幹侍郎的方向深深一鞠躬。

「寶、寶龜先生……真的很抱歉，都怪我太毛躁了，搞出這麼大的烏龍……」

「別這麼說，這不能怪妳。」

幹侍郎安慰她，不過注意力始終放在吾良身上。

「但還是不要隨便移動他比較好，以免危險。」

小間井低聲交代。

「總之我先讓人請醫生來看看。」

言耶說完並離開卍堂，走向主屋，尋找幹侍郎口中的女佣「阿里」，告訴她吾良出事了。不料阿里聽了便方寸大亂，言耶費了九牛二虎之力才讓她打電話給固定為寶龜家看診的醫生。

言耶回到卍堂時，只有幹侍郎還待在原本的位置，但所有人都沉默不語，一動也不動。

小間井還是單膝跪地，蹲在吾良身邊，旁邊是跪坐在地上的幹侍郎。比起倒在地上的吾良，骨子堂的中瀨似乎更在意堂內的古董，視線情不自禁地在周圍轉個不停，隔著在客廳時並未戴上的金邊眼鏡，以鑑價的眼神打量那些古董。寅勇的反應則是和古董店老闆完全相反，眼睛一眨也不眨地盯著吾良不放。

言耶無聲無息地走近。

「啊，老師。」

「祖父江小姐，妳已經冷靜下來了嗎？」

言耶先關心她的情緒，再向幹侍郎傳達醫生馬上就到。

雖然差別微乎其微，不過現場的氣氛總算沒那麼緊繃了。儘管如此，瀰漫在堂內的空氣依舊沉重得令人喘不過氣，就像瀰漫著一股肉眼看不見的烏煙瘴氣，有如揮之不去的黑霧。

吾良倒在卍堂裡。

從這個狀況可以合理猜測，可能是有人正要偷走魔偶的時候被吾良撞見，兩人展開扭打，最後吾良遭犯人打暈。

正因為這個猜測的真實性太高了，所有人都懷疑犯人就在堂內，所以沒有人敢開口說話……以上是言耶的推理。

過了一會兒，阿里帶著姓坐間的醫生趕來，現場緊繃的氣氛又稍微緩和了點。但阿里看起來非常擔心的樣子。

坐間為吾良診斷後便說道：「頭部撞到什麼東西，或是被什麼東西毆打，引發了腦震盪。」幹侍郎心急如焚地問：「有生命危險嗎？」坐間只是反覆叮嚀：「沒有，應該很快就會醒來了，不過在那之前千萬不要移動他。」然而，他又一臉不知所措地說：「但也不能一直讓他躺在卍堂的地板上。」

幹侍郎與醫生討論後的結果，是叫阿里去吩咐庭師準備長方形的門板，小心翼翼地把吾良放在門板上，抬回主屋。

庭師帶來的門板幾乎與他的長高差不多長。在坐間的指示下，小間井和庭師抬起吾良，讓他平躺在門板上，接著由小間井抬起頭那一邊、庭師抬起腳那一邊，開始搬運吾良。結果立刻碰到一個大問題，因為走道中間有個「く」字形的轉角，無法讓上頭躺著人的門板轉過去。

實在是無計可施了，只好放下吾良，由小間井和庭師抱著他前進。過程中，幹侍郎始終憂心忡忡地守在一旁。這點就連站在稍遠處的言耶也看得出來。

問題是言耶為何要站在稍遠處呢？

因為即使開始搬運吾良，還是有一個人絲毫不打算離開卍堂，那就是骨子堂的中瀨。寅勇反而一馬當先地陪在吾良身邊，還因為擋住狹窄的走道，被幹侍郎罵了一頓。因此他雖然晚一步離開卍堂，卻也還算合理，但中瀨則不然。

「祖父江小姐，我們走吧。」

言耶等扛著吾良的小間井和庭師，還有幹侍郎的身影消失在走道的轉角後，對還在微微發抖的責任編輯說道。

寅勇也立刻跟上他們，唯有中瀨文風不動。

「骨子堂老闆，怎麼了？我們要出去囉。」

言耶回頭對中瀨喊著，中瀨不小心露出嫌他多管閒事的表情，隨即又堆出應酬式的笑容回答：「我馬上來。」

話是這麼說，卻還是杵在原地不動，而且他只瞥了言耶一眼，視線依舊在堂內轉來轉去。

寅勇的背影早已消失在走道的轉角處，看不見了。但中瀨還留在堂內，言耶二人組則留在比較短的走廊上，感覺非常不自然。

「老師……」

「振、振作一點，祖父江小姐。」

言耶停下腳步，穩穩地接住軟綿綿地靠向自己的身體，雙眼始終緊盯著古董店老闆。

中瀨的視線回到他們身上後，大大地嘆了一口氣，才不情不願地邁開腳步。儘管如此，離開堂內之前與進入比較短的走廊後，他都曾經停下腳步好幾次，東張西望，言耶每次都得陪他停下腳步。

「喂，你們在做什麼？」

小間井探頭進來。大概是因為只有他們三個沒回到主屋，所以來一探究竟。不過看到他們的樣子，立刻就明白是怎麼回事。

「寶龜先生希望各位去剛才的客廳。」

小間井轉告幹侍郎的交代時，雙眼明顯只看著中瀨。

四人離開卍堂，回到方才的客廳，幹侍郎和寅勇正等著他們回去，但舅甥皆沉默不語，客廳瀰漫著尷尬的氣氛。

「這個時候還提出這種要求真過意不去，有沒有地方可以讓祖父江小姐休息一下呢？」

言耶說道，幹侍郎立刻召來阿里，要阿里在隔壁的小房間鋪上棉被讓她休息。言耶等人則回到原本的客廳。

等所有人坐定，幹侍郎不急不徐地轉述醫生的診斷：

「坐間醫生說，吾良應該沒有生命危險，只是恐怕要等到晚上才會醒來。而且就算醒來，可能也會喪失一部分的記憶。」

這時，言耶迅速地觀察所有人的反應，每個人的表情都很凝重，並沒有特別的變化。

「阿里會守在旁邊，所以不用擔心。吾良跟她很親，阿里一定能照顧好他。等吾良恢復意識，就能知道卍堂裡到底發生了什麼事。只是應該要花上一段時間，可能要請各位暫時留在這裡，直到他清醒過來。」

幹侍郎的要求令眾人大吃一驚，尤其以言耶和小間井的反應最大。相較於不置一詞的言耶，小間井立刻以質問的語氣說：

「寶龜先生，你不打算報警嗎？」

幹侍郎臉上掛著這有什麼不可以的表情，慢慢點頭。

「說不定只是意外。」

「那要經過調查才知道——」

「幸好吾良平安無事，我不想再生風波。」

「可是——」

小間井不願放棄，幹侍郎也用一副沒事的態度安撫他。

「但我也沒打算就這麼算了。如果吾良是在卍堂遭人襲擊，我也想給予犯人應有的懲罰。」

「請問一下……」

言耶舉起一隻手，中規中矩地要求發言。

「請教一個失禮的問題。您不想再生風波，是擔心萬一鬧上警局，世人就會知道魔偶的存在嗎？」

在眾人一片嘩然的情況下，唯有幹侍郎泰然自若。

「當然也有這個原因。」

「怎麼可以因為這樣就不報警——」

小間井還沒說完，幹侍郎就以一句話輕描淡寫地堵住他的嘴巴：

「這也是考慮到刑警大人的立場。」

小間井接獲色物團的情報，造訪寶龜家。明明他這個刑警也在場，仍然發生疑似殺人未遂的案件。這種狀況肯定會讓他的立場非常為難。

「您剛才說想給予犯人應有的懲罰。」

言耶追問，幹侍郎點點頭。

於是言耶緊接著又問：「為此也應該報警不是嗎？」

幹侍郎猛搖頭，語出驚人地說：

「與其報警，我寧願請小間井刑警和刀城老師擔任這個案子的偵探。」

「這太亂來了。」

「您、您說什麼……」

小間井和言耶都大力反對，但幹侍郎的態度和遣詞用字雖然謙恭有禮，卻頑固地怎麼說也說不聽。

「我們根本不用模仿偵探辦案，等吾良醒來，馬上就能知道犯人是誰了，不是嗎？」

言耶委婉地建議。

「吾良要到晚上才會醒來，我實在不好意思要各位待到那個時候。」

「……你是指除非搞清楚犯人是誰，否則不讓我們回家嗎？」

幹侍郎不假思索地回答中瀨的問題。

「沒錯。而且就算報警，警方恐怕也會提出相同的要求。」

「明明所有人的身分都一清二楚，真是太失禮了——」

小間井一臉正色地對正要抗議的骨子堂老闆說道：

「不，確實有逃亡之虞也說不定。」

「不過要逃走也不是這麼容易的事。」

幹侍郎刻不容緩地立刻補上一句，在客廳裡引起一陣騷動。

「怎、怎麼說？」

言耶問道，寶龜家的當家面不改色地說：

「我已經吩咐寒舍一個體格壯碩的廚師守在門口。當著警察大人的面真是難以啟齒，他不光是做得一手好菜，以前也做了一些壞事，打起架來還沒有輸過，所以犯人基本上是插翅也難飛。」

「這也太不講理了……」

中瀨抗議，寅勇好像也想附和，但終究什麼也沒說。

「這個家裡除了寶龜幹侍郎先生和吾良先生以外，只有為我們帶路的阿里女士和剛才那位庭師，以及此刻正守在門口的廚師等三人對吧。」

言耶再次確認。

「說得也是，只要有偵探小說作家老師的協助，或許能在吾良先生恢復意識前就解決問題也說不定。」

看到幹侍郎對於言耶的確認一臉狐疑地點了點頭，小間井突然改變主意。

「等一下，刑警先生……」

無視於下意識表達不滿的中瀨，小間井接著說：

「目前這個家裡的人很少，只要搞清楚誰在什麼時候去過卍堂，或許就能破案了。既然無論如何都必須向相關人員問話，那由我們來問也未嘗不可。」

「正是如此。」

只有幹侍郎極力贊成，但也沒有其他人敢反對小間井刑警的意見。

言耶還是認為應該要報警，但也覺得再這樣僵持下去不是辦法。正當他半放棄地心想既然如此，為了讓事情快點落幕，或許只能與小間井一起辦案的時候。

「那麼事不宜遲。」

大概是察覺到言耶的心境變化，小間井突然開始問案了。

「先釐清寶龜先生和老師聊得渾然忘我的時候，是誰、在什麼時候、以什麼順序離開這個房間。」

「第一個是我吧。」

剛才的態度就像騙人的一樣，中瀨看著刑警回答。大概是想法有所轉變，決定盡量協助調查，這樣一來才能早點離開吧。

「打從那個作家開始發表高見，我就一直在看時間，確定當時是四點六分沒錯。」

「你確實是第一個。」

小間井表示同意，寅勇立刻接著說：

「再來是我，大約是骨子堂老闆走出去的三分鐘以後吧。」

「我想請教二位——」

言耶輪流看著他們。

「二位離席是因為想獨自參觀卍堂嗎？」

「是因為你的長篇大論沒完沒了。」

沒想到中瀨非常不客氣地回嘴。

「我也是，不過——」

寅勇的狀況好像有點不太一樣。

「因為骨子堂老闆出去後就沒再回來，我猜他肯定是去卍堂了，心想既然如此，不如我也……」

換句話說，他好像不希望中瀨比他先找到魔偶。

「第三個是我。」

小間井說道。

「時間是寅勇先生離開房間的兩分鐘後。」

接著刑警看向言耶。

「在我之後是誰？」

被這麼一問，言耶一時語塞，完全答不上來。

「吾良先生和祖父江小姐，誰先誰後呢？」

他改向幹侍郎確認，但這位寶龜家當家也毫無頭緒。

「呃，好像是祖父江編輯先出去的樣子……」

「吾良先生好像比她更早離席……」

兩人都回答得支支吾吾，令其他三人目瞪口呆。

「哎呀，因為老師說的事情實在很有趣，不小心就聽得入迷了……」

「哪兒的話，是您太善於傾聽了，我也不禁熱衷起來……」

居然還互相吹捧，其他人都快要聽不下去了。

「這麼靠不住的作家真能勝任偵探的重責大任嗎？」

中瀨很懷疑，寅勇也大表贊同。

「別看他這樣，他可是個名偵探呢。」

小間井趕緊替言耶護航，但也沒忘記轉頭給言耶一記回馬槍。

「話說回來，老師，不先搞清楚相關人士的行動，我會很困擾的。」

「就、就算你這麼說……我只記得聊到一半的時候，阿里女士拿了新泡的茶過來……」

「當時還沒有人離開座位。」

「誰想得到後來會發生這種事——」

「說得也是。就算預測得到，講怪談講得口沫橫飛的老師肯定也對進進出出的人視而不見。」小間井直指重點。

「有道理。」只有幹侍郎莞爾一笑，另外兩人都露出「這種人也能當偵探嗎」的表情。

「呃……我去問一下祖父江小姐。」

言耶匆忙離開客廳，走向她休息的房間。

「祖父江小姐，妳醒著嗎？」

言耶躡手躡腳地走進房間，端坐在被子旁邊，小聲呼喚。她緩緩地睜開雙眼。

「啊，老師……我好像睡了很久。」

「感覺如何？有沒有好一點？」

「……有。我已經沒事了。」

她回答後便坐了起來，就在被褥掀開的同時，露出了只穿著內衣的身體，把言耶嚇了一大跳。看來是阿里讓她躺下休息的時候，順道換下了衣服。那件時髦的窄裙連身洋裝就掛在房間角落的衣架上。換作平常，言耶或許不會忽略這種小細節，但這時候還要求他這麼細心可就太強人所難了。

言耶當場彈起身子，靈活地轉了一百八十度，以背對她的姿勢著地。

「哇！老師真是好身手。」

背後傳來了掌聲，言耶反射性地朝空無一人的前方行了個禮。

「可、可以請妳穿上衣服嗎？」

背後傳來布料摩擦的聲音，言耶一邊驅散差點因此產生的想入非非念頭、一邊向她說明客廳那邊正在進行的問案內容。

「所以第四個離開房間的是誰呢？」

「唉……」身後響起一聲輕嘆。「老師果然完全沒注意到我當時給您的暗示。」

「咦，什麼暗示？」

「我先去卍堂——我不是用手勢告訴您了嗎？而且老師還對我點點頭，表示您已經知道了。」

言耶一點印象也沒有，但這時如果承認，語題可能又會岔開，所以就順著她的話問道：

「妳是在小間井刑警走出房間的多久以後起身離開的？」

「我想想……」

幸好她沒再提及暗示的問題，開始回想時間。

「大概是一分鐘以後吧。」

「很快嘛。」

言耶老實地說出心中所想。

「因為那三位都自己跑去卍堂看魔偶了，老師還悠哉遊哉地賣弄怪談，講了半天都沒有要結束話題的意思，我實在受不了了。」

自己沒事幹麼要捅馬蜂窩。

「然後才是吾良先生……」

「至於他是什麼時候離開房間的，只有老師和寶龜先生才知道——」

說到這裡，她已經換好衣服了。

「可是兩位完全沒有印象，所以才來問我對吧？」

接著端坐在言耶旁邊，換上十分嚴肅的表情和語氣。

「話說回來，老師，您有信心能解決這個案子嗎？」

「欸欸，當然沒有啊。」

言耶斬釘截鐵地否認後，她一臉困惑地看向這邊，飽受衝擊似地吐出一句話。

「可是就算想要逃走……」

「倒也不是不行。」

言耶以略顯遲疑的口吻表示贊成。

「您在說什麼呀。」

「逃走」這個字眼明明是她自己提起的，這下卻又苦口婆心地勸言耶：

「這樣豈不是有損老師身為名偵探的聲名嗎！」

「那個啊，我說過好幾遍了，我並不是偵探……」

「這下子只能抱定破釜沉舟的決心，回去面對大家了。」

言耶在一陣催促下回到客廳。

五

言耶回到客廳，與小間井繼續問案，並在隨身攜帶的筆記本裡記下相關人員的行動，如下所示。

四點零六分　骨子堂老闆中瀨離開客廳，從玄武口（北側）進入卍堂。

四點零九分前後　寶龜寅勇離開客廳，從白虎口（西側）進入卍堂。

四點十一分前後　小間井刑警離開客廳，從青龍口（東側）進入卍堂。
四點十二分前後　祖父江偲離開客廳，從朱雀口（南側）進入卍堂。
？　　　　　　　吾良離開客廳，進入卍堂。但不確定是從哪裡進去。

言耶讀了一遍，向四個人確認有沒有錯誤。
「由此可知，你們剛好分別從四個入口進入卍堂，這真的只是巧合嗎？」
小間井聽到言耶的質疑，轉頭詢問骨子堂老闆：
「中瀨先生，從這裡走到外走廊那邊後，明明是朱雀口最近，你卻從最遠的玄武口進入卍堂，這是為什麼？」
「因為我想快點看到魔偶啊。」
中瀨回答，臉上浮現睥睨一切的笑容。
「這是什麼意思？」
言耶問道，中瀨得意洋洋地說：
「魔偶跟普通的古董不一樣，是非常棘手的物品。可是也正因為如此，收藏家才趨之若鶩。我猜寶龜先生也是相同的心情。不過從他的古董品氣流說和卍堂扮演的角色來判斷，我不認為他會把魔偶跟其他重要的古董放在一起。」

「你的意思是說，要是把魔偶展示在卍堂正中央的堂內，魔偶的氣恐怕會流竄到寶龜家的每一個角落吧。如果是普通的收藏品當然無所謂，但唯有魔偶不能這樣放。」

「哦，不愧是寫書的老師。」

中瀨直率地表示佩服。

「所以骨子堂老闆認為魔偶不在堂內。到這裡我能理解，但你為什麼會選玄武口？」

「魔偶無疑是件很棘手的東西，但是對寶龜先生而言，認為魔偶遠比其他古董更有價值也是不爭的事實。換言之，寶龜先生內心雖然想把魔偶擺在堂內，卻又不敢這麼做。這麼一來，其次可以想到的陳列場所候補就只剩下實際陳列著寶龜先生心愛收藏品的玄武口走道了。」

「是這樣的嗎？」

言耶對幹侍郎投以徵詢的眼神。

「除了這次，骨子堂老闆只來過卍堂兩次對吧？」

寶龜家當家一臉驚訝地望向中瀨。

「是的。去了兩次還無法看完所有的收藏品——」

「沒想到居然能看穿玄武口走道的奧妙，真不愧是專家啊。」

「感謝您的謬讚。我也知道寶龜先生為何要把次一級的收藏品陳列在那條走道上。」

中瀨一直對寶龜家的當家幹侍郎表現出畢恭畢敬的態度，這時卻不經意流露出傲慢的神色。

「那你倒是說說看，原因是什麼？」

幹侍郎本人並不在意，只是單純感到好奇。

「您的名字有個吉利的『龜』字，玄武也帶有龜的意象不是嗎。」

「原來如此，我倒是沒有意識到這一點。」

「只是有件事令我難以理解……」

中瀨難得欲言又止，幹侍郎臉上雖掛著心知肚明的表情，卻還是請他繼續。

「什麼事？儘管說，別客氣。」

「那就請容我僭越了……玄武口的走道上確實擺放著非常出色的收藏品，這點無庸置疑。但是在那些作品之間，也有一些不太適合和它們放在一起的東西，這麼一來又剛好製造出抑揚頓挫的感覺，所以我覺得很不可思議。」

「這是為了平衡。」

幹侍郎回答得理所當然，但是除了中瀨以外，其他人都不懂他之所以會這麼做的用意。

「經典的古董多半都被強大的氣給籠罩，如果全部集中在玄武口，可能會破壞卍堂的氣流平衡。為了稍加調整，才刻意放上幾件幾乎沒有氣的作品。」

「原來如此，受教了。」

中瀨謙遜有禮地低頭表示欽佩。

「不瞞您說，我還有一個不明瞭的地方，那就是魔偶好像不在玄武口的走道上……」

中瀨以窺探的眼神觀察幹侍郎，不過當事人卻佯裝不知。

「或許只是我沒留意到，但是最令我費解的是，左看右看都沒看到可能收藏魔偶的盒子或櫃子。根據您的古董品氣流說，光是陳列在走道上，古董的氣就會流向主屋，不是嗎？不是往四面八方散開，而是流往同一個方向……」

中瀨說到一半，貌似倒抽了一口涼氣似地閉上嘴，然後突然咧嘴一笑。從這抹笑容可以看出他終於明白出事以前，自己向幹侍郎詢問該如何配置魔偶時所提起的那句「難不成卍堂有什麼機關嗎？」，背後所隱藏的意涵了。

「這種事請你們待會兒再討論吧。」

經小間井提醒，言耶便向寅勇詢問。

「你選擇白虎口也是基於相同的理由嗎？」

「欸……被發現啦。」

寅勇有些吃驚地睜圓了雙眼。

「因為你的名字和白虎口都有個『とら』[7]。」

「……沒錯，就是這麼回事。」

⑦ 寅為十二地支之一，對應的動物為虎，日文讀音皆為「とら」（tora）。

「這也是一種碰運氣呢。」

見寅勇無言頷首，言耶改問臉上浮現出苦笑的小間井：

「小間井刑警又是為什麼選擇從青龍口進去呢？」

「一開始我想走最近的朱雀口，目光掃過青龍口和白虎口的走道時，看見有道人影倒映在白虎口走道的採光用窗戶上。我走過去看，順便也瞄了一眼玄武口的走道，果然又看到人影，我不得不順時鐘繞著卍堂走，結果自然而然選了下一個出現的青龍口。」

言耶雖然沒有十足把握，但小間井為了確認中瀨與寅勇的樣子，才靠近兩條走道，這應該八九不離十。說穿了其實是刑警懷疑他們莫不是想利用這個天賜良機偷走古董。

「原來如此，原來刑警先生擔心我們沒安好心眼啊。」

「咦……」

中瀨似乎一下子就意會過來了，至於寅勇還在狀況外。

「那麼祖父江小姐呢？」

言耶趕在兩人向小間井興師問罪前把話題丟給她，後者一臉困惑地說：

「我離開客廳後想走到中庭那邊，先到了外走廊，然後就看見卍堂了。因為沓脫石上擺了拖鞋，我就借來穿了，然後就從離我最近的走道……」

「就是朱雀口。我和寶龜先生也是從那裡進去的。換句話說，四個人分別從四條走道進去真的只是偶然。」

言耶再次確認，小間井微微頷首。

「接著是每個人進入走道後的行動。中瀨先生，請問你都做了什麼？」

「一開始當然是先找魔偶啊。可是找著找著，就被其他古董給吸引住了……因為就算不比魔偶，玄武口的走道上仍擺滿了寶龜先生的珍貴收藏，令人眼花撩亂，害我忍不住露出了生意人的本性。」

「這麼一來，得花很多時間才能走到轉角呢。」

「聽到那位小姑娘淒厲的尖叫聲時，我都還沒走到轉角。」

「堂內有爭執的聲音嗎？」

「事到如今再回想，好像有那種感覺……可是基於生意人的本性，我一旦走進像卍堂這種地方，就會忘了自己是誰。」

「你是聽到她的尖叫聲才衝進堂內嗎？」

「是啊。結果發現吾良倒在玻璃櫃的另一邊，刑警先生站在旁邊，而編輯小姐就站在朱雀口的走道上……大概是這樣的情況。」

小間井接著望向寅勇。

「你呢？」

「我也跟骨子堂老闆差不多……」
「有聽見堂內的聲音嗎？」
「只聽到一點點。」
「當時你人在哪裡？」
「我在轉角前，結果聽到嚇死人的尖叫聲……雖然很害怕，不過我還是走過去看看，結果就像骨子堂老闆說的那樣。」
「小間井刑警呢？」
言耶催促著。
「我對魔偶當然也很感興趣，但是沒有他們那麼狂熱，所以只是慢慢地在走道上前進。然後，一開始先聽見堂內傳來『咚！』的一聲，然後又覺得前面好像有什麼東西『啪噠』一聲倒下。在我加快腳步往前走的時候，就聽到她驚天動地的尖叫聲。於是我用跑的轉過走道轉角，衝進堂內時，就發現吾良倒在坐鎮在正中央的玻璃櫃旁邊。」
「當時其他三個人各自站在什麼地方？」
「祖父江小姐一臉茫然地站在朱雀口走道稍微進去一點的地方。這也怪不得她，因為吾良幾乎是正面朝上地倒在地上。我先看到吾良和她，過了一會兒，中瀨先生才從玄武口走道現身，寅勇先生則是在他之後。」

「祖父江小姐呢？」

言耶語氣和緩地問道，本人也意外地打起精神回答：

「我在走道上前進的感覺和刑警先生差不多，但移動的速度應該比他快一點。因為我雖然忍不住停下腳步來仔細端詳鳳凰的掛軸，還是比他先抵達堂內前方。」

「有聽見堂內的聲音嗎？」

「就在我進入掛著掛軸的小房間觀賞時……就像刑警先生所說的，確實聽見兩種聲音。」

「然後呢？」

「我想知道發生什麼事，就走出小房間，結果……」

「發現吾良先生倒在地上？」

「走出小房間時，確實馬上發現好像有什麼倒在地上，但不確定是吾良先生……不對，我甚至不曉得倒在地上的是人……只想著那是什麼啊……靠近一看才發現是吾良先生，然後就忍不住尖叫起來了……」

她用雙手捧著自己的臉頰說：

「聽了各位的形容，我好像叫得非常淒厲……」

「這也不能怪妳。」

言耶出言安慰，接著繼續往下問。

「祖父江小姐進入堂內時——」

「等等，我並沒有踏進去……」

「既然如此，當妳從朱雀口走道那邊看出去時，完全看不到左右兩邊的白虎口和青龍口是什麼狀況吧？」

言耶的語氣難掩遺憾，只見她充滿歉意地回答：

「是的。就連對面的玄武口也因為被玻璃櫃擋住的關係，看不太清楚，我也沒餘力注意那邊……」

「這也是沒辦法的事。」

言耶再次出言安慰。

「最後是吾良先生，他雖然離開客廳，卻不知道他是從哪條走道進入堂內的。」

「他之所以會去卍堂，也是擔心魔偶被偷吧？」

對於小間井的問題，幹侍郎一臉心痛地說：

「吾良雖然理解我的古董品氣流說……但是從以前就很擔心卍堂門戶大開的狀態。」

「本來就已經夠擔心了，寶龜先生還跟來路不明的作家聊得渾然忘我，讓客人一個又一個離開客廳，擅自前往卍堂。再怎樣也太不小心了，所以他也跟著前往卍堂。當他走到中庭時，或許也跟我一樣，從採光用的窗戶觀察四條走道，然後走進其中一條。大概是這樣吧。」

聽完刑警的彙整，言耶的腦海中浮現出一個解釋——犯人很可能就是吾良當時進入那條走道裡的人，因為走道相當狹窄，如果有人走在前面，基本上不太可能趁對方不注意時就繞到前面。不過他沒有說出口，因為根本輪不到他開口，在場的所有人都已察覺到這一點，客廳裡靜得連一根針掉地上的聲響都聽得見。

沉默持續了好一會兒，小間井突然就要言耶開始推理。

「根據聽到這裡的證詞，你有什麼看法？」

「在說出我的看法之前，可以先請寶龜先生帶我參觀卍堂內部嗎——」

言耶邊說邊望向刑警和幹侍郎。

「原來如此。」

「隨時都可以。」

得到兩人的首肯了，但現在的問題是哪些人要跟著一起前往卍堂。

「小間井刑警也要一起去吧？」

「這不是廢話嗎。」

小間井一臉不耐煩地頂回來。

「我、我也要去。」

「祖父江小姐也要？」

言耶感到意外，但也後知後覺地反應過來，若自己和刑警、幹侍郎都跑去卍堂了，這個客廳就只剩下她、中瀨和寅勇三個人，所以她才說要一起去吧。

這真是傷腦筋。

因為如果讓她同行，就無從得知中瀨和寅勇在他們離開的時候做了些什麼。正當言耶不知該如何是好時，小間井機警地掌握住狀況，做出決定。

「去的人太多也不太好。這樣好了，我陪她留下，老師和寶龜先生去就好。」

言耶與幹侍郎離開客廳，和剛才一樣穿過相同的走廊和房間，走到中庭，沓脫石也跟方才一模一樣，因此朱雀口走道果然是離他們最近的出入口。

「要從別條走道進去嗎？」

幹侍郎貼心地詢問言耶。

「沒關係，跟剛才一樣就好了。」

言耶直接選擇了朱雀口走道。

「關於四條走道的陳列有什麼特徵嗎？像是依照古董的種類分門別類擺放之類的。」

言耶看也不看左右兩邊的玻璃櫃一眼，開始提出疑問。

「這倒沒有。就像骨子堂老闆所說的，玄武口走道那邊確實有很多我心愛的收藏品，但是就像我提過的，因為要取得平衡，其中也擺了很多沒什麼價值的東西。」

「也就是說，無法從四條走道的陳列方式來推測魔偶放在什麼地方呢。」

幹侍郎志得意滿地點頭稱是。

「對了，進入卍堂次數最多的人，除了您自己以外，就是外甥寅勇先生吧？」

沒想到這個問題卻讓幹侍郎的臉色突然沉了下來。

談話的過程中，兩人已經轉過走道的轉角——裝飾著鳳凰掛軸的小房間——也經過短邊走道，轉眼間便抵達堂內。

「寅勇是我妹妹的孩子，我跟她的感情從小就不太好，現在幾乎處於斷絕來往的狀態……」

「可是您和寅勇先生看起來倒還好。」

幹侍郎原本就已經不太好看的臉色更難看了。

「他只是他母親的傀儡。因為我沒有娶妻生子，遺產將歸我妹妹所有。可是我們兄妹感情不好，所以她擔心我會不會留下遺囑，偷偷把財產捐出去。尤其是吾良來到我家後，她更是整天提心弔膽，怕我收吾良為養子。不怕告訴你，這個可能性確實很大。所以寅勇拚命想討我歡心。唉，真是家醜不可外揚。」

「不好意思，問得太深入了……」

言耶表示歉意，但也總算明白為什麼寅勇會直勾勾地盯著倒在地上的吾良看了。

「需要我簡單介紹一下堂內嗎？」

幹侍郎主動提議，言耶禮貌地婉謝。

「我想先檢查一下四條走道，所以先去白虎口吧。」

順著短邊的走道往前走，走到轉角的小房間時，當裡頭的情景進入視野，言耶頓時全身緊繃。

因為那裡有一頭老虎。牠的前腳踩在一棵粗壯的樹上，幾乎呈現站立的姿勢。那當然是標本，但是看起來就像是正要爬到樹上一樣，魄力十足。要是小孩子看到的話，肯定會嚇得哭出來。

「如你所見，可惜只是普通的老虎。因為要弄到白虎的標本可不是件容易的事。」

幹侍郎面露苦笑，言耶順著他的反應繼續往下問：

「請問您與骨子堂老闆是什麼樣的交情呢？」

「大約兩個月前吧，他帶了一封我常造訪的古董店老闆所寫的介紹函來訪，於是我就帶他參觀了卍堂。」

「當時您已經得到魔偶了嗎？」

對於言耶的問題，幹侍郎微微一笑。

「對，當時我已經入手了，可是我並沒有告訴骨子堂老闆。」

「對方也不知道嗎？」

「看上去是不知道。後來又過了一個月，他來找我談生意，那時我跟他買了兩、三個古董。

然後就是這次，這次他的目的就是魔偶。」

「骨子堂老闆想買下魔偶嗎？」

「我們還沒有討論到這個部分，不過對方也是生意人，不可能完全沒興趣吧。」

關於骨子堂老闆對怪想舍財務部的原口提起魔偶的這件事，幹侍郎想必也不知情。言耶有些猶豫，但還是決定告訴他。

「哦，是這樣啊。」

所幸幹侍郎並未動怒，不如說反而覺得很有趣的樣子。不過，他倒是義正辭嚴地否認最近想要出讓魔偶的傳聞。

「最近除了魔偶之外，您的收藏品裡還有什麼讓人無論如何都想得到的珍藏嗎？」

「都是些價值連城的東西，所以我只能用『有』來回答你這個問題，可是如果你是指足以和魔偶相提並論的東西，那就完全沒有了。」

兩人從白虎口走到中庭，再從玄武口進入堂內，然後又從青龍口回到中庭，接著從最初的朱雀口進入堂內。

玄武口的小房間有座巨大的水槽，裡頭飼養了烏龜。裡面分成底部鋪滿細沙與石頭的水邊，以及由堅硬的土壤構成的陸地，看上去是個非常舒適的空間，但是對烏龜而言，想必是非常侷促的世界吧。另一方面，青龍口那邊的小房間有隻身體可以伸縮自如的龍，看起來像是華人圈傳統的舞龍。

雖然提倡古董品氣流說，對於四神相應卻意外地隨便呢——這是言耶參觀完四個小房間後的真實感想。也重新體會到比起四神相應，卍堂奇妙的構造恐怕扮演著更重要的角色。

「關於剛才骨子堂老闆所說的那件事——」

「你是指他認為為了抑制魔偶帶來的影響，所以在這個卍堂裡設有什麼機關嗎？」

這時，兩人站到了坐鎮在堂內中央的正四方體玻璃櫃旁。

「考慮到魔偶的特性，不可能放在堂內展示。因此骨子堂老闆推測魔偶應該是陳列在擺滿寶龜先生第二重視品項的玄武口走道，可是非但沒找到類似魔偶的東西，也沒發現任何機關，所以覺得難以理解。」

「從他剛才的樣子來看，似乎已經發現箇中玄機了。」

「會不會是那個有老虎標本的小房間呢——之類的。骨子堂老闆恐怕是這麼判斷的吧。」

「哦，這話怎麼說？」

幹侍郎的反應十分鎮定，反而一臉想知道原因的模樣。

「每個古董所擁有的氣會從堂內流經走道，再從中庭傳到主屋。這時氣也會流入那個小房間也說不定，但是會不會無法從小房間流出去——骨子堂老闆肯定是這麼想的。」

「這個觀點真有意思。」

幹侍郎真的是純粹感到有趣。

「那老師又是怎麼想的呢？」

所以也詢問言耶的看法。

「現在我想先處理吾良先生遇襲的事。」

聽到言耶的回答，幹侍郎露出羞愧的表情。

「讓你見笑了，明明是我拜託老師和刑警先生來解決這件事的。」

「別這麼說，畢竟吾良先生和卍堂對您而言都非常重要。」

言耶表現出不以為意的樣子。

「您不覺得只有這部分的顏色和別的地方不一樣嗎？」

言耶指著組成玻璃櫃的四根柱子其中之一。那根柱子的位置正好落在白虎口的正前方。

「啊，真的耶……以前沒有這種暗沉的顏色，難不成吾良是在這裡撞到頭？」

「有必要請教一下小間井刑警的意見，不過從吾良先生倒下的地方、當時身體的位置來看，我認為可能性很大。」

「如果這是事實，那到底是……」

言耶低頭觀察周圍的地板。

「既然到處都沒有容易打滑的地方，或許應該視為吾良先生和犯人扭打後，頭部撞到了這根柱子會比較合理。」

「也就是說，不是蓄意殺人……」

「很難證明犯人到底有沒有殺意。」

「犯人在尋找魔偶時被吾良撞見，所以才發生爭執……」

「從各個情況來看，這個方向應該八九不離十。」

「那孩子瘦瘦小小的，確實能躡手躡腳、不發出任何聲音地靠近犯人背後。」

「犯人注意到他，大吃一驚，當場和他扭打起來。聽起來很合邏輯。」

言耶由上到下仔細打量著眼前這個正四方體玻璃櫃。

「我剛剛才說要先處理吾良先生的事，所以現在問這個有點難以啟齒，但魔偶該不會就放在這裡吧？」

幹侍郎的眼神瞬間閃過銳利的光芒，遠比剛見面時盯著言耶等人的視線更為熾熱。

「老師的偵探才能貨真價實啊。」

「呃，才沒有這回事……」

「完全不需要謙虛。可是啊，你明知魔偶那些窮凶極惡的傳言、也聽過我的古董品氣流說，並精準地推理出骨子堂老闆的猜測，現在卻還能想到魔偶就擺在這裡，著實出乎我的意料之外，你是怎麼判斷的？」

於是言耶說出了自己對「真偶」存在的推理。

「我起初以為這裡只有魔偶，但是聽了您的古董品氣流說，我在卍堂參觀時開始產生您是不是已經得到真偶的想法。正因為如此，您才對展示魔偶具有絕對的自信。」

「我真的對老師佩服得五體投地了。」

幹侍郎以極為認真的表情向言耶恭敬地行了一禮。

「您在吾良先生倒在地上時似乎說了什麼話，那應該是您確定魔偶平安無事，才情不自禁地脫口而出。您雖然很擔心吾良先生的安危，但也反射性地關心魔偶，所以才會確定魔偶沒有被偷。如果這個推測成立的話，那魔偶應該就在眼前了吧。」

「跟我比起來，吾良或許和老師更談得來也說不定。」

「等他好起來，我也想跟他好好聊聊。」

「而且真偶這個名字也取得很好。」

相較於眉開眼笑的幹侍郎，言耶反而露出困惑的表情。

「我雖然說得有模有樣，但是這樣看下來，我還是不知道哪一個才是魔偶。」

因為眼前這個正四方體玻璃櫃，擺有八組兩兩成對的收藏品。其他七組想必是為了混淆視聽才故意放的煙霧彈。大概是因為卍堂是開放式的結構，才不得不設計一點機關。

「此外，聽說魔偶底部刻著奇妙的紋樣，這是真的嗎？」

「是真的。實在很詭異，與其說是奇特，給人的感覺更偏於異常。你想看嗎？」

如果是平常的言耶，一定會吵著要看吧。然而這時他卻難得猶豫了起來，就連他自己也不知道原因何在。

「……我想等吾良先生的事情告一段落再看。」

推託之詞下意識地脫口而出。聽起來毫無破綻，但言耶自己也很清楚，這句話只是想先度過眼下這個局面的藉口。

幹侍郎露出詫異的表情，但隨即表示「說得也是」，接受了這套說詞。

兩人回到客廳，言耶把他們在卍堂的所見所聞與對話一五一十地告訴其他人。提到真偶的話題時，在場的四人都難掩驚訝，尤其是骨子堂的中瀨和寅勇，看起來非常不甘心。

「現在我對看不看魔偶沒什麼興趣——」

小間井邊說邊站起來。

「但是有必要查查柱子上的痕跡。」

不愧是刑警，形色匆匆地走出客廳。

小間井暫離之際，中瀨說他無論如何都想看一眼魔偶，幹侍郎也答應待言耶和刑警解決這起案件後就會讓他看個過癮。

問題在於小間井過了很久才從卍堂回來。

「老師的判斷大概沒錯。」

不過他一回到客廳就乾脆地揭曉原因。

「我檢查完那根柱子後，發現坐間醫生還在這裡，於是便請他與我同行。結果醫生的見解也跟老師一樣，當然我也是這麼認為的。」

言耶點了點頭。

「吾良先生是最後離開客廳的人，而且他去卍堂的時候，四條走道剛好都有人在。走道的窗戶是固定窗，堂內的窗戶也全部從內側鎖上。換句話說，案發當時的卍堂是呈現一種密室狀態，這表示犯人就在你們四個人之中。」

六

「我也是嫌犯之一嗎？」

小間井的語氣裡帶著調侃的意味。

「我、我、我也是嗎……」

聽到如此悲壯的吶喊，言耶趕緊解釋：

「祖父江小姐，請冷靜一點。像這種情況，必須一視同仁地懷疑所有在場的人，無一例外。

而且我也必須像這樣按照順序思考，才能繼續推理下去。」

「……好、我知道了。」

雖然看起來不太服氣的樣子，但依舊表現出堅強的態度，令言耶鬆了一口氣。

「首先請容我整理一下各位在卍堂內都做了些什麼。」

言耶的視線落在筆記本上。

「最早離開客廳的是骨子堂老闆，再來是寅勇先生，兩者之間的時間相差三分鐘，所以應該會比其他人都先抵達堂內。」

「我都說了——」

中瀨氣沖沖地想要抗議，言耶舉起一隻手制止他。

「骨子堂老闆選的走道是離這裡最遠的玄武口，而且因為職業病使然，津津有味地欣賞陳列在左右兩邊的古董、看得入迷，一直在原地踏步、沒什麼前進這點，我認為可信度很高。」

「呃，你能理解就好……」

橫眉豎目的怒氣頓時從中瀨臉上消失殆盡，但也只是轉眼之間。

「只不過，中瀨先生這次拜訪寶龜家的原因才是最大的問題。」

言耶接著說出怪想舍財務部的原口那件事。

「我不認識那個人。」

中瀨面紅耳赤地矢口否認。

「就算你不記得原口，那我換個說法好了——你對某個顧客說過你對魔偶有興趣，但不想扯上關係，這種說法如何？」

「我才沒說過這種話。」

「也就是說，你對魔偶很感興趣嗎？」

怎麼說都是不打自招，中瀨一時半刻說不出話來。

「我來這裡只是想請寶龜先生讓我拜見一下魔偶，並沒有打魔偶的主意。」

中瀨惱羞成怒地反駁，至於言耶很清楚他說的是事實。

「對，關於這點並沒有問題。」

言耶暫時同意他的辯解，接著又說：

「可是明明對第三者說過自己不想跟魔偶扯上關係，卻又來寶龜家拜訪，這不是自相矛盾嗎？」

「所以我不是說了嗎，我沒說過那種話！」

中瀨憤慨地怒吼，氣得就要拂袖而去。

「別那麼激動，骨子堂老闆，請先坐下，聽老師把話說完嘛。」

主人幹侍郎出面緩頰，饒是中瀨也只能隱忍怒火不發，再次坐下。

「先前骨子堂老闆去過卍堂兩次，那兩次或許已經足以讓他大致掌握在哪些地方擺了哪些東西了，畢竟他是這方面的專家。因此實際上不用花太多時間，就能繼續前進。當他在堂內看到前兩次沒看過的雕像收藏品時，認為那就是魔偶的中瀨先生正想取出那個收藏品，吾良先生就來了。吾良先生之所以會選擇從玄武口進入，也是因為他從中庭看到走道上的骨子堂老闆。」

「你是說，吾良打從一開始就懷疑我了？」

「沒錯。」

眼看中瀨又要接著發起火來。

「接著是寅勇先生。」

但言耶沒有理會他，繼續往下說。

「你比骨子堂老闆晚三分鐘進入卍堂。也說自己在走道上的行動與中瀨先生大同小異。」

聽到自己的名字，寅勇的身體頓時僵住，默默點頭。

「既然如此，聽到祖父江小姐的慘叫聲時，骨子堂老闆都還沒走到轉角，你卻已經抵達轉角處。換言之，你花在走道上的時間比中瀨先生還短。這是為什麼？」

「就、就算你這麼問我……」

「而且你明明在走道的轉角前聽到祖父江小姐的慘叫聲，卻是最後一個出現在堂內的人，這又是為什麼？」

「哪、哪有為什麼……」

「你不是古董的專家，但還是能任意在這個家裡進進出出，卍堂當然也不例外。」

「可、可是我直到今天才知道魔偶的事，是骨子堂老闆來了，我才知道的……」

寅勇這句話也暗指舅舅甚至不讓自己這個外甥知道魔偶的存在，然而幹侍郎本人一點反應也沒有。

「也就是說，你的條件與骨子堂老闆幾無二致。」

「……才、才沒那回事。」

「而且吾良先生撞到頭的那根玻璃櫃柱子，就在白虎口那個方向。」

「……你、你這是欲加之罪，何患無辭。」

「假如吾良先生小心提防的對象其實是你……假如他從中庭看到你在白虎口，於是從白虎口進入走道——」

「之後可以想像到的發展就跟中瀨先生的狀況一樣嗎？」

小間井開口，寅勇拚命地搖起頭來，而言耶則是用力點頭。

「第三位是小間井刑警。」

「哦，輪到我啦。」

小間井的反應依舊很愉悅。

「刑警先生隔著走道的採光用窗戶看到寅勇先生，又看到骨子堂老闆，然後在卍堂的外圍繞了四分之三圈，最後從青龍口進去。至少從本人的證詞聽下來，以上的行為沒有任何不自然之處，」

「說不定我有說謊喔。」

小間井始終興高采烈地回答。

「如果你說謊，那麼選擇青龍口應該要有某種動機，可是我完全找不到你的動機。因為離這裡最近的是朱雀口，既然如此，你是因為看到寅勇先生和骨子堂老闆，才會在卍堂的外圍繞圈——這個說明還是讓人感覺很有可信度。」

「什麼嘛，我已經沒有嫌疑啦。」

言耶不給小間井的胡言亂語任何眼色。

「第四位是祖父江小姐……」

言耶一開口，她就露出鬧彆扭的表情。

「……老師好過分。」

「居然懷疑自己的責任編輯，你也真是鐵石心腸啊。」

小間井也見縫插針地跟著落井下石。言耶有點擔心他的性格是不是愈來愈像曲矢刑警了，不過還是保持不為所動的態度說下去：

「我認為她的行動在四個人當中算是最自然的。最後離開客廳、也從距離這裡最近的朱雀口進去。沒有古董相關的知識，所以並未在走道上停留，直接往堂內前進。因此，她是四個人當中——當然犯人除外——最早抵達堂內的人。」

言耶講到這裡，她總算不再鬧彆扭了。

「你該不會因為她是自己的責任編輯，才故意放水吧？」

中瀨立刻語帶譏嘲地說。

「不，我單純只是客觀地討論各位的行動罷了。」

言耶點到為止、輕描淡寫地回答，就繼續往下說。

「其次是動機。這次我們反過來，先從祖父江小姐開始。」

「好的，請說。」

現在又表現出積極的態度，真是現實呀。

「話說回來，我們之所以會來這裡打擾——」

言耶向大家交代他們造訪寶龜家的前因後果。

「就是如此。實在很難想像來府上叨擾的祖父江小姐會突然變成小偷。」

「但也不能排除被魔偶迷惑的可能性吧。」

中瀨插嘴。

「這、這倒也是。」

不料言耶居然表示贊同，這讓她痛心地大喊：

「老、老師，您怎麼可以同意他的說法！」

「不、不，因為是魔偶嘛，要迷惑眾生也是非常有可能的。」

眼看她又要開始鬧彆扭，言耶以要她稍安勿躁的表情說：

「不過，祖父江小姐不只沒有看到關鍵的魔偶，也完全不知道魔偶放在哪裡、長什麼樣，因此絕對不可能受到魔偶的迷惑。」

「……太好了。」

聽到那如釋重負的嘆息，言耶便繼續說明。

「接下來是小間井刑警，他是因為掌握到色物團的情報，才會跑這一趟來提醒龜寶先生。這種人搖身一變成為小偷，也實在很難讓人想像吧。」

「這世間也有毫無道德良知的警察啊。」

小間井瞪了酸言酸語的中瀨一眼，但面對言耶還是一副看好戲的態度。

「這也是來自善良國民的意見。」

「我謹記在心。第三位是寅勇先生，從動機面來看，他也跟剛才的兩位一樣沒有動機。」

「話不是這麼說吧。」

對小間井的毒舌評語或許只是玩笑話，但言耶這番話可讓中瀨聽不下去了。

「即使是今天初來乍到的作家、編輯和刑警，也能看出當家與外甥的關係並不好吧。既然如此，想趁機偷走舅舅珍藏的魔偶也沒什麼好不可思議的。」

口無遮攔地說完後，中瀨才自悔失言，於是趕緊向幹侍郎低頭道歉。

「呃，寶龜先生，很抱歉說了這麼失禮的……」

幹侍郎只是不可一世地收了收下巴，並沒有因此動怒。

另一方面，寅勇則是面紅耳赤地想向中瀨抗議，但是在中瀨滔滔不絕的攻擊下，似乎沒有插嘴的餘地。而且舅舅對此完全不表示，或許也讓他受到相當大的打擊，脹紅的臉轉瞬變得蒼白如紙。

「甥舅之間的關係確實家家有本難念的經——」

言耶也認同中瀨的意見。

「但就算是那樣，偷走魔偶也無法解決任何問題。一旦得知外甥就是犯人，關係只會雪上加霜。就算因為極具價值才想偷去賣掉，寅勇先生也不知道能賣給誰。如果要賣給古董商的話，骨子堂老闆無疑是最好的買家。」

「也有人會不管三七二十一，興高彩烈地買下喔。」

中瀨說得篤定。

「就算有，外行人也很難找到那種買家吧。」

被言耶這麼一問，中瀨只能心不甘、情不願地同意：「或許吧。」

「換句話說，寅勇先生也沒有動機嗎？」小間井向言耶確認。

「問題是……這也只能證明他沒有偷走魔偶的動機。」

言耶意味深長地回覆小間井的確認。

「什麼意思？」

「或許我們都搞錯卍堂事件的方向了，以為吾良先生是受到魔偶失竊未遂事件的波及，實際上並非如此。」

「什麼？」

「如果換成謀殺吾良先生未遂事件呢？寶龜先生無妻無子，留下的遺產就是極為誘人的動機。」

小間井的視線一下子從言耶跳到寅勇身上。不對，現場所有人的視線都正在凝視著寅勇。因此他的臉色愈發蒼白，白得嚇人。

「寅勇先生偶然在卍堂內碰到吾良先生，這時惡魔在他耳邊低語：『只要趁現在解決吾良，不就能讓人以為是想偷走魔偶的犯人幹的嗎？』自己並沒有偷走魔偶的動機，或許看在旁人眼中不是完全沒有，但肯定微乎其微，既然如此……不禁一時衝動犯下罪行。動手之後他想立刻逃走，可是如果只有自己離開卍堂，反而會啟人疑竇，所以便待在白虎口走道屏氣凝神地觀察狀況，直到聽見祖父江小姐的尖叫聲。可是如果馬上出去，也會讓人起疑，所以他又等了一會兒，等到有人從其他走道進入堂內，認為自己也可以出去了，才隨即跟上。基於這樣的前因後果，才會明明已經來到走道的轉角前，卻是最後才出現的人。」

「……我、我沒有。」

聽到寅勇從喉嚨裡硬擠出來的辯解，幹侍郎非常乾脆地搖頭。

「恕我直言，老師，這個推理並不正確。」

聽到這句話，最驚訝的莫過於寅勇本人也未可知。只見他傻傻地張大嘴巴，呆若木雞地看著舅舅。

「果然錯了呢。」

聽到言耶承認錯誤時，其他人的反應更驚訝了。

「喂喂喂，你竟然這麼輕易就推翻自己的推理嗎！」

「就是一個作家罷了，還自以為是地模仿偵探辦案，結果就是這樣了。」

「老師，您沒事吧？」

「咦……所以，我、我不是犯人對吧。」

只有幹侍郎一句話也沒說。

「可以請寶龜先生告訴大家您確信寅勇先生不是犯人的理由嗎？」

言耶鄭重地請求，幹侍郎露出有些困惑的表情。

「很遺憾……這麼說或許不太妥當，但我這外甥沒那個膽識。要是他有趕走吾良這個外人的勇氣，反而還比較好也說不定，不過說這個也沒用就是了。」

「我雖然提出寅勇先生是犯人的可能性，但內心也開始懷疑——他明明在最靠近堂內的地方，卻最後一個才現身，會不會其實是因為他性格膽小的關係。所以有幸得到寶龜先生身為舅舅的意見，真是幫了大忙。」

「我說你啊……」

小間井正要發難，言耶又若無其事地接下去：

「第四位是骨子堂老闆——」

結果被中瀨硬生生地打斷。

「我知道你想說什麼。」

「哦，那麼就請你自行說明。」

見言耶微微點頭致意，中瀨一臉啞巴吃黃蓮的表情說：

「因為我是古董商人，有門路可以賣掉魔偶，所以我有足夠的動機，犯人肯定是骨子堂的中瀨。你想這麼說，對吧？」

「你有什麼要反駁的嗎？」

「當然有。你應該也能理解，在我們這一行，信譽可比什麼都重要。要找到魔偶的買家或許很容易，我也有能用高價賣出的自信。可是啊，我還沒笨到明知花上一輩子建立起來的信譽會因此毀於一旦，還為了眼前的利益做出這種蠢事。」

「沒錯，你所言甚是。」

「……咦？」

中瀨發出錯愕的驚呼。

「你、你相信我說的話嗎？」

「對，你的每一句話我都相信。」

「是、是嗎。既然如此，就表示我也不是犯人——」

「本來是這樣沒錯。」

但言耶接下來的話卻完全堵住中瀨的嘴。

「可是，假如古董商的身分只是幌子呢？」

「那他的真實身分是？」

對於小間井的疑問，言耶回答：

「他是色物團的老大——大判先生。」

突然傳來猛吸一口氣的聲音，但是無法判斷是誰發出來的聲音。

「所謂的大判，大概是『大判小判⑧』的意思吧。從組織名稱來推測，想必他很喜歡金色。中瀨先生的和服花紋是用金線織成，眼鏡邊緣也鑲嵌著金色螺鈿⑨，嘴裡還有好幾顆金牙。」

「少、少胡說八道……」

中瀨氣得跳腳，卻又說不出一句像樣的反駁，只能像隻金魚似地張嘴闔嘴。

「你就是色物團的大判啊。」

小間井以銳利的眼神盯著中瀨。

「不過……」

可是一聽到言耶又開始喃喃低語，刑警的目光立刻暗淡下來。

「喂，老師，你該不會又要推翻自己的推理吧？」

「這個嘛，因為重新整理截至目前林林總總的推理，總會後知後覺地浮現出極為關鍵的問題……」

「什麼問題？」

小間井問完，突然慌張了起來。

「不，慢著，在那之前，先告訴我骨子堂的中瀨先生是不是真的就是色物團的大判。」

「是這樣嗎？」

言耶直接問本人，結果惹惱了中瀨：

「當然不是啊，別說蠢話了。」

只不過，他的語氣已經沒有方才那種憤怒的情緒，比較像是被言耶打敗了。

「好，那這件事就到此為止。所以呢，問題又是什麼？」

小間井催促他接著往下說，言耶鄭重其事地說道：

「吾良先生倒下來的地方。」

「不是那個玻璃櫃旁邊嗎？老師、我還有坐間醫生都認為他的頭撞到了櫃子的柱子，所以倒在那邊也誠屬自然吧。」

「那麼，吾良先生為什麼會和犯人在玻璃櫃旁扭打起來？」

「因為犯人在玻璃櫃那邊找魔偶啊。」

「既然如此，犯人又是怎麼知道他要找的魔偶就放在玻璃櫃裡呢？」

「這個嘛……」

小間井說到這裡，沉默下來。

「就連多次進出卍堂的寅勇先生和古董專家骨子堂老闆都沒有機會發現，更何況是今天第一

---

⑧日本古代的合金貨幣。如同其名，大判的外觀大於小判，兩者皆呈現金色、扁平、橢圓狀，上頭有條紋和紋樣。相對於市場流通的小判，大判主要用於贈與、賞賜等用途，其意義近似於現代的金條、金塊。

⑨將貝殼內側散發光澤的部分取下，鑲嵌於漆器或木製品等物的裝飾手法。

次造訪寶龜家的小間井刑警和祖父江小姐，應該更不可能知道才對。」

「那是當然。」

「可是犯人應該很清楚魔偶擺在哪裡吧，所以才會一進走道就心無旁騖地朝著堂內的玻璃櫃前進。根據四個人離開客廳的時間，以及各位在走道上的行動——從這兩點來分析，犯人幾乎沒花什麼時間在走道上東張西望，所以只能判斷出這種可能性。」

「稍等一下。」

小間井思索著。

「所以吾良才會懷疑犯人是不是要偷走魔偶嗎？」

「我認為他並不是百分之百確定，但他肯定也留意到那個人已經知道魔偶藏在什麼地方了。所以當吾良從採光用的窗戶看到那個人的瞬間，就跟在他背後，進入走道。」

「犯人是誰？」

言耶一臉嚴肅地回答小間井：

「就是你。」

七

客廳安靜得令人頭皮發麻，除了言耶以外，所有人的目光都望向小間井，但視線飄忽不定，一副盯得太露骨、就會發生倒楣事的不安神情。

「哦，那你倒是說說，我怎麼知道魔偶放在什麼地方？」

「因為刑警的身分。」

小間井沉默以對，言耶繼續說：

「你來這裡拜訪寶龜先生是為了提醒他色物團已經盯上魔偶了，請他提高警覺。」

「沒錯。」

「小間井刑警對我說過，你和寶龜先生商討過防範小偷的措施。但是為了討論具體的對策，必須知道魔偶放在哪裡、處於什麼樣的狀態。因此我便大膽猜測，寶龜先生是不是事先告訴過你魔偶放在什麼地方。」

「那吾良又是怎麼察覺我知道魔偶放在哪裡了？」

「二位在討論如何對付小偷時，訪客陸續上門，其中一位就是吾良先生。換言之，他可能在進入客廳前就聽到了二位的對話內容。」

「所以他在那個時候也知道了魔偶的所在位置嗎？」

「我在卍堂的正四方體玻璃櫃前向寶龜先生說明自己對於魔偶的見解時，寶龜先生曾經說過，我和吾良先生或許很談得來。那是不是指吾良先生的想法跟我一樣，據此猜出魔偶放在什麼地方呢？」

後半句是對幹侍郎的提問，他乾脆地點頭。

「老師果然是名偵探啊，觀察力非常敏銳。」

小間井讚美完言耶後又說：

「可是老師不也說過，我是因為得到色物團的情報，才會過來提醒寶龜先生要多加注意，而這種人不可能急轉直下變成小偷的嗎？」

「如果你真的是刑警，當然就不可能了。」

「所以我不是嗎？」

「骨子堂老闆說過，也有毫無道德的警官……」

「哦，敢問我做了什麼壞事？」

小間井的眼裡閃過陰森森的寒光，直勾勾地凝視著言耶不放。

「發生在東神代町與神代新町的連續強盜殺人事件，犯人就是小間井刑警吧。」

「……」

在小間井啞口無言時，言耶緊接著說：

「關於那兩起事件，犯人究竟是如何在眾目睽睽的情況下出入案發現場，至今仍是個謎。我在砂村家的雙重殺人事件時，聽你提過老家就在東神代町。也就是說，被害人的左鄰右舍都認識犯人，再加上又是警察，自然能進出死者家裡，而且不會引起任何人的懷疑。」

「原來如此。」

「說句失禮的話，剛認識小間井刑警時，你看起來並不像是有錢人。」

「我確實不是有錢人啊。」

「然而偵破砂村家的雙重殺人事件後，刑警先生卻開始抽起洋菸，還要自掏腰包請我吃飯。」

「因為風頭過去了，開始揮霍搶來的錢嗎？」

「沒錯。再來是富士見村那起人間蒸發事件，潛入村內的強盜殺人犯『折紙男』逃向富士見山時，你在情急之下開了槍。」

「確實是這樣……」

「問題是有人清楚明白地告訴過我，刑警先生對他說過，不能排除『折紙男』可能就是東神代町與神代新町連續強盜殺人事件的犯人。」

「他確實有嫌疑沒錯。」

「所以刑警先生毫不留情地對潛入富士見村的『折紙男』開槍，心想運氣好的話，說不定能把東神代町與神代新町的命案賴在他頭上。」

「真是喪盡天良的惡質警官呢。」

「可惜被同事阻止了，沒有成功。」
「就只差一點點啊。」
「你承認自己的罪行了嗎？」
言耶問道，小間井不慌不忙地解釋：
「如果我真的知道魔偶放在哪裡，當老師與寶龜先生從卍堂回到客廳，提起真偶的話題時，我又和其他人同樣感到驚訝，這不是很奇怪嗎？」
「那是你裝出來的——」
「你硬要這麼說，我也無法反駁。但是看到我佯裝不知情的樣子，寶龜先生不會覺得很奇怪嗎？心想這個警察明明知道卻……之類的。這麼一來，寶龜先生一定會懷疑我吧，也會告訴老師他的疑問。」
「……確實很有道理。」
言耶以詢問的眼神看了幹侍郎一眼。
「而且在確認這點以前，其實只要問寶龜先生一個問題就好了——你有沒有把魔偶的位置告訴刑警？」
「我還沒告訴刑警先生，吾良就進來了。」
幹侍郎一臉歉意地告訴言耶。

「吾良是個聰明的孩子，只怕早就知道魔偶放在哪裡了。然而就算他知道，我也不希望在現場還有第三者的情況下跟刑警先生討論魔偶的事。更何況骨子堂老闆沒多久後也緊接在吾良後面來訪，所以我更不會說了。」

「這樣啊。」

言耶說完這句話，立刻向小間井道歉：

「真的很抱歉，說了那麼失禮的話。」

小間井非但沒有生氣，反而興致盎然地注視著刀城言耶。

一路推理到這裡，言耶看起來真的很沮喪，隨即陷入沉思。眾人望向作家的眼神充滿輕蔑、困惑、擔憂、鄙視、期待等各式各樣的情緒，但本人似乎一無所感，絲毫沒放在心上。

「四個人在四條走道上……」

不一會兒，言耶開始絮絮叨叨地自言自語起來。

「因此案發當時的卍堂處於一種密室狀態。」

就連本人似乎也沒有意識到自己的口中正念念有詞。

「所以犯人應該就在這四個人當中。」

所有人都豎起耳朵，仔細聽著他說出的一字一句。

「可是四個人都不知道魔偶放在哪裡。」

還在喃喃自語。

「既然如此，吾良為什麼會倒在那個玻璃櫃前？」

言耶說到這裡，開始輪流看向在場眾人的臉。

「不，假設真兇知道魔偶放在什麼地方……假設卍堂其實不是什麼密室……」

「這什麼意思？」

小間井像是失去耐心似地詢問。

「真兇到底是誰？」

「阿里女士。」

寂靜再度降臨這個客廳，只是這次的寂靜和剛才言耶指稱小間井是犯人時略有不同。

「那位幫傭的女性……」

「阿里女士平日與吾良先生的感情極為融洽，十分疼愛他，所以也是從吾良先生口中得知了魔偶的位置，但是她並沒有要偷走魔偶的意思。然而就在今天，陸續有人上門拜訪寶龜先生，而且所有人都是衝著魔偶而來，這讓阿里女士也不得不意識到魔偶的價值。當她反應過來的時候，所有的人都聚集在客廳裡了，而且作家顯然要發表長篇大論的談話。如果趁這個時機跑去卍堂，就能毫無顧慮地尋找魔偶，不會受到任何人的打擾，於是阿里女士鬼迷心竅地踏進卍堂。沒想到，其他人出現在卍堂的時間比她預料的還要快。就在不知所措的時候，吾良先生來了。想必是因為突然有人出現在背後，讓她嚇一大跳，下意識地和吾良先生推擠起來。因此，她完全沒有要殺人的意思，會變成這樣不如說是一場意外——」

「等、等一下。」

小間井連忙打斷他。

「吾良是從哪裡進去的？無論從哪一條走道進入卍堂，應該都會被先進去的人發現吧，可是所有的人都沒看到他。」

「寶龜先生說過吾良先生的身材瘦小，確實能躡手躡腳、不發出任何聲音就靠近正在尋找魔偶的犯人。在祖父江小姐於朱雀口走道的小房間內欣賞鳳凰掛軸時，她的身後也發生了同樣的情況。」

「先前我也說過，我確實進入過那個轉角的小房間。」

她再次作證，等於是為言耶的推理背書。

「到這裡我還能理解。」

小間井同意歸同意，卻又表現出接下來才是問題所在的態度。

「可是啊，阿里與吾良大打出手時，四條走道上都還有人喔。既然如此，她要怎麼逃出卍堂？」

「阿里女士也馬上注意到這個問題，急中生智的結果，她決定賭一把。」

「怎麼做？」

「她小跑步朝著青龍口走道的小房間奔去。」

「我進去的那條走道嗎？」

「是的。小間井刑警是在聽到祖父江小姐的慘叫聲之後才轉過走道的轉角。因此阿里女士可以在不被刑警先生發現的情況下躲進小房間——」

「就算是這樣，我經過的時候也一定會發現才對吧。」

「正常情況下是那樣沒錯，但是只要躲在身體可以伸縮的龍裡面，應該就不會被發現了。」

「……如果是這樣，確實不會。」

小間井心有不甘地說。

「可是依照你這個推理，也必須懷疑那個庭師和廚師了。」

說完，小間井就看向幹侍郎。

「我記得您說過，那個廚師以前做過一些壞事。」

「我、我是說過，但他已經重新做人了。」

「就算已經重新做人，聽到魔偶的傳聞，導致過去的惡習又再次復甦也說不定呢。萬一他有闖空門的前科，嫌疑就更大了。」

幹侍郎連忙把頭搖得像是波浪鼓。

「不不不，他絕對不會這麼做。」

「光靠雇主的片面之詞——」

這時言耶插進來說道。

「刑警先生，我不認為庭師或廚師能鑽進龍的肚子裡。」

「因為他們一個是大長腿、一個是大胖子。可是阿里女士的個子就很嬌小。」

「祖父江小姐，妳說得太直接了……」

言耶為她的形容詞打圓場，然後突然悶不吭聲。

「老師，您怎麼了？」

但言耶完全沒有反應，口中頻頻叨唸著「高個與壯漢」。

「要是我的措辭不當，我向他們道歉。」

說完她便乖順地低下頭，但言耶的樣子還是很古怪，貌似心思已經飄向遠方。

「什麼？怎麼了嗎？」

小間井也察覺有所異狀，不過言耶還是沒有任何反應。

「喂喂，你沒事吧，表情活像看到鬼了。」

「……或許還真的是這樣。」

言耶好不容易吐出的回答，聲音聽起來氣若游絲，聽到這種聲音的人無不機伶伶地打了個冷顫。

「振作點！」

幹侍郎扯著嗓門對言耶說道，言耶這才貌似六神歸位。

「我總算明白了。」

「什麼？」

小間井問完，言耶這麼回答。

「卍堂事件的真兇。」

「你、你、你說什麼？」

驚訝的不只是刑警，客廳裡所有人的眼珠子都瞪得比銅鈴還大。

「不是阿里女士嗎？」

「不，不是她。」

「那到底是誰？」

「是祖父江偲小姐。」

這時造訪客廳的寂靜，足以讓人誤以為自己正置身於杳無人煙的深山幽谷中，靜得令人心底發寒。

在這種情況下，言耶緩緩開口：

「阿里女士就算被鬼迷了心竅、就算偷東西的時候被吾良先生逮個正著，應該也不至於與他大打出手……這是我現在的感覺。」

「我也有同感。」

幹侍郎不假思索地附和。

「萬一真的扭打起來，看到吾良倒在地上，她應該也不會逃走，而是想辦法救他。」

「就是這樣，我也這麼認為。」

幹侍郎再度表示同意。

「暫時先當阿里女士不是兇手好了——」

小間井打斷他們的一搭一唱。

「問題是祖父江小姐就是兇手的根據又是打哪兒來的？」

「她在卍堂看過寶龜家的庭師，所以知道他長得很高是件再自然不過的事。可是她怎麼會知道廚師身材很壯呢？」

「因為我看到他啦，老師。」

她立刻回答。

「妳在哪裡看到他？」

「去卍堂的途中。」

「假設妳說的是事實，妳怎麼知道他就是廚師？」

「欸……」

「寶龜家確實只有寶龜幹侍郎先生和吾良先生、女佣阿里女士、庭師、廚師共五個人。問題是幹侍郎先生提起這件事的時候，妳正在別的房間裡休息。也就是說，就算妳前往卍堂的途中真的看到一個壯漢，應該也無法判斷他就是廚師。因為妳應該不知道寶龜家有幾個佣人，甚至連寶龜家有沒有聘用廚師都不知道才對。」

「我搞錯了，我看到廚師是在——」

「是妳在別的房間休息的時候嗎？那就更不可能了。因為我去看妳的時候，妳說妳一直在睡覺。」

「既然如此，她是怎麼知道的？」小間井問道。

言耶先把他們在另一個房間的對話——被問到有沒有信心破案時，言耶回答她沒有——原封不動地交代一遍後，才說：

「當時妳說『可是就算想要逃走……』其實妳是想說『可是就算想要逃走，也不是件容易的事』吧。換句話說，妳的意思是指『可是就算想要逃走，也很難擺平守在門口的壯漢』。」

「你是指她偷偷溜出休息的房間嗎？」

「當然是為了逃走。我猜在那之前，她肯定偷聽到我們在客廳說的話，才會知道廚師是個壯漢。」

「可是她應該不知道魔偶放在卍堂的哪裡。」

「對，但是要推理出來並不難。」

「怎麼說？」

於是言耶向大家說明自己曾經在租屋處的偏屋對她提過真偶的事。

「有這個假設當預備知識，再聽到寶龜先生的古董品氣流說，要猜到魔偶和真偶或許就擺在卍堂的正中央，我覺得並不是那麼困難。」

「她和老師做出了相同的推理嗎？」

聽到幹侍郎的話，中瀨一臉茫然。

「編輯小姐或許有點可疑，但是老師不也說過，她和刑警先生一樣沒有動機嗎？如果是阿里女士，還有可能鬼迷心竅，可是帶著作家來寶龜家拜訪的編輯，在動機上稍嫌薄弱吧。」

「受魔偶所惑……」

寅勇喃喃自語。

「還沒看到關鍵的魔偶，那種事不會發生吧。」

中瀨不容置疑地推翻這個可能性，再次問言耶：

「難不成是一時起了貪念？」

「不，她打從一開始就打算偷走魔偶。」
「再怎麼說，這也太不可能了吧。」
小間井提出質疑，言耶掛著一臉欲言又止的尷尬表情。
「不可能的前提在於——倘若她真的是祖父江偲。」
中瀨與小間井都無言以對了，只能傻傻地張著嘴巴。幹侍郎與寅勇也難掩呆若木雞的表情。
但是被言耶指認為兇手的本人卻以清澈的雙眼，一瞬也不瞬地注視著言耶。
「我真是鬼遮眼了，應該要更早察覺到才對。」
「那我到底是誰呢？」
面對她單刀直入的質問，言耶回答：
「這只是我的推測，妳該不會是色物團的珊瑚小姐吧？」
「什麼！」
小間井立刻大聲嚷嚷起來，但言耶沒理會他的反應。
「將紅珊瑚磨成粉就會變成帶點黃色的粉紅色，人們稱之為珊瑚色，妳的衣服和皮包都是珊瑚色吧。」
「老師看到骨子堂老闆的和服、眼鏡和金牙，認為他就是色物團的大判，結果這個推理錯了不是嗎？」

「不好意思，讓各位見笑了。」

不同於這句話的意思，言耶的態度一點也沒有慚愧的樣子。

「就像房東太太所說的，最近闖空門的宵小都打扮得很稱頭，儼然人模人樣的氣派紳士。只不過出現在房東太太面前的並不是紳士，而是受薪女郎。妳在門口打招呼，但是屋子裡沒有人應門，所以妳繞到後面，結果就被我撞見了。不料我誤以為妳就是我出門時來拜訪的怪想舍編輯——祖父江偲小姐。我不打算為自己找藉口，但我覺得誤會妳就是祖父江偲也算人之常情，難為情的是在那之後。」

「怎麼說呢？」

「我連忙自我介紹，說自己是刀城言耶，可是妳沒什麼反應，於是我又抬出筆名東城雅哉。問題在於，前來拜訪作者的編輯會不知道作者的本名嗎？就算退一百步來說好了，讀音相近的刀城言耶與東城雅哉，一般來說編輯應該馬上就要反應過來吧。」

「是嗎。」

只見她笑容滿面，這讓言耶更不甘心了。

「我讓妳進屋，還傻傻地把刊登處女作的《寶石》、最新一期的《書齋的屍體》和祖父江偲的名片放在桌上。仔細想想，明明是來向初次見面的作家邀稿，卻沒帶要連載的雜誌，未免也太奇怪了。可是我卻傻呼呼地告訴妳，房東太太提過妳會來找我。有了這麼多線索，就連三歲小孩也能猜到我誤以為妳是誰了。」

「而且老師還主動說出邀稿的事。」

「這裡其實也有破綻。無論我們聊得再怎麼投契，一個來邀請我寫短篇小說的新人編輯不可能自作主張地委託我寫長篇連載。」

「原來是這樣啊。」

「起初妳只想利用我的誤會蒙混過去，或者是趁我不注意時偷點什麼東西。」

「恕我直言，那個房間裡根本沒有任何值錢的東西。或許有些書可以高價賣出，但我不具備那方面的知識。」

這時小間井插話了。

「喂喂，也就是說，妳承認自己就是色物團的珊瑚囉？」

她以雲淡風輕的表情說道：

「因為只要馬上打電話給怪想舍，詢問真的祖父江偲在哪裡，一切就瞞不住了。這麼富麗堂皇的大宅，肯定有裝電話吧？」

向幹侍郎確認家裡確實有電話後，她又催言耶繼續說下去，像是完全不希望言耶的推理被打斷的樣子。

「於是妳靈機一動，想利用我偷出色物團鎖定的魔偶。為了引起我的興趣，妳謊稱怪想舍的財務部有一個叫原口的人，說自己從他口中聽說了魔偶的傳聞。」

「所、所以我才說不認識那個人。」

中瀨毫不掩飾內心的憤怒，言耶先向他道歉：「對不起。」然後才繼續說明。

「我完全掉進妳的陷阱。持有者想賣掉魔偶當然也是妳的謊言。這點已經向寶龜先生確認過了。因為妳認為如果不這麼說，我大概不會採取行動吧。然後妳就帶我來到寶龜家，把從我房裡帶來的《寶石》、《書齋的屍體》和名片從門縫裡遞給出來應門的阿里女士。兩本雜誌姑且不提，但名片就說不通了。這時妳應該要遞出新的名片才合理，但妳無法這麼做，因為妳根本就不是祖父江偲。」

「除此之外，我還犯了哪些錯誤？」

「妳居然敢說得這麼事不關己！」

小間井錯愕之餘，也不由得怒髮衝冠，但是並未阻止言耶繼續說下去。

「剛被帶到客廳時，我們和寶龜先生聊起偵探小說，可是妳的回答完全牛頭不對馬嘴。再怎麼鬼遮眼好了，那時候我就應該要察覺異狀了。」

「說得也是。」

幹侍郎在一旁搭腔，但語氣中沒有絲毫責怪言耶的意思。

「所以卍堂裡到底發生了什麼事？」

小間井提出他最想知道的問題。

「如果我說錯了，還請糾正我。」

言耶如此請託這個冒牌的祖父江。

「我和寶龜先生聊到渾然忘我的時候，開始有人離開客廳前往卍堂。這時妳急壞了，可是礙於妳是我的責任編輯，這個立場也讓妳不能太快離席。接在骨子堂老闆、寅勇先生、小間井刑警之後，妳終於也離開客廳。而且妳早就想到魔偶放在哪裡，所以選擇了朱雀口，以最短的距離前往卍堂。吾良先生也是相同的想法。其實他並沒有懷疑哪個人，只是想趕快確定魔偶還在不在。因此你們比另外三個人都還更早抵達卍堂的中心，結果吾良先生目擊到妳在玻璃櫃裡找尋魔偶的場景，於是你們起了衝突。這時其他三個人都還沒轉過走道的轉角。妳看了看倒在地上的吾良先生並觀察卍堂當下的狀況，情急之下決定讓自己變成發現者。」

「發現者通常都會受到懷疑，但是她可以躲在老師的責任編輯這個保護傘下，真的非常聰明。」

小間井不由得表示讚嘆。

「刑警先生確認吾良先生的狀態，說他還活著的時候，她看起來方寸大亂。那是因為她以為吾良先生已經死了。萬一他醒過來的話，自己幹的好事就會曝光了。所以才假裝身體不舒服，算準我們會讓她去別的房間休息，好找機會趁隙逃走。」

「可惜有個彪形大漢的廚師守著門口。」

「以上是我對卍堂事件的最終解釋。」

說明完畢，言耶目不轉睛地盯著她。

「雖然誤傷吾良先生，但妳應該沒有要殺死他的意思吧。既然如此，不如坦白說出一切，為自己犯下的惡行贖罪。」

八

刀城言耶手裡拿著《書齋的屍體》八月號，感覺心滿意足。在怪想舍的委託下寫出的第一部怪奇短篇作品〈那個居住的家〉登上了盛夏的怪談特輯。即使裡面沒刊登自己的作品，光是眼前有一本網羅國內外怪奇小說的雜誌，就已經夠他喜上眉梢了，更別說自己寫的短篇小說也在其中，也難怪他根本止不住臉上滿溢的笑意。

「老師，別再這麼笑了，看起來怪可怕的。」

坐在他面前的正牌祖父江偲，提出了抱怨。順帶一提，這裡是他寄宿的鴻池家偏屋。

「妳說得太沒禮貌了。」

言耶反擊，但笑意並未消失。

「說到可怕，〈那個居住的家〉裡的**那個**才是真的可怕。老師是怎麼寫出那麼恐怖的東西啊？」

「我說妳呀，『由於是盛夏的怪談特輯，請老師寫得恐怖一點』，這話可是妳自己說的喔。」

「是這樣沒錯，但凡事總有個限度吧。小說是一種娛樂，再恐怖也要讓人津津有味地看下去才對。可是老師的作品真的太恐怖了……而且從頭到尾只有恐怖、恐怖、再恐怖。你也站在我的立場上想一想，是一個柔弱又可愛的編輯得看那種東西呢。」

「我做夢也沒想到居然有人嫌怪奇小說太恐怖，看來這世界要完蛋了。」

「你只對這句話有反應嗎？柔弱又可愛的編輯呢？就不能也提一下嗎？」

「別再扯這些沒營養的話了。」

緊接在一大堆沒營養的話之後。

「你還是不打算寫寶龜家的卍堂事件嗎？」

祖父江偲又提起被言耶暫時擱置的邀稿話題。而言耶則是露出不勝其擾的表情。

「如同我一開始就拒絕的理由，要寫也得等到整件事的熱潮冷卻。」

「可是也有一句話叫『打鐵趁熱』。」

偲說到這裡，突然想到什麼似地說：

「那個犯人珊瑚會以殺人罪被問罪嗎？」

「不，我猜應該不會。不過她身上還背著色物團以前犯下的罪行，肯定逃不過牢獄之災吧。幸好她還年輕，多的是機會從頭來過。」

「既然能假扮我，可見應該是個美人，一定沒問題的。」

「我是說她還年輕。」

「如果和我一樣這麼漂亮的話，對日後重新做人肯定是有幫助的。」

「我是說她還年輕。」

「老師——」

言耶連忙趕在她又要找自己麻煩之前轉移話題。

「卍堂事件後，寶龜家又發生了地震。」

「啊，那場地震真的頗不尋常……」

偲的反應並不誇張。從小間井口中得知地震的消息時，言耶自己也被相同的感受給籠罩著。

「卍堂與主屋都不偏不倚地只壓垮一半，實在太詭異了。」

「難不成是因為……」

言耶很清楚她想說什麼。

「嗯，雖然無法證實，但我猜並排展示著真偶和魔偶的卍堂以及主屋倒塌的那一半，肯定是靠近魔偶的那一邊。」

「如果寫成小說的話會不會沖犯到什麼……」

言耶想藉此嚇唬偲，好讓她收回撰寫卍堂事件的委託，但隨即便意識到這麼做很沒品。

「不，我想應該不至於吧。」

「既然如此，老師——」

「不不不，妳給我等一下。不瞞妳說，我想等我的讀者都能充分理解方才的差異再來寫卍堂事件。」

「啊，什麼差異？」

「一邊是美女、一邊是……」

「你想跟我吵架嗎？」

「哪有，我才不敢。」

想也知道，言耶趕緊搖頭否認。

「玩笑就開到這裡——」

「什麼嘛，你在開玩笑啊。」

偲笑逐顏開，言耶鬆了一口氣。

「從今以後，假如要把我遭遇到的事件寫成小說，請讓我把祖父江偲這位怪想舍編輯作為登場人物寫進去。她講話的口音還殘留一點關西腔，讀者看著看著就會發現一件事，那就是當她情緒激動時，就會以『人家』而不是『我』自稱。以及我本人刀城言耶，會稱她為『祖父江』。等到我的讀者們都具備這些預備知識了，如果再看到把卍堂事件寫成小說的作品時，他們會有什麼反應呢？」

「珊瑚假扮的祖父江偲從頭到尾都沒說過一句關西腔，情緒激動的時候也不會以『人家』自稱，而且老師一直稱呼她『祖父江小姐』……」

笑意頓時在偲的臉上開出一朵花。

「老師剛才講的那些都會變成伏筆呢。」

那朵花無疑是期待作家寫出有趣的作品時，會在編輯臉上浮現的笑容。

「只不過，有一個重點絕對不能忘記。」

「是什麼？」

「若以第一人稱的『我』來書寫，在敘述的時候稱珊瑚為『祖父江偲』沒有任何問題，因為『我』認為她就是『祖父江偲』，對此深信不移。然而如果以第三人稱書寫，出現在對話裡還好，但是敘述的時候絕對不能稱她為『祖父江偲』。」

「無論何時都不能例外嗎？」

「寫到真正的祖父江偲時當然沒關係。如果從第三人稱的角度出發，在描寫刀城言耶的心理時，因為我誤以為珊瑚就是祖父江偲，所以也沒問題。可是除此之外的時候，既然她是珊瑚，就絕不能寫成『祖父江偲』，否則等於是作者在欺騙讀者。」
「聽起來好複雜，既然如此，卍堂事件就以老師的第一人稱——」
「寫起來是很輕鬆沒錯，但這樣就不好玩了。」
「老師是被虐狂嗎。」
「那妳大概是超級虐待狂……」
「所以我跟老師才會這麼一拍即合呀。」
「……」
「老師？」
見言耶無言以對，偲發出低沉又恐怖的聲音。
「這是什麼對話啊。總而言之，因為有這個問題，卍堂事件還要再等一陣子才能寫。」
言耶又重申一次。如此一來，偲應該暫時不會再拿這件事來煩自己了——他是這麼認為的。
「既然如此，我也得打起精神來呢。」
因為偲突然天外飛來一筆，一頭霧水的言耶不禁繃緊神經。
「妳為什麼要打起精神？」
「因為身為責任編輯，必須多準備一些案件，好讓老師被捲進去不是嗎？」
「不、不需要。」

「光是在家裡坐著，事件可不會從天上掉下來。而且還不能只有老師被捲入事件裡，我也得跟在旁邊才有意義。」

「妳只要以責任編輯的身分，偶爾在作品裡出現一下就行了——」

「這樣讀者才不會記得。」

「可、可是……」

「人家會努力蒐集可以讓老師發揮推理長才的案件，請拭目以待。」

「慢著，妳完全誤會我的意思了……」

如此這般，刀城言耶縱使再不願意，也不得不在祖父江偲為他找來的不可思議案件裡扮演偵探的角色。

密室・意外・詛咒土偶

即便東野圭吾曾在《名偵探的守則》（一九九六）裡諷刺將系列作角色安排成兇手是老掉牙的手段，也確實在歐美黃金時期已經有更有名的偵探在最後成為犯罪者的更驚人案例在，但正如同亂步整理的「詭計類別集成」裡的呈現，在第一大項「與犯人（或被害者）有關的詭計」的前兩種，都是針對「意外的犯人身分」所做的統計。動物、幼兒、殘疾者甚至屍體等等，包含敘述性詭計的手法，看似不可能下手的角色最能夠強調意外性。在刀城系列首秀《如厭魅附身之物》（二〇〇六）裡便以視角轉換的盲點漂亮製造出完全出乎意料的真兇。

本作〈如魔偶攜來之物〉則不落俗套地善用「前傳」的格式，演繹出「系列作角色是兇手」的另一種可能，三津田更致敬了亂步最擅長的「一人二角」、「二人一角」詭計。即便筆者在閱讀中也因冒牌版本的祖父江偲說話方式略有差異而感到困惑，但卻直覺認為是她與言耶還不熟所以自我約束的表現，而被作家給狠狠擺了一道。**上當後隨著主人翁的解說，忍不住回去重翻前面段落，也正是敘述性詭計「作者打破與讀者間默契」的醍醐味所在。**

在第二部短篇集：《如生靈雙身之物》的單行本裡，三津田帶出刀城三人組的「阿武隈川烏」，讓這名惡霸學長在言耶的學生生活裡大顯其惡名昭彰的身手。而這一本第三部短篇集中，為了單行本化新寫下的中篇故事〈如魔偶攜來之物〉，便定調為言耶與責編祖父江的邂逅事件。能想到在系列角色的人際關係安插敘述性詭計，並提前埋下竊盜集團的伏筆，足見三津田寫作功力成熟之境界。

〈魔偶〉小說中主要事件是「卍堂」的襲擊，卍堂的設計自然令人聯想起新本格大將今邑彩的亮眼出道作《卍之殺人》（一九八九），兩者同為怪奇卍字建築裡的密室殺人之謎。在這種眾目睽睽下的開放性密室（又稱為監視密室）裡該如何犯罪？刀城系列在某部長篇裡也用過精采的詭計。**以〈魔偶〉來看，真正的解答符合「詭計類別集成」裡密室詭計中「犯罪時犯人在室內」五個分類裡的「偽裝犯罪發生在實際時間之前——密室中的迅速殺人」**。

亂步本人便很喜歡這種詭計，曾在昭和三十年《週刊朝日》發佈的〈意外的犯人〉專文裡特別介紹了幾個西洋的經典手法。他認為「迅速殺人」詭計可以應用在許多場面上，那種快狠準讓人聯想到日本的劍道高手或忍者。〈魔偶〉裡的冒牌祖父江便應用為誤打誤撞的犯案。而在言耶的多重解答裡，筆者最喜歡的是犯人為嬌小的阿里女士，躲在青龍口的舞龍身體裡這個構想，對華人來說太有親切感了。

日本的詛咒人偶可說是舉世聞名，京都最有名的咒術「丑時參拜」，就是帶著槌子與釘子，在深夜丑時將稻草人偶釘在樹上施咒的流傳民俗，至今仍有不少人沿用。知名凶宅藝人松原田螺深夜前往貴船神社探險時，便實際拍到了好幾個被釘在樹上的稻草人。

與傳統人偶（人形）有關的鬼故事也很多，由於日本女兒節的傳統，過往家家戶戶都有擺放人偶的習慣。但這些具備人形的人偶放久了也會成為憑依之物，產生許多靈異現象，最有名的便是一九一八年的「阿菊人形」頭髮持續長長的傳說，在日本兒童的調查裡人偶更是他們最害怕的東西。因為殺傷力太強，也連帶令和歌山的淡嶋神社成為知名的人偶供養神社，人們競相將不用的人偶送去祭祀，趨吉避凶。

雖然在本作〈魔偶〉裡言耶始終未能見到魔偶與真偶本尊的真貌，但文章裡也有提示「**我對考古學沒有太深入的研究——土偶的『偶』字有配偶、同伴、成雙成對的意思。**」，因此可以推測魔偶應該並非前述的稻草人或人形，而是更像日本一九〇四年在青森縣木造町的大發現「遮光器土偶」那樣的東西。遮光器土偶研判出自繩文時代後期，以造型獨特、富有意趣聞名，目前關於其原型、用途仍眾說紛紜。**民俗學漫畫《宗像教授異考錄》第一集（二〇〇五）中提出繩文土偶是幫助人民消災解厄的古代巫女，灌注精神能量後製造的「替身」之說法。以此類推，隨著不斷更換主人吸入龐大慾望能量，魔偶累積的災厄也是非同小可。或許魔偶的本質更接近於中國的古董、玉石，收藏家認為會帶來財富但也可能招致禍運的典故吧。**

主要參考文獻

◆藤森照信＝編・文、增田彰久＝写真、伊東忠太＝絵・文『伊東忠太動物園』筑摩書房／1995
◇柴田宵曲＝編『奇談異聞辞典』ちくま学芸文庫／2008
◆須永朝彦＝編訳『江戸奇談怪談集』ちくま学芸文庫／2012
◇小泉和子＝編『少女たちの昭和』河出書房新社／2013
◆鬼窪善一郎＝語り、白日社編集部＝編『新編　黒部の山人　山賊鬼サとケモノたち』山と溪谷社／2016
◇赤坂憲雄『性食考』岩波書店／2017
◆沖田瑞穂『怖い女　怪談、ホラー、都市伝説の女の神話学』原書房／2018

各作品初次收錄

◆妖服の如き切るもの（メフィスト2018 Vol.2）
◇巫死の如き甦るもの（メフィスト2019 Vol.1）
◆獣家の如き吸うもの（メフィスト2018 Vol.3）
◇魔偶の如き齎すもの 單行本新作

TITLE

如魔偶攜來之物

STAFF

出版　瑞昇文化事業股份有限公司
作者　三津田信三
譯者　緋華璃
封面繪師　Cola Chen

總編輯　郭湘齡
特約編輯　徐承義
文字編輯　蕭妤秦　張聿雯
美術編輯　許菩真
排版　許菩真
製版　明宏彩色照相製版有限公司
印刷　桂林彩色印刷股份有限公司
　　　紘億彩色印刷有限公司
法律顧問　立勤國際法律事務所　黃沛聲律師

戶名　瑞昇文化事業股份有限公司
劃撥帳號　19598343
地址　新北市中和區景平路464巷2弄1-4號
電話　(02)2945-3191
傳真　(02)2945-3190
網址　www.rising-books.com.tw
Mail　deepblue@rising-books.com.tw

初版日期　2021年11月
定價　480元

國家圖書館出版品預行編目資料

如魔偶攜來之物/三津田信三作；緋華璃譯. -- 初版. -- 新北市：瑞昇文化事業股份有限公司, 2021.11
336面； 14.8 x 21公分
譯自：魔偶の如き齎すもの
ISBN 978-986-401-522-1(平裝)

861.57　110015537